娑萨朗 Ⅲ

造化的魔盒

雪漠 ———— 著

作家出版社

娑萨朗，娑萨朗，我生命的娑萨朗。

——作者题记

目 录

第二十三乐章

仍执着于人皮书和造化系统的幻化郎，究竟有没有逃过追杀，还是真的被打入了十八层地狱？奶格玛和寂天仙翁同去地狱寻找他，他们将看到何种地狱景象？他们是否能如愿找回幻化郎？

第 65 曲　地狱（上）

奶格玛再观幻化郎的因缘，
自他依止她之后，
还舍不得那本人皮宝书。
那是他最初起家的根本，
他由此窥破了宇宙的秘密。
后来他又借它发现宝藏，
建起了自己的根据地，
他编了一套缜密的程序，
与天帝分庭抗礼。
书是他的命脉之根，
是他无上珍爱的宝。
书于他功不可没，
书与他命运同体。
书让他生起欲望，
书也让他执迷不悟。

奶格玛知道人皮书只是渡船，
过了河就要扔下那船体。
幻化郎却一直背着船行走，
过度的执着缠缚了身心。
奶格玛虽想打破幻化郎的执着，
但超越的力量必须源自内心，
于是她安住明空静观其变，

等待着幻化郎觉悟的达成。

然而，再一次观因缘时，
奶格玛发现幻化郎遭遇了大难。
他终于被天帝的爪牙捕获，
打入了十八层地狱。
只是那地狱有狱神守护，
一团团迷雾遮蔽了狱体。
不论奶格玛怎么用功，
关键处仍是云山雾罩，
怎么看也看不清。
奶格玛祈请寂天仙翁，
两人一同前往地狱。
寂天仙翁因常行救度，
对地狱的情形通达谙练，
他带着奶格玛沿着时空隧道，
一起到了那里。在第一层地狱，
寂天指着一个受刑的人说，
他在世间挑拨离间，
诽谤圣贤油嘴滑舌。
巧言相辩说谎骗人，
死后即打入拔舌地狱。

奶格玛见小鬼好个狰狞，
她掰开那犯人的嘴，
用一柄铁钳夹住他的舌头，
而后像扯皮筋一样，
一点点拉长，再拉长，

直到拔下他的舌头，
顿时鲜血四溅，惨不忍睹。
在这里，有无数的生魂被这样拔舌，
寂天说，他们曾造下过严重的口业。
他们借媒体鼓吹欲望，
他们托高名信口骗人，
他们煽动人崇尚暴力，
他们借歪理邪说害人，
甚至到处传播负能量，
他们唯恐天下不乱，
他们到处煽风点火。
生前他们图一时口快，
死后却都会倍受酷刑，
那舌头拔了长，长了拔，
如是循环无休无止。

那里还有个巨大的资料库，
存储着所有罪灵的卷宗。
只要按照提示，点击相应的按钮，
便能调阅每个罪灵的生平。
这地狱贯穿了过去与未来，
新的科技也得到了应用。
狱神们也懂得与时俱进，
为管理带来了许多便利。

奶格玛看到一个女子，
她时尚、妩媚，像极了人间的网红。
她点开她的卷宗，

眼前的荧幕开始播放视频。
她生前鼓吹美食,
专门探访各地饭店,
她夸大评价大肆推荐,
众人纷纷跟着她大快朵颐。
那一个个鱼虾都被活杀,
蒸,煮,煎烤加油炸,
甚至被老饕们活活嚼食。
那些灵魂都在挣扎,哭泣,
甚至苦苦哀求,
可它们痛苦的呐喊人类听不到,
它们悲伤的眼泪人类看不到,
人心已被美味裹挟,
被自己的欲望填满。
那女子也造下无数杀因,
死后便堕入拔舌地狱,
一罚她蛊惑众人挑动口腹之欲,
二罚她本人吞食无数生命。
刑罚结束还要再变千世鱼虾,
每一世皆被捕杀端上餐桌。
直到命债偿还完毕根据业力再入胎宫。

奶格玛看到此处心惊肉跳,
她想知道在人间如何不造此业,
那荧幕居然感知到了她的疑问,
自动生出了答案——
提倡素食不杀生,
三净之肉可食用。

切勿纵容口腹欲，
不贪美味杀众生。

两人在第一层遍寻幻化郎无果，
又进入第二层剪刀地狱。
剪刀地狱主要惩罚邪淫者和皮条客。
他们生前牵线搭桥，勾人性欲，
造就了无数的邪淫者。
更有甚者，借助媒体宣说淫欲，
污染了社会风气。
他们不行正慧尽生邪念，
死后就会入此狱受刑。

奶格玛看到有人正在受刑，
一个小鬼，几声"咔嚓"，
轻易地剪断了受刑者手指。
人们都说十指连心，
剪断手指之痛相当于挖心掏肺。
一次次的挖心掏肺中，
受刑者一次次死去活来。

那人生前拍了大量情色电影，
他包装俊男，培训艳星，
打造了一个辉煌的情色帝国。
他造出无数淫秽电影，
动用一切管道广为传播。
他蛊惑人群，挑动淫心，
让无数人造下种种恶业。

淫欲是解脱的最大障碍，
也是轮回的根本谜底，
中阴身见到了男女交合，
一生贪欲便堕入胎宫。
淫欲遂成修行的大敌，
也是得不到清净的根源。

两人遍寻幻化郎不得，
再进入第三层铁树地狱。
此处专惩治两舌之人。
他们在生前离间亲友，挑拨骨肉，
死后就会在这里受罪消业。
一根根树枝皆是利刃，
从罪犯后背皮下挑入，
将其吊于铁树上经受苦刑。

见一个女子正在受刑，
奶格玛点开她的卷宗。
原来此女为独占房产，
竟处心积虑捏造谎言，
在丈夫面前诽谤他的哥哥，
说大哥为大不尊心术不正，
总是在背后对她动手动脚，
或摸手捏臀多次勾引。
此兄弟二人本情同手足，
都因才华横溢而天下闻名，
且都有著书立说，
经她多次声泪俱下，

这为人厚道很有涵养的两兄弟，
竟然水火不容势不两立，
不久后更是彻底翻脸，
有一天，弟弟向哥哥掷出了香炉。
因此恶因，这女子死后便入铁树地狱，
鲜血淋漓中哀号不已。

两人遍寻幻化郎仍然不得，
又进了第四层孽镜地狱。
这里专门惩罚作伪证之人——
生前犯罪却不曾受刑，
上下打点，谎话连篇，
即使逃得过人间的惩罚，
也躲不过因果的铁律。
照孽镜现罪状原形毕露，
死后随业果打入孽镜地狱。

这孽镜地狱最是公正，
它完全依程序而非人为。
那镜子无尘垢光明无量，
能照天照地照破众生，
更能窥破世间的因果，
还原一切事情的真相。

奶格玛见到有一个胖子，
被狱卒押到孽镜前现形。
他生前当法官断案无数，
却因职务之便收受贿赂，

他徇私枉法断案不公，
但因身居要职熟悉法律，
所以总能钻法律的漏洞。
他一生富贵逍遥快活，
死后因业力入得此狱。

两人遍寻幻化郎不得，
进入第五层蒸笼地狱。
这是长舌妇的专用之狱。
生前家长里短以讹传讹，
陷害诽谤辱骂他人，
这种人死后入蒸笼地狱，
先九蒸后九冷再受他刑。

那蒸笼中传出阵阵哀号，
一个个女子浑身通红。
蒸笼下有狱卒添柴加火，
那火力越大罪者越痛。
奶格玛发现此处人数众多，
想来阳间女子易犯此过。
稍有不慎便造口业，
闺蜜之间最易犯错。
有个正在哀号的女子，
她曾在闺蜜面前大吐苦水，
诽谤辱骂另一个同伴。
看似普通的倾诉与发泄，
竟然也是受刑的因由。
若要免受此狱之苦，

无论何时均需宽厚待人。
提起警觉管好嘴巴，
不谈是非不论他人，
宽宏容忍与人为善。

两人遍寻幻化郎不得，
进入第六层铜柱地狱。
此狱专门惩罚生前纵火之人。
他们为毁灭罪证而纵火，
他们为报复他人而火攻。
也有人是为了战胜敌人。
来这里，小鬼们会扒光他们的衣服，
让其抱住一根铜柱。
铜柱直径一米高约一丈，
他们在铜柱内点燃熊熊烈火，
瞬息间铜柱炽热通红，
受报者惨叫声响彻地宫。

奶格玛看到其中一人极为显赫，
在生前，他是大名鼎鼎的英雄，
他走到哪里，哪里便是崇拜的海洋。
他是战神，也是战魔，
他只动用一个念头，
就能造出漫山遍野的哭声。
他自知损了阴德，
也自知日后必有恶果，
却抵不住富贵权名的诱惑，
还是一次又一次地作恶。

阳世的富贵如过眼云烟，
千年的英名化不掉酷刑。
那世人眼中的英雄，
往往也是血债累累的屠夫。
他们用一个个头颅，
换来转瞬即逝的基业。
荣华富贵几十年，
造下恶业无终日。
更有后世讴歌的啦啦队，
他们的赞美让暴力代代流传。
而真正属于他们的是什么？
可是那荣耀和功业？
不，只有扎眼的血腥和罪恶。
只有堕落地狱的恶报。
想到此，奶格玛一声唏嘘，
她又想到欢喜郎和威德郎。

两人遍寻幻化郎不得，
进入第七层刀山地狱。
这里专惩屠夫或是杀生者。
阴司中凡有众生一律平等，
伤生害命者必然受刑。
死后被打入刀山地狱，
赤身裸体爬上刀山。
利刃穿身痛苦无伦，
在声声惨叫中永不超生。

有一个屠夫正在受刑，

他生前经营很大的肉食工厂，
每天有上万头牲畜被赶进车间，
在流水线上被屠杀与加工。
高科技的效率十分了得，
所造的恶业也无穷无尽。
那屠夫此刻正受酷刑，
被万刃穿心求死不能。
世人当明白那善恶之报，
要多多布施多多放生。

两人遍寻幻化郎不得，
又进入第八层地狱。
寂天谈笑间一一介绍，
奶格玛却觉得毛骨悚然。
第八层地狱名叫冰山，
专惩罚谋害亲夫者和有其他奸情者。
奸情滋生了诸多罪恶，
或流产堕胎或伤害他人。
死后即裸卧冰山受苦，
酷寒中求生不得求死无门。

奶格玛在这里看到了故事里的人物，
她便是世人皆知的潘金莲。
奶格玛满心疑惑：
那女子只是虚构的角色，
她未曾有过真身，
为何也会堕落在地狱？
寂天说她虽然未有真身，

但存在于千万人的意念之中。
要知那精神的世界更加真实，
只要有意识便会在法界诞生。
无数的意识令她有了灵魂，
她比肉体之躯更加长命。
于是她也难逃这地狱之报，
因奸情杀丈夫受尽酷刑。

两人遍寻幻化郎不得，
再进入第九层油锅地狱。
卖淫嫖娼者专入此门。
若是生前做那情色交易，
死后便打入油锅地狱，
被剥光了衣服投入沸油。
翻炸成黑棒再恢复人形，
一次次炸焦一次次复原。
其受刑的时间无始无终，
那凄厉的惨叫阵阵撕心。

奶格玛看到一个女子，
她面容多姿，体形优雅，
正和她的客人绑在一起。
他们被扔进油锅地狱，
焦煳的味道令人心惊。
此女本是秦淮名妓，
这个客人为她神魂颠倒，
无奈身上银钱不多，
为筹嫖资他多次盗窃多次抢劫。

温香软玉颠鸾倒凤，
红绡帐里好个快活。
只是难逃那三尺土坟，
死后更双双堕入这锅中。

看这一幕幕触目惊心，
奶格玛脸色苍白，悲心大发。
寂天劝说道不必太过用情，
命运不过自作自受，
一切都是因果律的显现。

瞧那第十层地狱又名牛坑，
是专为牲畜申冤之处。
看那人在世之时虐待牲畜，
死后即打入牛坑受刑。
裸身堕坑中无依无靠，
无数头野牛直趋其身。
牛角顶牛蹄踩牛身燃火，
踩成泥焚成灰再恢复人身。
一次次踩碎一次次复原，
一次次死去一次次复生。
这样的苦刑永无止境，
度日如年中永不超升。

奶格玛看到了一群官员，
他们生前有很大的权力，
他们屠杀牛羊屠杀狗，
却总是打着文化的旗号，

他们倾地方之力大肆举办
一个又一个狗节或者牛节，
一车车牲畜被肆意宰割，
一群群人在这里大肆饕餮，
一张张嘴巴咂咂作声。
他们把血腥与杀戮的罪恶，
变成了一个城市的传统。
每年都在屠杀中狂欢，
他们不以为耻反以为荣。
他们虽然手不执刃，
双手却沾满了血腥。
此刻他们正在受罪，
求生不得求死不能。

第十一层地狱又名石压，
受刑者在世时曾经弄死婴儿。
虽然婴儿呆傻残疾，
但重男轻女也是原因。
他将那婴儿溺死抛弃，
造下了打入石压的恶业。
罪灵被放入一方形石槽，
上吊大小相同的巨石。
石落时罪灵血肉横飞，
再被复原一次次受刑。

奶格玛看到一个身影，
有些熟悉却又恍惚。
她在记忆中打捞过往的讯息，

一时间想不出他究竟是谁。
仔细搜寻记忆中的数据，
左思思右想想恍然大悟，
那正是《大漠祭》里的白福。
为了生儿子害死女儿。
这是随处可见的真实。
小说虽虚构但绝非臆造，
它们是一个个现实的缩影。

看那第十二层地狱又名舂臼，
专惩罚浪费过粮食的亡灵。
要是他生前糟蹋五谷，
死后就进入舂臼地狱。
像舂米那样被舂成肉酱，
再让其复生如此轮回。

这第十三层地狱又名血池，
不孝敬父母不尊敬他人，
歪门邪道不正直之人，
死后都将进入血池中受刑。
这血池腥臭，蛆虫乱滚，
受罪的灵魂日夜不安。

这世间多有慈爱的父母，
却少见孝顺的儿孙。
奶格玛看到有兄弟二人，
他们都不愿孝养年迈的母亲。
他们把母亲当成了皮球，

你踢来我踢去百般借口，
定协议签合同轮流侍奉。
这一天到了交接日期，
老大把母亲送去老二家，
可是老二家中大门紧闭，
老大喊破喉咙也无人应答，
他爬上院墙往内张望，
只见二弟吃肉喝酒好不惬意。
老大顿时怒从心生，
他把老母推上墙头，
转身掉头便往回走，
一路上气哼哼愤意难平。
可怜那母亲年老体弱，
骑在墙头进退不得。
喊老二假装没有听见，
叫老大也是充耳不闻。
母亲一声叹息震动了墙根，
她悲哀至极，堕地自尽。
此兄弟死后落入血池地狱，
在那污臭之中后悔莫及。
可果报成熟无法挽回，
早知今日又何必当初。

这第十四层地狱名叫枉死，
专惩罚那些自杀的众生。
要是生前不珍惜生命，
割脉，服毒，上吊，跳水，
或用其他方法结束自家性命，

死后即入此地狱受刑。
他们在这里终无天日，
再不会拥有人身之宝。
奶格玛看到了很多名人，
他们名震寰宇，声播海外，
却选择了自我了断，
只给世人留下决绝的背影，
也用那决绝撞开了地狱之门。

奶格玛还看到一个姑娘，
她青春美丽性格温顺。
她的男友离开了她，
她痛不欲生，绝望至极。
那求不得的火焰炙烤着她的心，
终于有一天，她像蝴蝶一样
破窗而出，从顶楼纵身一跃，
一头栽入这一层地狱。

奶格玛心中疼痛不已，
她的心头涌动着无尽的酸楚。
很多人不知道死亡只是个转弯，
灵魂的故事永不会结束。
她一声声惋惜，一阵阵疼痛。
她想，在那姑娘绝望孤独时，
如果有人能给予劝慰，
或是读到智慧的书籍，明白生命真相，
她定然不会选择这条路。
悲惨的命运源自悲惨的心，

人类需要智慧熏染心灵。

那十五层地狱名叫磔刑，
专惩罚那些掘墓之人。
罪犯骨头被寸寸碎断，
千刀万剐中凌迟受刑。
因盗墓之徒实在太多，
奶格玛摇着头叹息声声。
说人已死去你何必厚葬，
江山都换过了无数主人。
那金银珠宝纵然带入坟墓，
惊天的财富也无处享用。
只是种下了罪恶的种子，
不如生前广行布施，
行善事得善报造福社会。

还有人专偷新下葬的骨灰盒，
以此索要高昂的赎金。
亲人离世本就十分伤痛，
再遇此事更是心如刀捅。
慌乱中总会遂歹徒心愿，
都希望亲人能入土为安。
这类恶行会折了歹徒阳寿，
定不能颐养天年寿终正寝。
死后又进入这磔刑地狱，
骨肉分离受千刀磔刑。

这十六层地狱亦名火山，

专惩罚损公肥私或受贿之人。
更有犯戒的和尚道士，
死后也被赶入火山之中。
烈火焚烧且永无止境，
肉体疼痛却永不损身。

人说地狱门前僧道多，
就是指那披了袈裟的歹人，
用出家人的名相巧取豪夺。
有一个和尚本是混混，
他与官府串通承包了寺庙，
每年交一些经营费用，
其余的香火便落入自家腰包。
他还奇思妙想拓展很多业务，
用菩萨的名义大肆敛财。
或是引诱或是恐吓，
或是巧取或是豪夺。
道貌岸然为人指点迷津，
层层法事层层收费，
千方百计把善男信女们吃干榨净。
既败坏了佛道的名誉，
也种下堕地狱的种子。

再看这十七层地狱亦名石磨，
专惩贪官污吏欺压百姓。
磨成肉酱后再重塑人身。
一次次磨碎一次次复原，
血肉模糊永无超升。

自古清官少如石中之玉，
贪官却多如过江之鲫。
更有那些残暴的酷吏，
他们屈打成招横征暴敛。
一件件冤案一个个苛政，
他们搜刮百姓以致民不聊生。

此狱中有一个封疆大吏，
为求政绩定下破案时限。
这本是勤政爱民的好事，
但他的方法是屈打成招。
随意抓来无辜百姓，
捏造证据，诱导口供，
迅速处决这可怜的顶包，
连个质疑的机会都不给。
多年之后，另一落网凶手招供了实情，
他在公堂大声疾呼，好汉做事好汉当。
终于真相大白，
此官便堕入这石磨地狱，
一次次粉身碎骨又一次次重生。
那恶行恶业化作巨大的磨盘，
令他求生不得求死不能。

那第十八层亦名刀锯，
专门惩罚那些奸商，
他们偷工减料欺上瞒下，
见利忘义丧尽天良。

死后将打入刀锯地狱，
裸身呈"大"字捆绑于木桩之上，
由裆部开始向头部锯裂，
一次次死去一次次复生。

奶格玛看到一个粮商，
他在阳间的事业如日中天，
于安稳之中日进斗金。
但因为贪欲的疯狂，
他动起歪门邪道的心思，
往那食物中添加毒物，
国中百姓尽受其害，
成人得病儿童畸形，
影响了百姓的健康和寿命。
此人虽坐拥富可敌国的资产，
却只有短短几十年寿命。
他死后，儿女开始争夺财产。
停尸不顾束甲相攻。
他本人也投生这十八层地狱，
受那无边无际的刀锯酷刑。

第 66 曲　地狱（下）

两人寻遍了十八层地狱，
却不见幻化郎的生魂。
寂天仙翁说还有地狱。
奶格玛听了神骇心惊，
她不明白，为何世上有如此多的地狱？
寂天说，地狱也源于人心。
人心有多恶，地狱就有多苦。
善因结善果，恶业招恶缘，
由于人类的恶业日重，
地狱的恶相也随之而生。

看那具疱地狱真是苦不堪言，
那里天凝地闭，狂风怒吼，
到处都是多劫以来冻固的寒冰，
它们坚硬如铁，锋利如刀，
受刑者既无蔽体之衣，
亦无取暖之处。
他们的身体僵直如柱，
血液冻结后膨胀为一个个疱疮，
看起来面目全非惨不忍睹。

奶格玛看到一个受刑者，
寂天说，他曾是一个商人，

经营地沟油、毒奶粉，
也用回收的棉花加以废料，
做成棉被投放市场，
因价格低廉备受欢迎，
他也掘得了一桶桶金。
然而他以次充好，将垃圾当宝，
黑心棉里藏污纳垢，
滋生了诸多瘟疫疾病。
他以此业力感召具疱地狱，
在寒冰之中饱受那冻裂之苦。

疱裂地狱也是寒冰世界，
那里的众生疱疮上冻疱疮，
伤口上生伤口，
疮口之间相互挤压，
使他们皮开肉绽，体无完肤。
此处的痛苦比具疱地狱更胜一筹，
来到此处的众生罪业更重，
多是为非作歹之徒，
如拐卖妇女，贩卖儿童，
他们生前拆散了无数幸福的家庭，
他们制造了无数苦难的人生。

奶格玛看到一个中年妇女，
她相貌平常，常常游弋于车站码头。
她见到孤身女子就主动搭讪，
以种种理由引诱她们；
她见到孩子，就假装喜爱，

趁人不备强行抱走。
她凭借一张慈祥的脸,
虎狼的心和熊豹的胆,
将她的猎物贩卖到大山深处。
她给无妻的人找妻,
给无子的人找子,
她导演了大量人间惨剧。
被拐卖的女子都会葬送终身,
或沦为妓女或沦为生育机器,
茫茫大山中难以脱身。
她们常常被反锁屋内,
叫天天不应叫地地不灵。
便是侥幸有机会逃出,
仍会被全村之人集体追赶,
当地官府也推诿糊弄,
就像四面铜墙封锁了出路。
这妇女分离了无数骨肉亲人,
死后便堕入这疱裂地狱,
受那无间的寒风裂体之苦。

那紧牙地狱因极寒而令人痉挛蜷缩,
他们的牙齿发出瘆人的咬磨之声。
此狱为惩罚赌博之人,
赌字当头葬送了宝贵人生。
博彩游戏自古就有,
皆因那贪欲想不劳而获。
有人瞄准这人性弱点,
布下一个个美丽的陷阱。

那些游戏千奇百怪，
暗藏的机关玄妙无比。
他们用种种方式点燃了
人们心中的欲念，
一个个赌徒陷入疯狂，
一双双眼睛紧盯赌具，
一次次投币叮当脆响，
一声声尖叫兴奋无比。
赢了的想多赢不停加注，
输了的想翻本红了眼睛。
赌场中的高利贷也是吸血的豺狼，
尽管他们有绝顶的聪明，
机关算尽研究出概率，
幕后的老板却仍是渔翁得利。
所有的赌博都暗藏秘密，
十赌九输终而妻离子散，
欲望的黑洞深不见底。

那阿啾啾地狱剧寒痛彻，
众生被业力逼迫不堪忍受。
毫无自主地凄惨哭号，
撕心裂肺声此起彼伏，
"好冷啊！好冷啊！"遍满虚空。
这一地狱专惩治骗子，
他们利用人的贪心设计骗局。
他们放出诱饵欲钓大鱼。
他们号称投资可以获得高息，
他们都有亮豁的招牌，齐全的手续，

一旦百姓产生信任大笔投资，
他们立刻就会卷款而逃。
聪明如他们，骗得了生前，
愚痴如他们，躲不过死后。

呼呼地狱里不能说话，
他们只能微弱地呼呼，
奄奄一息般哽噎呜咽。
这里专惩土匪恶霸，
他们敲诈勒索欺压百姓，
他们勾结官府狼狈为奸。
他们的势力既黑又恶，
他们是人群中的虎狼。
生前他们横行无阻不可一世，
死后只有一息尚存气若游丝。
罪恶的业力令他们无法超脱，
在那呼呼地狱中气息奄奄。

裂如青莲地狱好个可怕，
身体与坚冰紧紧粘连。
在至寒至厉的环境中，
肉骨变形迸裂为六瓣，
色呈青蓝不复人形。
他们生前研发各种武器，
制造了不计其数的死亡。
他们催化了人类的暴力，
在世间却顶着荣誉的光环。
裂如红莲地狱惨状更甚，

众生的裂瓣更大更深，
身体由内而外地翻剥，
内脏冻裂成几十个肉瓣，
无躯干头肢色呈青红。
这里专惩暴力的啦啦队，
他们讴歌战争的英雄，
写下一篇篇激昂的檄文。
他们尸骨已腐，毒瘤犹存，
再一代一代传承至今。
杀戮和战争早已过去，
但暴力的文化却成为基因，
地球上因此充满了罪恶和血腥。
他们生前备受尊重，
死后却进入这红莲地狱。
他们翻露的躯干和内脏，
仿佛刀斧劈砍后的伤痕，
这便是战争感召的恶果，
使他们在漫长的时光中活受酷刑。

裂如大红莲地狱苦到极致，
身体碎裂成百千万瓣。
状如肉疮又如花瓣绽裂，
色呈红紫早无人形。
亡者生前发明了炸弹，
死后堕入地狱裂如红莲。
形似被炮弹炸碎的肉泥，
色泽如核辐射变异。
他要承受行为的罪业，

在这极苦之中永无出期。

此外八热地狱灼焰覆天，
天上落下炽浆火雹，
地上腾起浓烟猛火，
无数狱卒以恐怖刑具追逐砍杀，
他们的方式残忍至极，
这是暴力哲学的受报者。
他们生前倡导暴力思想，
人类的和平被他们摧毁，
地球上因此硝烟不断。

等活地狱以火为本，
此火是末劫火的七倍炽热，
众生在烧燃中互相残害，
又被狱卒砍杀刺割碎身。
死后再由业力复生，
于刹那间万生万死。
瞧，那些受报者是所谓的大师，
他们有通天彻地的本领，
他们煽动人心的浮躁，
让欲望之火熊熊燃烧，
焚毁了所有的知足与安详。
他们的课堂是群魔在乱舞，
一声声尖叫，一阵阵喧闹，
膨胀的激情是堕落的沃土，
他们的三观从此扭曲，
为了物欲，他们弄虚作假，

为了富贵，他们不择手段。
他们的才华像疯狂的火炉，
灼烧着自己也灼烧着他人。
那些传播欲望的祸首，
便在这等活地狱承受熬煎。
这本是他们心中的世界，
在这里化现成实有的景象。
他们把自己困在其中，
生生世世无法脱身。

世上的成功多种多样，
高官和巨富只是其二。
真正的成功没有捷径，
需要智慧和踏实的行为。
一步一个脚印慢慢积累，
吃得苦中苦方为人上人。
浮躁的成功是一现的昙花，
它们像没有根基的沙上之塔，
虽然短时间看似巍峨，
却敌不过时光的飓风和流水。
最究竟的成功是利众，
当你的精神与大善相应，
你便会成为富足的载体。

黑绳地狱以碎身为主，
众生被画上黑线多条。
狱卒用炽燃锯斧沿线锯割，
血肉淋漓内脏横流，

于哀号惨呼中复复生死。
此地狱常常收押建筑商人，
他们偷工减料，以次充好。
奶格玛看到那些房屋路桥，
徒有其表败絮其中，
看似壮观雄伟实则不堪一击。
它们是典型的"豆腐渣"堆叠工程，
禁不住风吹，经不起雨打，
一旦垮塌，就伤人性命。

一个罪灵正在受刑，
他裸露的内脏一团乌黑，
黑的心，黑的肺，黑的肠肚。
奶格玛查阅了他的卷宗，
发现此人生前专建"爱心"学校，
他用筹来的善款草率施工，
他以竹条替代钢筋，且偷工减料，
所有材料都以次充好，以劣当优。
不料校舍建好就遭遇了地震，
千余性命顿时葬身瓦砾。
以此恶业，他死后才受这斧锯切割。
那黑线和斧锯本是建筑工具，
此刻全都施加其身。
他只能承受贪心的恶果，
流出黑色的肝肠肺心。

众合地狱受撞击之苦，
罪灵常被羊头状的两座山猛烈撞击，

或是在巨大铁砧上被铁锤锤打，
或是在铁臼中被碓磨成泥。
他们骨肉尽碎，血流成河，
但业风拂过，犹如春风吹绿原野，
他们会再次复生。

奶格玛在那里又长见闻。
那是一群污染环境的元凶。
一间间工厂腐臭了河流，
一根根烟囱熏灰了天空。
一棵棵树木都被砍光，
山体秃了，庄稼毁了，
遇到暴雨就会形成泥石流，
席卷了下游的村庄和百姓。
更有那遮天蔽日的雾霾，
仿佛恶魔释放的瘴气。
它们遍布城市的每个角落，
毒害着无量无数的众生。
当下的灾难便是共业的果报，
目之所及，难有清净之所，
人们的健康已受到威胁，
各种疾病千奇百怪，层出不穷。
那些污染源的决策者，
死后便来到这地狱受苦。
他们被自己砍伐的大山时时撞击，
血肉碎成了腥臭的河流，
又被那雾霾之气一次次吹醒，
重复承受无尽的惨痛。

叫唤地狱众生被烈焰燃烧，
狱卒还会将可怖兵器投入火中，
对罪灵进行另一种折磨。
众生在熊熊烈火中承受无间炙烤，
因痛苦而大声哀号。
这一层专为吸毒贩毒者而设。
对毒品和金钱的欲望化作烈焰，
日日夜夜灼烤着罪灵，永不停息。
罪灵只为一点短暂的愉悦，
便走上自我毁灭的道路。
更有那无恶不作的贩子，
他们通过毒品攫取暴利，
死后却没能带走一星半点，
只有无边的恶报如影随形。

奶格玛看到一个女子幽怨的目光，
再看，却发现那里有份深情的爱。
她的丈夫被朋友所害，深陷于毒网之中，
为了挽救丈夫，她大胆冒险以身试毒，
却不想那个魔是招惹不起的，
你一旦遇到，就会与你纠缠不休。
它时时会放出万千只小蚂蚁，
它们狂吼着，嘶鸣着集体进攻，
凡人的意志根本无法抵御。
一些人受不了就以头击墙，
想要自我了断结束那痛苦。
他们的泪是他们的悔恨，

只因一份好奇，或是偶尔大意，
就为自己开启了地狱之门，
他们死后，遂到此承担这果报。
那女子以贩养吸，害人无数。
看着她痛苦、无助、绝望的眼神，
奶格玛似乎听到她的心声——
不要低估那恶魔的威力，
也不要高估自己的意志。
毒瘾发作的当下便是身在地狱。
吸毒者一心只想缓解痛苦，
所有的防线都会崩溃。
更因吸毒而家破人亡，
人不人鬼不鬼谁见谁厌。
自己的身体也飞速损耗，
不多久便成为一缕亡魂。
在这地狱中受烈焰之苦，
永远无法得到超升。

大叫唤地狱程度更甚，
四方上下为炽燃铁屋。
众生睁大凸怖之眼，
强忍剧苦惊号狂奔。
但十方世界已无出路，
他们绝望，他们痛苦，
他们发出惨厉的哀号。
他们是邪教教主，是极端分子。
他们鼓吹种种杀戮的信仰，
在人间散布歪理邪说。

他们借机敛财贪图供养，

他们信口雌黄害人一生。

更有甚者组织恐怖袭击，

为人世间带来残酷的血腥。

他们用种种迷惑人心的教义，

挂羊头，卖狗肉，断章取义。

他们招揽大批信徒——愚痴的信徒，

平庸的信徒，

他们有的是愚痴之知和平庸之恶，

他们有着各种惊天的名头，

他们的理论会让人更加狭隘，

陷入贪嗔痴和执着的泥潭。

还有一些有神通功能者，

手法令人眼花缭乱心醉神迷。

他们披上了真善美的华装，

内里却是教人作恶残杀同类。

他们常常会清理异教徒，

把人间变成一处处坟场。

这些邪恶的教主和教徒，

死后并未去所谓的天国。

这炽燃的铁屋便是其教义，

它化作铜墙铁壁困住罪灵，

在这地狱承受业火的炙烤。

焦热地狱众生被烤炙割截，

狱卒用炽热铁水烊铜灌入口中。

顺次烧熔喉舌内脏之后，

熔液混血肉流出九门。

三叉戟从肛门贯穿头顶双肩，
再往伤口中浇炽热铁浆。
惨不忍睹永无止境，
来此地者，但求一死却不断复生。

奶格玛看到了古代的将军，
战争中充当了罪恶的帮凶。
那些亮闪闪的军功章里，
映照出白花花的头颅。
他们指挥一场场战役，
葬送了无数的生命。
那些炽热的铁水烊铜，
是勋章熔化而成的液体。
那些穿身的钢叉剑戟，
是屠夫阳世间佩带的武器。
那些施虐酷刑的狱卒，
是历次战争中死去的冤魂。
这是他们给自己构建的世界，
所以业风把他们扔进这焦热地狱。
所有的杀戮都是罪恶，
只要是杀戮就必须受报。
他们只有等到杀戮的业报受尽，
才能获得轮回的资格。

大焦热地狱惨状更甚，
狱卒用狼牙棒刺入肛门。
捅进受刑者身体后搅割，
狼牙尖刺如刺猬般穿身。

血肉狼藉，惨厉难忍，
刑期漫长永无超升。

突然，奶格玛惊讶地瞪大了眼睛，
她在这里竟然看到了帝释天君，
还有一个面目狰狞的魔鬼，
寂天仙翁说那是修罗王。
他们虽有无边的神通和天大的福报，
但仍在六道之中轮回。
福报用尽便会根据业力投生，
因天地交战而入此地狱。
他们在宇宙里卷起腥风血雨，
整个三界都受其祸害。
一场场天人和修罗的大战，
六道所有众生都无法幸免。
天界刮起刀兵之风，
魔界也多了痛哭的母亲。
更因城门失火殃及池鱼，
人间也多了瘟疫和战争。
能力越大业力也就越大，
寿命结束便在地狱受生。
投身大焦热地狱被酷刑折磨，
偿还那前世的累累杀业。

奶格玛想到帝释天的甘露，
心中生起感恩之心。
她问可有方法令其超脱？
寂天说："除非他们破执超越，

否则即便暂时脱离苦难，
也治标不治本难臻究竟。
目前此二人尚在世间，
你看到的是未来的情景。
地狱里没有时空的局限，
造了恶业当下便生成信息。
如果他们再不幡然醒悟，
将来就定然是这种结局。"
奶格玛闻言长叹一口气，
她想，有机会一定劝告帝释天君，
并且连好战的修罗也一起度化，
愿六道从此再无刀兵，
触目所见皆是天国净土。

金刚地狱高广二万由旬，
铁屋里猛火常劫不息。
无数锅中有铁水熔铜在沸腾，
四方都有猛火燃烧。
受报者被煎熬烧煮翻腾搅拌，
受报者与熔浆炽火混为一体。
其剧苦刹那不停直至劫尽，
寿命比以上地狱都长。
超过了人能想象的程度，
直至轮回未空难以穷尽。

寂天说这多是修行之人，
他们大多诽谤和亵渎真理，
也有人破坏了三昧耶誓约，

更有毁坏了信仰的根本者。
他们为满足肉欲道貌岸然，
没有证量却贪欲妄行。
他们离间金刚兄弟，
坏人信根也欺骗社会，
或歪曲真理教义凭空臆造，
甚至狂慧而妄说大能。

寂天说他们多是恶徒，
但也不乏愚痴之人，
本已求到了无上妙法，
却视若平常而生起轻慢之心。
再遇到诸种邪师的蛊惑，
在纯洁的团体里煽起阴风。
他们看不到自身的业报，
还会认为是正义的讨伐。
这归根到底是愚痴所致，
由那所知障而坏了信根。
所以弟子资粮不具足，
师尊无法点亮其心灯。
要知道成就需要福报和资粮，
那一件件利众的行为便是基础。
只有深厚的地基才能建起高楼，
无论狂风暴雨都巍然不动。

此外还有多种地狱，
看得奶格玛肉跳心惊。
这一切皆是人心的显现，

心一黑便会感召地狱。
她问寂天地狱是真是幻?
是不是法界真实的情景?
寂天仙翁说有真有幻,
这要看各人的造化因缘。
对于那些造恶者来说,
这地狱当然要亲历亲经。
那本是其行为的反作用力,
他们很难逃过法界的因果律。
这有点像电脑程序,
依据设定呈现相应场景。

我写到此问询寂天,
在世人眼中这早是迷信,
虽然它流传了好几千年。
如何取信于当代的众生?

寂天眯了眼长长叹气:
"许多事情皆有大因,
你能亲见当然深信不疑,
你明白那善恶因果不虚。
众读者却可以当成象征,
同样源于几千年的人心,
老祖宗都曾这样传说,
可当成另一本《山海经》。
这是文化对罪恶的诅咒,
体现了文化的一种公正。
文化本来是生命的程序,

它能够指导苦难的众生，
有所敬畏才会有幸福，
没有敬畏灵魂难以超升。
若是将它当成了迷信，
这世上就会有恶徒横行。
没有敬畏就没有信仰，
没有信仰就没有底线，
这世上诸多的恶行猖獗，
就源于人心无信亦无敬。
其实真与善本是一体，
只要是大善也便是大真。
以上的诸呈现虽然可怕，
但因有敬畏才能救人心，
以是故这文化传承了千年，
一日日一年年教化世人。
再说那情景虽也是幻化，
但对于罪人幻也是真，
他们因罪恶遭受果报，
长夜茫茫中永无超升。
因果律本是宇宙法则，
栽什么树苗结什么果，
撒什么种子开什么花，
杀人者偿命欠债者还钱，
罪恶之果源于罪恶之因。
世上的恶行者多遭恶报，
法界的天网也疏而不漏。
法界有一种永恒的程序，
它左右着众生的生命运行。

所有恶报皆是自作自受，
当知己所不欲勿施于人。"

两人游遍了诸种地狱，
却不见幻化郎的踪影。
奶格玛深入禅定再行观察，
仍探不到幻化郎的讯息。
这真是令她匪夷所思，
仿佛他已从六道蒸发。

第 67 曲　寻找

奶格玛随寂天出了地狱，
当她看到眼前跳跃的阳光时，
忍不住长长地舒了一口气，
才觉得舒缓了刚才的窒息。
在经过那些惨绝人寰的场景时，
她的心虽安住在放松平静里，
却也始终攥得很紧。

那地狱的刑罚惨烈无比，
她感觉四面都是钩爪锯牙，阴气森森。
以前常听人说地狱如何如何，
在她心中也仅仅是个概念。
而这次亲历，让她有了另一种生命体验。

看到众生在承受种种酷刑时，
奶格玛的双眼噙满泪水，
她一直在祈请，在发愿，
她想度尽那里的众生。
在发这样的愿时，
她是天底下最大的痴人，
她也知道她在痴人说梦。
她明知道罪恶是铜墙铁壁，
地狱是众生的业力感召，

纵然有无边的智慧和神通，
也很难拯救愚者的无明。
愚者看不到有另一种救赎，
也不相信还有另一种活法，
他们甘愿认假成真执幻为实，
生生死死在泥潭里沉沦，
在幻象里沉沉浮浮，
以是故佛难度无缘之人。
奶格玛也流出悲伤的泪水，
众生的愚痴刺痛了她，
那种贯穿始终的大疼痛和大悲悯，
时时让她想仰天长啸，
她想用那雷霆之音震醒众生——
"善有善报，恶有恶报，
不是不报，时候未到。"
可这世上再大的声音，
也无法进入聋子的耳朵，
没有一颗向往的心灵，
就不会有超越的行履。

一路上，奶格玛默然不语，
她在持诵心咒，
她在祈祷这缥缥缈缈的咒语
能给喧嚣的世界送去清凉。
她还发愿，无论众生有没有信心，
只要持诵"奶格玛千诺"，
她就会赐予他需要的祝福，
解其困厄扫其愚痴，

让自性的光明照耀自己。

寂天很是随喜奶格玛的大愿，
他说："你的大愿我也会助力，
只要持诵'奶格玛千诺'，
我便视如我的心子。"

在一个僻静处，
两人入定各观因缘。
但不论他们如何放飞搜索的眸子，
也打捞不出幻化郎的影子。
他既不在地狱，也不在法界。
这真是一种奇怪的现象，
仿佛他已从世上蒸发。
虽然奶格玛知道幻化郎有一个零磁空间，
但她早去过，那里已空空如也，
仿佛从未有人来过，
不知那次教导后发生过什么？

在一块巨型石头上，
他们再次甚深入定。
奶格玛此时已经证得究竟，
她虽疑惑但并没有担忧。
她的行为仍很乐观积极，
心中朗然光明无执无着。
这境界让寂天赞叹不已，
同时又生出深深的惭愧。
自己已苦修了无数个千年，

离究竟证果还有距离。
往日里总是向往自由和逍遥，
那洒脱的心态也包含了散漫。
沉浸在仙风道骨里失去精进，
修到一定境界难再有突破。
看到奶格玛的证境，
他又生起向往，
觉得不该再光阴虚度。
他对奶格玛说："你已究竟圆满，
修行途中多为我指路。
老夫虽然能力有限，
也愿鞍前马后效力。"

奶格玛闻言很是感动，
说："老仙翁切勿如此谦虚。
您永远是我尊敬的恩师，
我的证悟里有您的汗水。
那一次次危难一次次迷茫，
都是您为我解惑答疑。
您是我黑暗中的灯塔，
您是我苦海中的舟楫。
如今我融入了真理的光明，
利他的路上还请您帮扶。"

说话间，一团黑色由远而近，
直逼他们而来。它的速度疾如闪电，
于刹那之间，从天而降。
奶格玛突然感觉气场不再和谐，

它让人不由自主地战栗，
焦躁，甚至还想骂人。
寂天与奶格玛进入真心状态，
他们安住于明空，
他们提起警觉，以静观动。

渐渐地，黑云随风散去，
几个高大的力士站在面前。
他们一身煞气携几件兵器，
为首的一人怒气冲冲，
他青面獠牙赤红着眼睛。
奶格玛认出是阿修罗战士。

那人向寂天打个招呼，
直问是否见过幻化郎小子。
言语硬梗梗冷冰冰像在审讯，
他的目光犀利无比，
像射出一支支冷箭。

寂天一脸平静，
他不卑不亢轻声淡语——
"我们也正在寻找此人。
听说他被天帝打入地狱，
我们找遍地狱却无踪影，
不知勇士们可有线索？"

修罗力士说："我们正在寻找，
因为他弄乱了我们的程序。

他是一个疯狂的黑客，
居然入侵了修罗王的系统。
修罗王本有一个计划，
要跟诸天来一次交锋，
不承想被人暗中动了手脚，
所有的计划都被删除。
修罗王生出雷霆之怒，
派了千里眼顺风耳四处打听，
最后才知道，是幻化郎这小子从中作梗。
于是他派出了无数力士，
想抓他处以非天之刑。"
说这些话时，那力士仍然目光凶狠，
嗔怒与仇恨是他们的本质，
修罗需要众生的怒气滋养。
他们总想战胜敌人，
却不知自己最大的敌人不在他处，
而是他们不由自主的愤怒情绪。

那力士冷眼瞥向奶格玛，
他看不透这女子的境界。
他感到有些奇怪，却也不以为然，
他心中的愤怒已冲垮了理性。

寂天见修罗力士心直口快，
便想套取更多有用的信息。
他故作吃惊——
"还有这事？
修罗王的程序何等严密，

想必幻化郎已盗得天机。
难怪六道中毫无踪影，
若有消息也烦请勇士告知。
另外是否还有别的可能？
毕竟法界程序缜密精微，
修罗王的神通又威震三界，
怎会找不到一个毛头小儿？"

修罗人狠狠地踢飞了脚边的石子，
他将头一甩，鼻子里冷哼几声——
"那是个疯子！简直可恶至极！
他除了会篡改原有系统，
还精通另一种黑科技。
他能调动诸多暗能量，
启动三界的自毁程序。
要是他失去了理智，
三界便可能大祸降临。
我们虽然和诸天有仇，
争争斗斗中互有胜负，
但我们都有底线和原则，
不会把法界彻底毁灭。
这就像人间的诸多帝王，
虽然争来杀去你死我活，
但是都不会启动那核按钮。
鱼死网破同归于尽不是明智的选择，
一统天下才是我们的愿景。
大家虽有对立和矛盾，
却也是同一幅织锦的两面。

而幻化郎可实在不同，
他赤条条只是一个光棍。
他无财无势也无朋友，
他心智不全，轻狂年少，
好莽撞爱胡闹不顾大局。
但他手中的黑科技却威力无比，
盗天地夺造化无所不能。
我们怕他被坏人利用，
或是野心膨胀启用黑科技，
或是顽皮性起胡闹一通，
那样会毁坏三界殃及众生。

"听说天帝也惊慌失措，
派出了天兵正在找寻。
上一次天兵抓获一人，
都说是幻化郎，已验明正身。
他们将他打入十八层地狱受刑，
谁料想只是一个替身，
他复制了自己的生命代码，
克隆了另一个有血有肉的替身，
那替身承载着他的生命信息。
他本人依旧逍遥法外，无影无踪。"

奶格玛和寂天恍然大悟。
难怪他们到处寻他不得。
他们也开始为他着急，担忧——
黑白两道都想置他于死地，

幻化郎即将大祸临头。
奶格玛暗自思忖，
幻化郎本是自家力士，
决不能旁落他人之手，
度化他才能借其大力，
一起完成对娑萨朗的救赎。

忽然，一声嘶鸣自天而来，
一阵噪杂中，又来一队人马，
光灿灿亮晶晶犹如彩虹。
奶格玛认出是天兵天将。
修罗们一见便亮出兵器。
天兵们也深感意外，
气氛立即剑拔弩张，
双方都进入备战状态，
于僵持中揣摩对方的意图。
天将首先打破了僵局，
他说："此行不为打仗，
只想找到幻化郎解决问题。
那厮入侵天帝系统，干预三界秘密，
他从最初的试探已发展到肆意破坏，
他研发黑科技试图调动星际能量，
他凌驾于所有秩序之上，
已违反法界既定的规则。
他甚至想造出另一个天帝。
有人说他已经达成了目的。
因为他启用了一套程序造出万物，
有点像能自我复制的代码。

他这样逆天行事好个可怕，
且不说能启动三界的自毁，
便单单是弄乱万物的运行，
也会造成法界的混乱，
所以我们一直四处寻找。
按说即便学会了隐身之法，
也隐藏不了生物脑波。
以前我们还能找到蛛丝马迹，
但每一次捕捉都无功而返。
因为他只要一改动那程序，
我们就白白耗费心力。
现如今我们寻遍了三界，
却找不到此人丝毫踪迹，
他竟如同水汽般蒸发。
希望寂天仙翁能启动出世大智，
为我们提供幻化郎的讯息。
确保法界的和谐运行，
三界众生也会因此受益。"

天人有天福也有天德，
说这些话的时候，
天将一直言辞诚恳，
他和善地望着寂天微笑。
但他不知道奶格玛是何来路，
他打开天眼想看看她的真身，
却发现那里只有无量的净光。

寂天呵呵一笑，

他白头发飞，白胡子也飞，
他捋捋他的胡须，慢悠悠说：
"我也在寻找幻化郎，
若是找到，如何通知众位勇士？"

天将说："只要你澄心静虑，
安住于无念中祈请我即可。
那感应的脑波就像电波，
自然会把讯息传输给我。
感谢仙翁的大力相助，
日后还仰仗您多多关照。"
为了法界的安宁与稳定，
为了解除终极的隐患，
寂天答应他们互通消息。
三方代表商定一致之后，
天人与非天列队准备收兵。
但他们各怀心事各自提防，
都怕对方趁自己转身时偷袭，
阿修罗睁着愤怒的眼睛，
天人一脸警觉手握武器。
又是初见时的紧张气氛。
奶格玛见状，咯咯咯笑了，
在这旷野深处，
她的声音如窗边的风铃，
又像泉水在叮咚——
"我说一声一二三，
你们一起转身退兵吧。"

阿修罗将领闻言即怒，
两军对垒哪能让小丫头指画。
但他又没有更好的办法，
只好依了她。

"一、二、三！"
脆脆的声音响起，
两队兵将同时归于无影。
送走兵将奶格玛开始担忧，
她明白两个阵营各怀鬼胎，
都想抓住幻化郎为己所用，
都想借助那黑科技消灭对方。
她明白，如果他不入一方阵营，
这一方就必会取了他的性命。
我得不到的东西，
岂容他人拉拢得去？
想起五力士的使命，
想起他们下凡后的寻觅，
想起这一路经历的沟沟坎坎，
奶格玛忍不住发出感叹——
"幻化郎呀，你好个可怜，
世间已无你容身之处。"
想当初自己在求索路上，
也遇到天帝和修罗的阻挠。
如今他们又将目标设定为幻化郎，
但动机仍是一样的动机，
手段也是同样的手段，
只是自己靠的是金刚护轮防身，

幻化郎靠的是黑科技。

对于天兵和修罗的同时出现，
奶格玛觉得很是蹊跷。
寂天说："地狱之中广有耳目，
我们进去便会有消息传出，
他们前来问询也在情理之中。
今后行事要更加低调谨慎。

"幻化郎是五个力士之一，
又是女神你的具缘弟子。
此人定有殊胜的因缘，
倒也不必过于牵挂。
只是我也不知该从何处寻起。"

奶格玛心中忽然灵光一现——
明天就是二十五日，
可以在定中观察因缘。
到时候请仙翁一起观察，
看看幻化郎在何处藏身。

次日子时，奶格玛入定，
初时，她什么也看不到。
但她并没有失望。
她调动了幻化郎对应的莲花，
莲花中有母亲装下的种子，
有此种子，不论相隔多久相距多远，
他们都会相应。

奶格玛开始深情地呼唤，
就像小时候天黑了，
她还在贪玩时，母亲的呼唤一样，
那声音悠长，绵远，饱含深情……

一盏莲灯遥遥而至。
奶格玛清晰地看到幻化郎了。
那火莲饱满的花瓣上能量具足，
说明幻化郎只是有惊而无险。
寂天仙翁却看不到点滴。
这不是老仙翁的功力不够，
而是他与幻化郎并无量子纠缠。
这量子纠缠也是大缘，
需要两者之间产生关系。
奶格玛叫寂天观她的意识，
借助她的媒介再行判断。

他们发现那火苗时不时就蹿上半空。
火苗中还有数点灯花，
红黑相间中幻幻隐隐。
这代表幻化郎心中还有障碍，
还没有达到无我之境。
只是她观不到他的所在，
那里没有一点儿可供参照的细节。
她只看到他本元的生命程序，
却看不到他当下的生活情景。
这种状态以前从未出现，
奶格玛感觉很是奇怪，

他仿佛藏在一个神秘的所在，
隔绝了世上的所有信息。
他的意识也像停止了运行。

第二十四乐章

　　幻化郎依然下落不明，而密集郎又开始了疯人般的呓语。胜乐郎得偿心愿，与华曼重逢，寻回了爱情的他，又将如何处理爱与信仰的关系？卢伊巴曾经的告诫会成为现实么？

第 68 曲　密集郎的呓语

寻找幻化力士无果后，
奶格玛辞别了寂天。
她想起密集郎博学多才很有想法，
或许他可以提供一点思路。
她找到密集郎，却发现，
他正陷入自己纷繁的念头而纠结不已，
他一见奶格玛又语如飞瀑——

"你别管幻化郎生也死也，
生就是死死就是生。
你可知道物质不灭定律？
他定然还在这法界里面。
请你先看看我的状况，
这究竟是纠结还是感悟？

"每一个让我讨厌的人，
其实是我讨厌的另一个自己；
每一个让我喜欢的人，
其实是我喜欢的另一个自己；
每一个让我忌妒的人，
其实是我想要而不得的理想形象；
每一个让我愤怒的人，
其实是我想要遮掩的自我暗影。

"我常常展开与自我的对话，
我看到心中藏着无数个自己。
每一个自己都变来变去，
那变化背后是固定的习气，
每种习气都会随着外缘，
摇曳出无量无穷的身姿。
它们虽有着不同的显现，
却总把我导入同一个困境。
于是人生就这样循环着，
很少能跳出命运的轨迹。

"思绪像不断抽出糖丝的棉花糖，
又像绵延东去的大河水。
它们在大脑里奔腾而过，
永无止息永无尽头。

"又有另一个我在看这流水
——这流水一般的念头。
当我安住那个观察的视角，
我发现那些念头都是骗子。
它们编织了一个个的谎言，
谎言构成一个个牢笼，
牢笼构成了扭曲的世界，
把我原本自由的心，
轻而易举困成一只小兽。

"我还看到那些念头的背后，

总有这样那样的习气。
它们指向的都是同一个东西，
那个东西有个含糊的名字叫无明，
想到它我真的糊涂了。

"我时时被念头牵走，
所以我吃饭不是吃饭，
行走不是行走。
我吃饭的时候从未停歇，
更不能安享当下的美味。

"我行走的时候总在思考，
我看不到路边的风景。
春风拂动的鲜花总是很美，
我却纠结于自己的执着。

"有时候我也很痛苦，
我发现自己做不了心灵的主人。
我时时在寻求一种方法，
让我能真正坦然地生活。
那时不再有困惑不再有无知，
对自己对世界都没有迷惑。
能清楚知道自己该做什么，
并且那身体也信受奉行。

"每个人的世界都是内心投影，
妄念将一片清明变成浓雾。
我在浓雾里挖掘本来，

就像扒着沙粒寻找黄金。

"我常常感到精疲力竭,
大脑散乱又十分昏沉。
因为我有太多的欲望,
我既执着于当下也想得到未来。
欲望变成一个个包袱,
它们压住我瘦弱的脊梁。
我在喘息中寸步难行,
更看不到前路的清明。

"我还没有等看到天亮,
就已经被负重压倒在途中。
在求道的途中我是个烈士,
倒在无人注意的路旁。
我也是一个为信仰殉葬的幽灵,
却没人为我送上一束鲜花。
他们只看到那些胜利者,
不会留意路上的坟茔。
那坟茔已经堆成山了,
一将功成背后必然有万骨枯朽。
太阳出来后坟茔都隐入黑暗,
我却仍在幽冥里寻找启明星。

"也许我放不下那些记忆,
一段段记忆总是重现。
有时是外缘引发这记忆,
有时是毫无缘由地浮出。

那些伤害的、喜悦的、愤怒的，
那些亲者、爱者、仇者，
那些熟悉的、陌生的面孔，
总是潮水般涌出。
我大喊着'停下停下'，
却关不住思维的闸门。
它们仿佛地狱里放出的饿鬼，
争先恐后挤破灵魂的大门。

"我还幻想有一天，
我能发明一种晶片。
把晶片植入大脑，
每个心念就能完美地运行。
那时身体不会再反抗，
那时意识也不会再逃遁。
那时人人都遵循智慧程序生活，
不会再有妄念编织的牢笼。

"但那样的世界或许反而会无趣，
因为到处是千篇一律的圣人。
这又是我脑中的一个悖论，
我的世界里充满矛盾。
我想啊想啊看啊看啊，
遥远的星空藏着无穷神秘。
它是否能收到我的思绪，
再寄给我一双通灵的眼睛。

"罢了罢了我万念俱灰，

且欣赏眼前的一朵小花。
那小花没有任何情绪，
它只是本能地朝太阳绽放。
它不在乎有没有人欣赏，
也不在乎能不能得到赞赏。
它只是向往着光明的方向，
一朵朵开放，散发着芬芳。

"我是藏在黑暗里的眼睛，
我在观察世界的动向。
我小心翼翼我心乱如麻，
我讨厌那旧系统的程序。
我试图给自己重装系统，
又怕那新系统带有病毒，
我又陷入了灵魂的撕裂，
继续寻觅最好的程序。

"却发现我什么都信不过，
因每套系统都会有局限。
我也知道它们的优点，
却不能接受任何瑕疵。
我总在追求绝对的完美，
却一次次失望终于绝望。
我发现这世上没有完美，
大树越是参天阴影也就越长。

"便是佛陀住世的时候，
他的信徒也不过几千。

剩下的亿万之人都是外道，
他们不断攻击佛陀的光明。
这佛子就像那掌中之尘，
外道却是大地之土。
就算当今再有佛陀出现，
为我放出了种种光明，
说着那些诸行无常的真理，
我依旧会怀疑他是个魔王。

"这是心灵本身的污垢，
只能靠自己精进地清洗。
虽然我也明白那个真理，
却总是陷入惯性的牢笼。

"我恳请上天赐予我救世主，
让我能摆脱内心的困惑。
但救世主也是自己的心，
我又陷入无解的悖论。

"我看到一个奇怪的世界，
这里的人们有巨大的头颅。
那眼睛小得仿佛绿豆，
嘴巴却大得如同车轮。
他们争先恐后地喊着叫着，
我饿了我困了我饥了我渴了。
耳朵却如同闭合的石门，
听不到任何真理的声音。

"于是他们像黑夜里的蟑螂，
抖动着触角到处乱滚。
脚步飞快却没有方向，
在欲望迷宫里瞎撞一生。

"这世界里还有巨大的机器，
它像一台食品加工机。
你塞入一颗颗鲜活的心灵，
又吐出千篇一律的产品。

"这世界没有太阳和月亮，
到处都是混沌的铅灰。
偶尔有一朵小花开放，
也很快会被蟑螂们撕碎。
我就在这灰色里苟活，
我只是拥有那方寸之地，
它却成了我一生的牢笼，
心灵永远无法获得自由。

"这里没有风霜雪雨，
这里没有春夏秋冬。
每一天都是昨天的重复，
活过一天便活过一生。

"我总是期待着生命的改变，
却总是陷入另一个循环。
我不想做命运的奴隶，
却总是不停地寻找主人。

"我总是在焦虑中呼喊，
我总是在无奈里哭泣，
我在眼泪里寻找芬芳，
我在笑容里看到绝望。

"期待是一根根绳索，
从心底伸向整个世界。
织成了巨大的蜘蛛网，
张开捕获快感的神经。
内心时时关注着猎物，
那密密麻麻的丝线，
困住了猎物也困住了猎手。
如果不期望得到任何回应，
心就能从蛛网的牢笼里解脱。

"每个人都有自己的黑暗，
我有一双恨不得瞎掉的双眼。
眼中有不可救赎的一切，
却总是傻傻地想再点亮一盏灯。

"我脚下的沙子带着滚烫，
没有太阳你为什么会有温度。
你说是众生的热恼炙烤了你，
你可知也烫伤了我的灵魂。

"在没有星空的夜里，
我看到自己心中的星星。
它们一闪一闪眨着眼睛，

我想到了母亲的怀抱。

"还有小时候的一个玩具，
一本书一支笔都珍贵无比。
虽然它们都已被岁月带走，
此刻又在我心中浮出。

"更有梦中的一个个你们，
还有一个个梦中的你。
你和你们都可曾安好，
你和你们又在哪个世界？

"梦中的你总是长发飞扬，
笑着闹着跑在林荫道上。
我抱着你随着春风旋转，
醒来便感觉到尽是冰凉。

"我常常在梦里哭泣，
然后又在醒后微笑。
我每一刻都在切换着人格，
人生就像川剧中的变脸。

"只是那条河一直在流淌，
河边的人已物是人非。
水草轻轻拂动着忧伤，
谁的脸庞又映在水底？

"女神啊你可知我心中的苦恼，

我把苦恼告诉树上的小鸟。
小鸟叽叽喳喳很不耐烦，
它扑棱一下翅膀就飞走了。
我生命的感悟好像是黑咒，
它们才没心情听我的絮叨。

"我又把心事告诉天上的白云，
白云笑得像煮熟的土豆。
它温和地说知道了知道了，
转眼又随着风儿飘走。

"天空是漆黑的蓝色，
乌云是白皙的透明，
世界里没有真理和谬误，
天帝和魔鬼是同一个面孔。

"光明和黑暗是硬币的两面，
我却总在夹缝里寻找空间。
那空间就是我的栖身之处，
那里有荷花伴着阵阵芳香。

"芳香里还有你的笑语，
我拉过你的手泪流满面。
明明在没你的日子里孤寂，
却必须强装温和的淡然。

"我不想要那度众的佛珠，
我只想要你颈中的红线。

那红线一直伸到天上去，
变成缕缕美丽的彩虹。

"我走入一片树叶的纹理，
那里布满了生命的秘密。
一条条脉络伸向远方，
我却像一只迷路的羔羊。

"大自然最贴近本真，
但谁能告诉我自然在哪里。
青山绿水早已经荒芜，
心中总是覆盖着白雪皑皑。
白雪化成火山上的岩浆，
它们一滴一滴渗入土地。
土地又开出七彩的花朵，
我揉碎了花瓣撒向天空。
世人都说我是个疯子，
但每个人心中的我各有千秋，
同一个疯子有不同的疯相，
我再也找不回最初的自己。

"我的大脑一刻也闲不住，
我只能借助修炼身体提升定力。
我一边按照恩师的教授训练，
心中还抽着思绪的丝线。

"我看到一片片飞花和落叶，
便知道秋日已姗姗来迟。

春天总是有和煦的气息，
秋日便泛起了一点点寒凉。

"心中总感到人生的乏味，
总在单调里重复昨天。
不知道那天上的神灵，
是否也有不同的往事。

"我喜欢闻泥土的味道。
雨过后的大地有种生机。
所有的行人都变得从容，
我却在焦虑中寻找安抚。

"没有事物能够永恒，
于是我停下寻觅的脚步。
坦然接受当下的一切，
我想捂死那骚动的心念。

"内心还住着一个魔鬼，
它时刻撩动着欲望的火焰。
每个人都向往着爱情，
可那仅仅是一时的情绪。

"我看到末日的世界在焚烧，
大火带走了所有的故事。
一个个故事里的一个个善恶，
在劫火里都失去了意义。

"人类总在做可笑的游戏，
他们越发地消耗着自己。
我站在山顶看这个城市，
我在感受那喧嚣里的宁静，
以及宁静里暗藏的万千涌动。

"为什么有人说爱就是永恒？
他们明明不懂真正的爱情。
圣者心里的爱情太过虚蒙，
仿佛天边飘过的彩云。
那一天我见到一个姑娘，
她问我懂不懂爱情？
我说爱情是荷尔蒙的冲动，
那姑娘笑着摇头。

"她指着天上的彩虹，
又指着荷塘的莲花，
还指了指自己的心，
说这里就有爱情。

"我觉得她也有发疯的潜质，
因为她的世界也没人能懂。
于是我们便结伴而行，
一路上说着各自的言语。

"后来那姑娘找到了爱情，
那是一个英俊的男人。
我看到她注定失望的结局，

但也没去做任何的提醒。

"就让世界的自然归于自然，
尽可能减少人为的因素。
万物都有它们的轨迹，
不去干扰便是最好的尊重。

"我没有觉悟的心，
也没有觉悟的行。
我连那觉悟的词语都看不懂，
于是翻烂了一千本佛经。

"经书里总提到一个词语，
那个词叫'无常'。
它包了天包了地，
包了身体也包了心。

"我喜欢凡间的味道，
可我父亲是个仙人。
据说我今后也要做仙人，
这真是一个不幸的消息。

"有一天我问绿叶上的金龟子，
'你为什么能得到快乐？'
那金龟子振起短促的翅膀，
留给我一个决绝的背影。"

奶格玛听着密集郎的呓语，

她笑了，笑中露出一丝欣慰。
她说，这是纠结也是感悟，
它充满了红尘中难言的秘密。
她告诉密集郎，安住明空观察，
在那河边观察流水，
在那草地观察白云，
世事本是无常的流水，
也是一种变幻的剧情，
但在这无常与变幻中，
却有一种流动的美。
奶格玛再教以幻观瑜伽，
进一步成熟他的根器。

第 69 曲　比翼

胜乐郎学习了空乐瑜伽，
他遵师言摄受了华曼，
因超越需要两颗心的共振，
若无相应便难生起炽热之火。

华曼终于又见到了胜乐郎。
虽然时间只走了一两年，
却仿佛已轮回了好几世。
她看着他渐渐走近自己，
她却胆怯地赶忙垂下眼帘，
泪水不争气地滴滴滚落，
心中犹如千只万只小鹿，一齐轰然踏过。
他看上去变化很大，
虽然依旧清朗温和，
却多出了一种难以亲近的气息。
而自己变化更大，
看着还是从前的那副皮囊，
可内里早已百孔千疮。
他是否还像从前那样爱她？
那个翩翩少年，为她治病，
牺牲生命在所不惜，
那一片赤诚，是否已随风逝去？
她身患龙病，丑不忍睹，

他固然能毫不在意，
而如今，那高贵的公主，
已浸泡过泥潭粪坑，
这比龙病更令她痛苦，
纵然有恩师巴普的开示，
她也曾以为自己靠修行而看淡了
尊贵与低贱，纯净与污浊，
可一见到自己心上的男子，
她的淡定，她的自持，瞬间瓦解。
她忽然觉得自己很脏，
这样的自己根本配不上胜乐郎。
她心中一阵痛楚，
她已失去了所有的尊贵与尊严，
那自卑和不安的毒虫，
开始一口一口蚕食她的心。
胜乐郎见到华曼却欣喜不已，
牵挂的人儿终于来到了身边。
他很想飞奔过去，将她紧紧抱住，
吻净她的泪水，让她不再害怕，
可他站在原地，什么都没有做。
他的心既激动，又平静，
那修行得来的智慧和定力，
给他的欣喜和深情罩上了持重的外衣。

华曼眸中的那点亮光，突然暗了下去。
她感觉到胜乐郎的冷静，
那多像是一种冷淡。
难道他不再爱自己了么？

难道他在意自己的不堪经历？
难道修行的他，已抹去心中的一往情深？
或者根本从头到尾都只是自己自作多情？
她用探询的目光看向胜乐，
充满希冀，寻找他眼中的激情，
而那双星眸，仿佛蔚蓝的天空，
又像是浩瀚而又平静的大海，
有清凉，有柔和，
唯独没有她期待的火热。
她的心惴惴不安，
一阵酸楚的感觉，
猛然从心头一路蹿向小腹，
她的全身都在哭泣。
最终，她抬起泪痕点点的脸，
笑了一笑，将手伸向胜乐郎。

他握住了她的手，觉出了一股微凉。
这是他多少次梦想牵起的手啊！
他无数次想象，
若能执起那双纤纤玉手，
他该会多么幸福，幸福到眩晕，
而现在，他终于牵到了她，
心中却突然闪过几丝疼痛，
他望着她笑了一笑，什么都没有说。

从此，华曼的内心，总泛起阵阵悸动，
胜乐郎一个眼神，一个微笑，
甚至不易觉察的一个呼吸，

都能让她的心狂跳不已，
那里，宛若怀有一只敏感的小鹿。
那种迷醉的旋律，
随时都能把她带往天堂。

她只想与他待在一起，
哪怕不说话，只要能看到他，
她的心就是安的。
他于她，
就是冬日的炉火，夏日的香茗，
是孤独时的慰藉，是绝望中的希望。
他是她灵魂世界的唯一。

而胜乐郎的心里也一直驻扎着她，
从她入了心，就从来没有走出过。
她在他心上，霸道地竖起一面旗帜，
坚不可摧，固若金汤。
她让他刻骨铭心，也让他痛彻心扉。
她让他曾经沧海，也让他伤痕累累。

只是每次上座，他都状态不佳。
他总会想到华曼的过去，
这是横亘在他们两人之间的幽灵。
那些难忘的片断，
都让他心不在焉，
他观修的所缘境也若有若无。

他常常感到那种灵魂的撕裂。

如果他不曾离开她，
也许她就不会有后来的遭遇；
如果她不曾有过那些遭遇，
他们还是从前的他们，
保留下来的全是美好纯净的回忆。

可他越想放下越放不下，
那些自责、懊悔，
还有一些说不出来的堵塞感，
让他不由自主在冷热亲疏之间摇摆。
它们是藤蔓，缠缚着他，
它们是牢笼，囚禁着他，
它们还是天网，严密地笼罩着他。
华曼知道他内心的激战，
她常常背着他落泪，叹息。
但她不怪他，她只怨自己曾经恶心的遭遇，
她觉得是她配不上这份爱。

这一天有人前来提亲，
让胜乐郎公开娶了华曼，
人家毕竟是金枝玉叶，
需要一个合法的名分。
这一来胜乐郎就成了驸马，
也因此有了教化的威势。
出世法需要世间法的基础，
成就大业需要借力。
胜乐郎心念一动生起纠结，
觉得来人所言也有道理。

奶格玛深知胜乐郎的心结。
一口觉悟之气缓缓从她口中流出。
她以无碍的智慧神通，
加持胜乐郎做了一个长梦——

梦中他和华曼结了婚，
那场盛大的婚礼好生热闹。
于是有情人终成眷属，
新婚蜜月好个快活逍遥。
湖畔草坪上骑马踏青，
花前月下吟诵着诗句。

一次次深情的相拥，
一次次抵死的缠绵。
一次次快乐的嬉闹，
一次次无语的凝望。

那是胜乐郎最开心的日子，
他笑啊闹啊再也没有忧虑。
他感到阳光从未如此灿烂，
连青草都散发着无穷的诗意。

时光如水，青春渐逝，
相看两不厌终将远去。
新娘的婚纱开始泛黄，
两人的激情归于平淡。
一切都是重复，

一天一天，一月一月，
寻常的，宛如左手牵右手。

他当上驸马要协助国事，
可他对政治一无所知，
那复杂的关系如同乱麻，
那百官的诡计密如针毡。

他回到家中华曼也不再热情，
皇宫里有太多刻板的规矩。
二人遵从模式化的程序，
生活展现出苍白的一面。

天生的宿命开始向他招手，
他继续学习空乐瑜伽。
可华曼却像换了个灵魂，
对修行开始荒废懈怠。

她只关心生活的琐碎，
还开始在意一些鸡毛蒜皮。
她怕胜乐郎因修行出离，
也怕胜乐郎移情别恋，
她开始约束他，背后打探他。

胜乐郎渐感苦恼，
生活原来是一团败絮。
他曾心醉神往的爱情，
也不会一直鸟语花香。

华曼越是管束，他越想逃离。
他时不时就跑入寺院闭关修行。

这一天他又来到寺庙关房，
修习着奶格玛教给他的妙法，
忽然听到有人敲门，
开门后，他看到一双俏皮的眼睛。

这眼睛的主人面容清秀，
还有一种活泼可爱的清纯。
她长着薄薄的红嘴唇，
还有一个精巧的小鼻子。

她浑身透着精灵般的气息，
她说："听说您对修行很有见地，
我有好多不明白的问题，
不知您是否愿意做我的老师？"
胜乐郎像生硬的石头开出花朵，
心海随风荡漾起涟漪。
他把所有学问倾囊相授。

后来才知道姑娘的来历：
她本来想出家但必须学戒一年，
于是以学戒女的身份暂住在寺庙，
因为悟性很高，备受住持厚爱。

她性格开朗古灵精怪，
常常给大家带来笑声。

她心地善良无比虔诚，
所有人都喜欢与她接触。

而她，最喜欢与胜乐郎在一起。
随着他们的交往日深，
胜乐郎慈爱的目光里，
多出了一份柔情与蜜意。

于是他们有了心照不宣的暧昧，
于是他们有了相视而笑的涟漪。
于是他们在一个夜里拥吻了彼此，
那爱的味道醉了整个天地。

胜乐郎再也无法面对华曼，
他看华曼的面孔像看一块石板。
他心中装满了学戒女的春风，
只有在那春风的拂动下，
他才感到活着的美好。

他时时跑去与学戒女幽会，
他指着月亮对学戒女盟誓。
他们互换信物，暗许将来，
他们把爱情视为修行的动力。

他们心心相印，息息相通，
他们总能在眼神的碰撞中，
看到生命的火光，还有那点灵犀。
他们交换着彼此的秘密，

向对方送上了全部的自己。

就在他们你侬我侬的时候，
华曼发现了胜乐郎的异常。
她到处打探，派人跟踪，
终于有一天，她得到了令人惊讶的消息。

华曼公主愤怒无比，
她一声令下，绑架了学戒女。
她爱慕的男人，岂容他人分享？
她鞭打她，辱骂她，
在她的脸上烫了烙印，
把她流放到边疆充为奴婢。

胜乐郎再也找不到学戒女了，
他焦虑，担忧，茶饭不思，终日惶惶。
他感到自己的心在烈焰中焚烧，
他的灵魂，已被现实撞得支离破碎。
若不是手中的信物彰显着过往，
他真的怀疑自己，不过是做了一场春梦。
而梦里不知身是客，一晌贪欢。

甜蜜的往事成了梦中的幻影，
而学戒女，成了他心头的一枚刺。
多少难忘，多少甜蜜都戛然而止，
尽管他眼前，时时还晃动着她的俏皮。
他的思念变成了天上的寒星，
在每个夜里眨着寻觅的眼睛。

那眼睛荡起一晕晕的波动，
时时会流出相思的泪水。

忽然一滴眼泪带出了冰凉，
他睁开了睡梦中的眼。
他看到山洞感到一阵恍惚，
瞬间忘记了自己身在何处。
他静静看着洞外的星空。
不知内心在思索着什么，
他已把自己化为一具雕塑。

第二天朝阳升起的时候，
他看到华曼忙碌的身影。
她的身形，她的气息，
她可爱的小情绪，
一股暖流从心中升起。

胜乐郎发现这梦好生奇怪，
它真实得分明是一段经历，
现实中他分明爱着华曼，
梦中爱的却是学戒女。
不知是真实变成了梦境，
还是那梦境变成了真实。
他直观地生起了梦观智慧，
观照华曼在妓院的经历，
明白了一切仅仅是记忆，
真正的幸福是安住当下。

从此，他们进入了佳境，
在爱悦中，他们生起了殊胜的体悟，
那智慧的拙火开始生发，
诸轮的脉结消融在爱里。

他终于具备了空乐智慧，
爱悦的空中有无穷的生机，
智慧气契入生命的基点，
无死的净光开始出现。

第 70 曲　大山

胜乐郎渐渐理解了师尊，
奶格玛成了他心中巍峨的大山，
那里郁郁葱葱气象万千。
他起身去攀登那雄伟的山峰。

等他一日日登上了山巅，
他有了另一种视角。
他发现山中还有更加壮美的风景，
它们新奇而伟岸，横无际涯。
从那里极目四顾，
整个世界都成了雨后的青山。

如若你只是观光的游客，
你就不会知道山上的秘境。
只有你生起真正的热爱，
与它融为一体，成为它的
一片叶子，一棵小草，或是
它怀里的一只虫子，
它才会显出一个个入口。

秘境的入口极其逼仄，
也许只是一个狗洞，
它狭小，漆黑，深不见底。

你只有放下高贵的身架，
才能轻松地进入。

很多人在洞前徘徊不前，
他们无法放下自己的傲慢，
偏见让他们望而却步，看不到洞底，
在患得患失中滞留洞外。

也有人试着爬了进去，
没走多远也开始犹豫，
因为他看不到洞的尽头，
也受不了令人窒息的折磨。

只有少数人坚持了下去，
他们在爬行中放低了自己。
他们把自己变为一粒尘埃，
与大地紧紧贴在一起，
他们愿做铺路的石子，
愿意为一株小草奉献自己。
他们为了成全别人，而忘了自己，
也忘了黑洞尽头的希冀。

他只管爬啊，爬啊，爬，
在爬行中淬炼自己的灵魂。
他不去想那洞通往何处，
他的爬，本身就是意义。

他不管名，不管利，

也不管能否得到别人的认可，
他想，就是死在这条匍匐的路上，
也能够坦然地面对自己。

此时他对世界再无所求，
只管向前爬去，爬行是他的生活方式。
他不作秀，也不逃避，
他在用自己的一生，
践行一种他认可的精神。

他安住在爬行的当下，
他看着洞里的每一寸黑暗，
体会着黑暗带来的恐惧，
他放松了自己绷紧的心弦，
他开始吟唱自由之歌。

他唱得投入，唱得忘我。
他的歌声感动了自己，
他泪流满面，情不能抑。
就在他不经意的时候，
一片光明豁然出现。
他才发现那山的最深处，
竟然还有个博大的世界。

在那个世界里，有天有海，
有高山也有平原，
它无执无我，阔无边际，
他沐浴在大山和煦的春风里，

渐渐地，把自己彻底消融在其中。

再回首来时的路，
每一幕景色，都是心性的化现，
每一个视角都是他自己。
能走多久，能走多远，
都是自己的选择，
看你是否有打碎自我的勇气。

他自以为发现了大山的秘密，
回头，却发现秘密早已写入登山须知。
你看，登山的入口处人手一份，
真正看懂的人，却寥若晨星。
人们的眼睛总是被心控制，
外界的信息已被心灵之眼层层过滤。
你看到的世界只是你心灵的化现，
那世界高不过自己的内心。

幸好那山道上有路标提示，
在它的引导下，你只管迈脚，
你不要陶醉于那鲜花遍野，
也不要留恋霞蔚云蒸，
山上的美景都是幻影。
当你忘了自身的疲惫，
就能一点点接近真理。

只有把自己完全交给大山，
才能发现那随处可见的入口。

你可以从任意一个入口进去，
坚持下去都能到达秘境。

有的人天生心地纯净，
他无须经过狗洞的磨炼。
刚入山就见到了辉煌之门，
径直就能走向殊胜的光明。

有的人带着各种习气，
每种习气里都驻扎着一位魔王，
他阻挡着人们成道的路，
他设置陷阱，或常常半路杀出，
惊得人慌张迷乱，措手不及。
狗洞就是你与魔王对弈的战场，
魔性重，习气深，那洞就长；
魔性轻，习气浅，洞便也短。

在那条狭长的狗洞中，
你看不到未来，感受不到美好，
你的眼前和心中一片漆黑，
还有尖利的怪石动辄刺破身躯。

那疼痛的地方是你的习气，
只要磨不尽就走不出去。
只有产生真正无伪的信心，
狗洞才会变成光明秘境。

这秘境之中还有秘境，

层层叠加，层层深入，
据说共有十四层之多，
那秘境的终点叫终极超越。

第二十五乐章

　　他是战神般的威猛男子，战斗和杀戮是他生命的理由。处心积虑的威德郎，一心想要吞灭欢喜郎的国家。可巧，一个蛇蝎美人，从敌营适时地伸出了合作的纤手，一场大决战如疾风骤雨般降临……

第 71 曲　战神

因为找不到幻化郎的讯息，
奶格玛又把目光投向了威德郎。
她想，幻化郎一时也没有危险，
不妨先度化其他力士。

威德郎号称战神再生，
他君临帝国壮志雄心。
他雄才大略智勇超群。
他天生具有攻击性和侵略性。
自他登上王位的那一刻，
历史的篇章就被改写。
他的铁骑被称为"天帝之鞭"，
他黑夜一般不可阻挡。
他让无数的对手闻风丧胆。
他的兵马席卷犹如飓风。
他不仅作战勇猛身先士卒，
登基之后还能以智慧取胜。
他完成了对周边地区的征服，
奠定了坚实的政治基础。
他不可一世又狡猾残忍，
他能在任何时候都保持冷静。
他外交手腕高超多谋，
有着优秀的军事才能。

威德郎喜欢戴牛头面具，
两只尖锐的牛角直刺天空。
他身材高大双肩宽广，
他脖子粗短，头颅硕大。
他粗硬的黑发好似马鬃，
四射的胡须分明是钢锥。
他鼻孔大张酷似牦牛，
睁一双牛眼鬼怕神惊。
他的双眼中能发射闪电，
你若直视，定能灼坏你的眼睛。
他总是转动凶猛的眼珠，
把别人的恐惧当自家点心。

他的步态自负而傲慢，
那神态傲居一切之上。
他喜欢骑一头水牛，
此牛威猛无比却精通人性。
那两柄牛角是杀敌的利器，
所有阻挡者都会血肉横飞。

威德郎上阵喜欢用人血装饰，
先用人血涂眉再涂抹脸颊。
然后用骨灰涂遍全身，
再披上一张象皮斗篷。

别的战将都身着铠甲，
威德郎却喜欢寒林八饰。

这饰物外形恐怖，阴气森森，
却代表着无上的智慧妙义。

他身上的骨饰都是人头骨所做，
一件骨饰源于一个仇敌。
那项链上的一百零八颗骨珠，
来自一百零八位武士。
他们骁勇善战，杀敌无数，
但在威德郎手里，
都成了待缚的小鸡。
威德郎的配饰浸满血腥，
每一件，都有一个泣血的故事，
他却视之为英勇的勋章，
每日里挂在胸前招摇横行。
敌人见了总是闻风丧胆，弃甲而逃，
更为他增添了豪情雄心。

他腰间的围裙是人皮所制，
那一段故事精彩纷呈。
人皮的主人是有名的恶徒，
烧杀掳掠横行于国中。
他杀生偷盗，邪淫妄语；
他两舌恶口，绮语贪痴；
他杀父杀母，出佛身血；
他杀阿罗汉，他破和合僧。
他罪大恶极，他十恶不赦。
此人威猛无敌犹如天神，
天下之大却无人能敌。

登基后的威德郎闻听此事，
激起他强烈的好战之心。
对手越凶狠越让他兴奋，
对手越强大才越有挑战性。
威德郎大义凛然，决定为民除害，
以暴制暴的刺激让他无比陶醉。

他提起大斧直奔恶徒老巢，
与其大战了七天七夜。
他们打得日月无光天地变色，
电母雷公也时时助阵。
八千个儿郎擂动着战鼓，
威德郎万千智勇集于一身。
终于杀死了那个恶魔，
他赢得了无上的荣誉。
他剥下那张恶皮，
制成围裙来警示世人。

这一战让威德郎名扬天下，
百姓和士兵热血沸腾。
他们自豪有如此勇猛的国王，
他们死心塌地地追随，效忠。
他们为他鞍前马后，鞠躬尽瘁。
从此后，人人都以勇猛无畏为荣耀，
人人都梦想当盖世英雄。

威德郎的生活简单质朴，

他却允许部下富贵奢侈。
每一次大战胜利都赏赐极厚，
但临阵退缩者必须处死。
所有臣民都十分敬畏，
见到他都伏地欢呼。

他还有个特殊的爱好，
喜欢在寒林里静坐修行。
以是缘故，他既有沸腾澎湃的热血，
也有冷静镇定的心神，
他能在万军丛中如如不动，
视凶险的战场如无人之境。

在敌人的传说中他是魔王，
他残暴凶狠屠城无数。
但他的残暴只针对誓死抵抗的人，
对顽固分子他格杀勿论，毫不留情，
对于投降者，他却以自己的方式
善待他们，安抚他们。
威德郎残暴的传闻，
让无数敌人胆战心惊，甚至弃城逃遁。

他是能让世界都发抖的男人。
他有着纵横天下的骑兵，
也有着吞吐天下的大智大勇。
他的军营星罗棋布，
他们攻城略地无坚不摧。
他的鞭子指向哪里，

就意味着哪里将血流成河。

在他国中，人人崇尚武力，
他们常年与战马合为一体，日夜不分。
他们是天生的勇猛骑兵，
他们龙卷风一样在大地上肆虐。
战士们个个都是拼命三郎。
他们天生丑怪四肢粗短，
壮硕的躯干上顶个大头。
他们常年骑马，腿已成罗圈，
身体的线条粗犷无比，
像天帝抡圆了斧头，
在老树根上雕刻的作品。

他们的食物多半生不熟，
他们的菜品从地里挖出。
他们穿着粗麻布的衣服，
他们披着兽皮制的围裙。
皮衣上身后就不洗不换，
直到破烂不堪才扔了换新。
于是身上总是臭气不断，
一个个就像原始的野人。

他们常年在马背上生活，
可以几天几夜连续骑行。
战斗时他们灵活机动，随机应变，
很少排成整齐的队形。
他们时聚时散，来去如风，

他们杀戮劫掠，势不可挡。
他们像黑旋风一样从天而降，
又像闪电一样于瞬间撤离。
他们是一群鬼魅的影子，
早东晚西，于人间穿行。

他们杀敌的方式灵活多样，
其中有一种独门绝技——
突然甩出绳套抛向敌人，
精准地套住敌人的颈部，
将他拖下奔驰的战马，
拖出一线烟尘和血腥。

他们的兵器也无人能比——
他们的箭，像装有智能追踪仪器，
敌人在哪里，它们就能飞向哪里；
他们的标枪，是主人的忠实奴隶，
主人指向谁，它们就穿透谁的心脏；
他们的军刀，是主人最义气的兄弟，
主人有危险，它们誓死抵挡，
人刀合一骁勇无比。

他们用一系列致命的打击，
摧毁了许多著名的城市。
城里堆满了累累白骨，
那尸臭熏天让人窒息。
诸多国家都深受其害，
他们抵抗，他们反击，

但他们势单力薄如螳臂挡车，
他们以卵击石，自不量力。
在经历了一面倒的恶战之后，
他们被威德郎杀得片甲不留，
他们的国王被杀，臣民皆为俘虏，
那大好河山也被威德郎尽收囊中。

欢喜郎也曾组织了联军，
长驱直入威德郎的腹地。
后来两军对垒，激战数日，
最终被威德郎凶残地反击，
击败了多国联军的主力，
迫使那些国家订立合约，
每年向其进贡万两黄金。
经此一役威德郎迎来巅峰，
整个陆地上再无他的对手。

然而他醉翁之意不在酒，
万两黄金买不了英雄之心，
他知道欢喜郎也是枭雄，于是
他一直想消灭欢喜郎的帝国。
为此，他谨慎筹谋，从长计议。
一方面暗中筹备战事，
另一方面不断寻找进攻的理由。

第 72 曲　美人心机

欢喜郎有个妹妹名叫绿晶，
她皓齿明眸，风情万种，
尤其那双勾魂摄魄的眼睛，
秋波流转令人心旌摇荡。
她身材婀娜如风中的细柳，
看一眼就会让人血脉偾张。
她的声音轻柔娇嗲，
能把男人的骨头都熔化。
靠近她，便能嗅到勾魂的幽香，
燎出腹内滔天的大火。
这是一个天生的尤物，
她是男人致命的杀手，
即使再正经的君子，
也难敌那一身的媚惑。

绿晶的母亲是老国王的嫔妃，
老国王死后被欢喜郎殉葬。
这是当时的一种风气，
各国都有活人殉葬的传统，
他们生时相伴，死后也不分离。

父母之仇，不共戴天。
绿晶一直怀恨在心，

她痛恨那个她称为哥哥的人，
是他，杀死了自己的父亲，
又害死了自己的母亲。
这深仇大恨已刻入灵魂，
她发誓要为父母报仇雪恨。

仇恨的火焰时时炙烤着绿晶，
那是一种来自地狱的毒焰。
她日日夜夜深陷其中，
恨不得将仇人活剥生吞。
她常常会梦到死去的父亲，
父亲总是把她扛在肩上。
也会梦到殉葬的母亲，
母亲总是瞪着那双苦苦哀求的眼睛。
在梦中她泪流满面，悲伤不已，
痛苦如潮水令她无法呼吸。
每一次从梦中醒来，
她就咬牙切齿地诅咒，
她诅咒哥哥死于乱箭之下，
诅咒杀父弑母者必不得善终。

小时候她一直隐忍不露，
长大之后，那复仇的火苗开始燃烧，
她一直在寻找机会。
她日里想，夜里想，
走路想，入睡梦中也在思索。
为告慰母亲，报仇是她唯一的使命。

终于有一天，
她发现了复仇的契机。
欢喜郎有个贴身侍卫，
他高大威猛，武功高强，
每次经过她的身边，
总会投来热辣辣的目光，
那目光的深意她知他也知。
这是上天赐予她的良机。

在思索复仇计划的时候，
她仿佛已看到仇人被乱刀分尸。
她惊喜欲狂，激动不已。
那压抑多年的仇恨窒闷，
此刻也变成前所未有的动力。
这让她兴奋得有些晕眩，
很像偷吃了仙丹的妖精。

绿晶借口向侍卫讨教武艺，
拳来脚往中暗送着秋波。
侍卫受宠若惊，神魂颠倒。
他一日不见，如隔三秋。
他时时向绿晶寝宫的方向张望，
他的心中有万千只蚂蚁，
它们啸叫出爱的密网，
缠缚住他的英雄之心。

这一天两人又比画招式，
绿晶有意踩空，不慎跌倒。

千钧一发之间，
侍卫英雄救美，
一把将她揽入怀中。
美人全身瘫软，柔若无骨，
她脸颊绯红，胸口起伏如波涛。
侍卫见此情景心如战鼓，
浑身的血液开始沸腾。
他的呼吸如同卷起飓风，
每个细胞都燃起冲天大火。
巨大的冲动让他失去理智，
他抱紧了美人就是一顿狂吻，
多么销魂蚀骨的快乐啊，
他只想醉死在温香软玉中。

没想到公主也热烈地回应，
她双臂钩紧他的脖子。
那香舌如同欢快的小蛇，
配合着英雄，抵死缠绵。

旋转，天地在旋转！
倾倒，树木在倾倒！
他们相拥着忘了时间，忘了周围，
也许很漫长，也许只是一瞬。
那快乐的大火烧尽了理智，
也烧出两人雷鸣般的心跳。

两相不舍唇齿分离时，
美人已成一汪春水，

静静地泊在大山深处，
只一眼就让他沉醉不已。
忽然，一声惊雷炸响。
它扰乱了水面的宁静，
也惊得山岳震动，鸟雀齐飞。
惊醒后的侍卫发现自己铸了大错，
轻薄公主可是杀头之罪，
惶恐中忙下跪连连认错。

绿晶却发出意味深长的笑，
她扶起侍卫为他抚平衣褶。
她轻声怪嗔道，驰骋天下的英雄，
怎能轻易向女人下跪？
说罢一个香吻留在英雄脸上，
然后飞快地转身，飞快地跑远。
留下那侍卫呆立在原地，
怔怔地回忆刚才的情景。

绿晶回到宫中，转眼又变成冷漠的公主。
她已将世事看淡，对一切都毫不上心。
她坐在梳妆台前，看着镜中美丽的脸，
她知道复仇的计划已经启动，
第一步完全落入自己的掌控，
不由得又露出诡异的笑容。
她仿佛看到仇人被分尸，
那残缺的头颅躺在血泊之中，
满脸都是难以置信的惊恐。
她哼起快乐的歌谣，

那本是母亲所教。
此刻她下意识地哼唱，
又陷入对母亲的深深怀念。
那怀念惹出熊熊的怒火，
仿佛魔鬼在撕扯她的灵魂。
忽然，她抓起一个杯子掷了出去，
杯子撞在宫墙上发出脆响，
同时裂成数瓣。

侍卫被从天而降的幸福击中，
他坠入了对公主的思恋之中。
绿晶也对侍卫表现出了爱意，
时时用柔情融化英雄心中的顾忌。
她给他送点心，陪他一起看月亮，
还为他亲手缝制斗篷。
这点点滴滴的温柔如同火星，
在侍卫心中撩起疯狂的火龙。

随着感情的升温，侍卫渐生苦恼：
他们一个是尊贵无比的公主，
一个是当牛做马的侍卫；
一个是千娇百媚的美人，
一个是五大三粗的蛮汉；
一个是天上的月，
一个是地上的虫……
身份如此悬殊，纵使深爱又能怎样？
他每天都迫切希望见到绿晶，
又怕这样的日子很快结束。

他更怕事情败露引来杀身之祸，
各种焦虑不安时时盘踞在心中。

绿晶见火候已到决定收网，
在又一次情意绵绵的拥吻后，
她说出了自己的担忧。
她说为了爱情只有铤而走险，
刺死国王才能获得自由。
那时或者取而代之登基称帝，
或者你与我携手出逃远走高飞，
从此双宿双飞再不分离，
在彼此的温柔里度过一生。

侍卫感动于公主的情意，
男人的豪气从心中顿生。
心上人为自己不惜一切，
他又怎能让她失望伤心？

于是他决定刺杀国王。
绿晶看在眼里暗暗窃喜，
对他也越加温柔体贴，依恋不舍，
仿佛那侍卫就是她的心肝。
然而，日子一天天过去，
侍卫却一直没有动手。

其实动手的机会日日都有，
只是侍卫欠缺行动的勇气。
因为欢喜郎的武功极好，

他南征北战，智勇超群，
凭实力，侍卫无法战胜他。
而且侍卫的内心也有强烈的恐惧——
事关重大，稍有不慎便会祸及满门。

绿晶见侍卫迟迟不肯动手，
也知他心中的犹豫和恐惧。
对自己的承诺只是一种情绪，
事到临头还需要胆魄的激增。

这一日绿晶找到侍卫，
告诉他晴天霹雳的消息：
欢喜郎要把自己嫁到邻国，
今后恐怕再也难以相见。
她哭得梨花带雨好个伤心，
尽显被命运欺凌的柔弱。

她说："那件事我也不逼你。
我知道风险极大困难重重。
自从没了父母，我就是命运的玩偶。
我不是什么尊崇的公主，
我只是路边的小草，
是原野中觅食的小鸟。
风来，我自己挡，
雨来，我自己淋。
我已习惯了被命运放逐。
我流亡人间，就是为了与你相见，
而今，只怪我们有缘无分，

若有来世，我还会选择与你结为夫妻。"

侍卫闻言顿时呆若木鸡，
心上人即将要远嫁他乡，
她情真意切又通情达理，
自己却畏首畏尾枉为男人。
眼前的美人如此娇弱，
自己更当生起血性好好保护，
为她筑起遮风挡雨的城堡，
让她能开心快乐地生活。
为了她他甘愿付出生命，
宁可一死也不做懦夫。
他生出了破釜沉舟的勇气，
只等机会降临便刺杀仇人。

这一日欢喜郎带兵出征，
军帐里侍卫独自保护国王。
欢喜郎处理军中事务劳累至极，
趴在桌上闭目休息。
没多久轻微的鼾声便在军帐内响起，
它越响越大，越大越响，
它裹挟了侍卫的心也如战鼓齐鸣。
敌人就在眼前，冲啊！杀啊！
他的每一个细胞都在呐喊，
他的每一滴血液都在咆哮。
终于，他宝剑出鞘，
径直刺向敌人的胸口。
突然，剑被什么异物阻挡，

那里坚硬如钢，顽强如铁，
还发出了轰天的巨响。
这一声巨响石破天惊，
惊醒了睡梦中的欢喜郎。
他拔出宝剑就是一阵猛攻，
寒光一道道逼向侍卫，
剑招之猛之快之稳势不可挡，
使得侍卫节节败落步步后退，
只几个回合，便被擒获。

原来欢喜郎穿一件金丝软甲，
那宝物外形像普通布衣，
其实夹层中暗藏着玄机，
这秘密他从没告诉别人。

侍卫被抓后遭到严刑拷打。
一开始他尚能忍受酷刑，
他想保护心上人不受伤害，
他钢牙铁口，视死如归，
把全部责任揽在自己身上。

后来酷刑越加残酷，
行刑的时间也越来越长。
连续几天的刑讯逼供，
终于摧毁了侍卫的意志。

要知道爱情只是一种情绪，
一时的豪情可以吞天吐地，

但无法在酷刑的痛苦中持久。
无论经受的是诱惑还是磨难，
都是爱情变化的理由。
这也是人性的一个软肋，
现实永远比童话更残酷。

一骑轻骑从军帐前出发，
一路尘烟直奔皇宫。
绿晶被欢喜郎下令抓捕。
密谋弑君是天下第一重罪，
理当凌迟处死剐三千多刀。

绿晶自知那阴谋败露，
她想自我了断以免受苦，
又看到狱卒对自己的垂涎，
眉头一皱便故技重演。

这次她没时间谈什么爱情，
为了复仇，她愿意付出一切。
她将自己尊贵的身子送给了狱卒，
她拜托狱卒给威德郎送信，
她许诺，她埋了千两黄金，
事成之后会送给恩人。

狱卒被财色冲昏了头脑，
他心甘情愿为绿晶送信。
他怀揣公主的一枚戒指，
还有给敌国国王的口信。

口信的内容他已牢记于心：

"欢喜郎杀父弑母十恶不赦，

恳请大王替天行道拯救万民。

要是大王解救了受难的百姓，

小女子愿意嫁给您侍候一生，

并将全部的国土作为嫁妆，

渴盼您的王者之师速速光临。"

第 73 曲　惨败

威德郎获信十二万分欣喜，
他立刻答应了绿晶的请求。
他文韬武略，戎马半生，
当然能看透女人的诡计。
他决定将计就计，英雄救美。
老天如此厚爱于他，
为他送上这般完美的理由，
他怎能辜负？

他当即发出战争动员令，
属下的部落藩邦尽皆回应。
都知道欢喜国的物产丰富，
国土辽阔，有无数的珠宝金银，
为了一统天下的野心和利益，
他们各怀鬼胎，蠢蠢欲动。

迫不及待的威德郎就近择一吉日，
率领五十万人的虎狼之师，
开始了又一次征伐。
他们浩浩荡荡杀向欢喜国，
一路前进，一路烧杀攻城，
气势汹汹犹如卷席，
铺天盖地鬼哭神惊。

一个个名城溢满血腥，
一座座建筑化为灰烬。

欢喜郎见到战报大惊失色，
他急忙召集百官商讨对策。
战也？和也？各抒己见，
乱哄哄闹纷纷如捅了蜂窝。
欢喜郎怒砍桌角，发誓血战到底。
众大臣屏气凝神，面露惧色，
大家都知道这是场恶战，
是战争，就可能丢掉身家性命，
若战败，就必定难保荣华富贵，
他们面面相觑，各怀心事。
有的大臣面如土色如丧考妣，
也有人一脸刚毅视死如归。

欢喜郎看众人一筹莫展，
他当机立断，定下应敌策略。
他派使者去联合强大的番国。
番国的君王名叫贡保，
他年轻有为，充满壮志雄心，
他也一直想称霸世界一统天下。
他曾向威德郎下过战书，
却被呼来啸去的骑兵打败。
回国后的贡保励精图治研究战术，
终于发明出威德郎的克星。

他创造了一种先进的战术，

以重盔重甲装备骑兵。
那盔甲有厚厚的冷锻铁片，
可以挡住密集的箭雨。
重甲骑兵间连有铁链，
轰隆隆推进时好似战车。

传统的战法是盾牌筑阵，
等待敌人前来进攻。
投标手躲在盾牌之后，
把标枪投向逼近的敌人。
贡保的战法却以进攻为主，
用重甲骑兵以攻对攻，
故能在战局中占据主动。

贡保的铁骑有二十万之多，
冲锋时黑压压好似飓风，
但与威德郎对决尚不足取胜。
欢喜郎的联合战略正中他意，
他们强强联合，就能上演精彩的剧情。

欢喜郎也有二十万骑兵，
骑马射箭为其擅长，
他们作战勇敢经验丰富，
行动灵活，凝聚力超强，
并且配有一支铁军，
擅长使用盾牌和标枪，
能够组成坚固的防线，
抵御威德郎猛烈的冲锋。

此时，在威德郎排山倒海的冲击之下，
沿途的小国个个落花流水，
难民们携妇将雏惊恐万状，
齐齐逃向欢喜国城中。

败兵们也都投靠欢喜郎寻求庇护，
其队伍像极了滚动的雪球，
越滚越大连绵不断，
所有人都叫嚷着要报仇雪恨。
他们虽然是不安定因素，
但也成了上好的兵源。
因为他们本就是职业战士，
只需组织好便能冲锋。
更因为对威德郎的仇恨，
其战斗士气十分高昂。
于是欢喜郎派出勇冠三军的大将，
将这些人马编入联军。

联军总计有五十多万兵力，
以骑兵战阵为主，
配合步兵以充当后勤，
一时间黑压压浩荡荡如乌云压城。
但此队伍毕竟来源复杂，各有打算，
欢喜郎必须发挥超人的统筹才能，
将万千根牛毛拧成一股绳。
他时时宣讲面临灭亡的命运，
要大家识时务协力齐心。

大家都愿意将自己的身家，
绑上欢喜郎备好的战车，
然而这战车也并非铁板一块，
合力中仍有暗流涌动。
每个人都想让别家冲锋，
尽可能保存自家的实力。
欢喜郎虽是公认的盟主，
但分工的时候也左右为难。
军事部署，均衡各家势力，
都是非常棘手的问题，
这需要极高的政治才能。
欢喜郎废寝忘食，夜不能寐，
数日内就花白了头发。
虽没有十全十美的方案，
但也算达成了暂时的一致。

双方投入兵力总计超过百万，
在无常河边摆好了阵势。
这是一场命运的赌博，
决定着当时世界的格局。
只要摧毁了欢喜郎的联军，
威德郎就可能统一天下。
如果欢喜郎战胜了威德郎，
诸国便能迎来复兴的曙光。

决战前的血色黄昏里，
威德郎豪情勃发检阅雄兵。
他看着虎狼一般的兵士，

生起了苍茫壮阔的豪情。
从空气中，他嗅到了血腥的甜味，
他满饮了美酒又仰天长啸。

而欢喜郎正在伏案思索，
他用尽平生所有的智慧，
一点点推演战场的情形，
推演出各种可能的方案。
他殚精竭虑地排兵布阵，
权衡着彼此的优势和劣势。
他一向做事精细而缜密，
这一次更是一丝不苟。

翌日的黎明终于到来，
第一缕曙光像锋利的刀刃，
刺破了黏稠的夜空，
刺出了半天的血腥。
辽阔的大地无一丝微风，
草木都呈现死寂般的沉静。
那沙石也都缩起了身子，
也知道即将到来的命运。
远方又传来妇孺的哭泣，
若隐若现像索命的冤魂。
勇士们唱着大风的战歌，
一遍遍检查杀敌的兵器。
有的想到远方的亲人，
有的想到荣耀和勋章，
有的想到自己的尸体，

有的啥都不想脑中一片空洞。
无数的厮杀早已麻木了心灵，
多活一天都成了幸运。
想得越多痛苦越多，
索性麻木了心听天由命。

两军决战于欢喜国的旷野，
各自摆好了自己的阵列。
欢喜郎熟悉威德郎的习惯，
知道他喜欢中央突破，
占领中宫进行包抄歼灭。
他于是中央示弱诱敌深入，
在左翼安排了重甲骑兵。
骑兵的重甲护人护马，
步兵标枪手紧随其后。
他在右翼部署了坚固盾牌，
利用盾牌挤压敌军。

此刻，他神思敏锐，高度专注。
他的双眼喷射着豹眼的光芒，
他的内心紧绷如高音之弦，
身上的肌肉却无比放松，
每一个细节都能即刻捕获，
每一缕变化都能清晰判断。
他远远看到威德郎的战车，
紧盯着对方传令的旗手。

威德郎洞若观火明察秋毫，

知道对手的左翼是其主力，
只要他一举打败了左翼，
战争的胜负便毫无悬念。
他先从中间突破分割敌军，
再集中优势兵力围歼左翼。
他还看到那些重盔重甲，
这种装备是他首次遭遇。
他相信对方的防御能力极其坚固，
要歼灭它必将是一场血战。

一时间，天地都静了。
只有粗重的呼吸在流动，
战马甩着脖颈打出响鼻，
草上的甲虫停止了散步。
头顶晴空万里，阳光普照，
战场却有狂风暴雨在肆虐。
大风扇动烈火，电闪伴随雷鸣。
万事已俱备，只等那嘹亮的号角响起。

一只蜥蜴盯着眼前的飞虫，
忽然吐出闪电般的舌头。
那个瞬间威德郎挥出手掌，
目光紧紧锁住对面的欢喜郎。
天地都随着那手掌震动，
兵刃和铠甲的摩擦胀满耳膜。
令旗挥出擂动战鼓，
号角吹开了猛兽的笼门。
千万人的嘶吼瞬间发出，

冲锋的马蹄溅起了尘土。

那啸卷的骑兵让大地战栗，
发出的呐喊鬼怕神惊。
射出的箭雨遮天蔽日，
裹着凄厉的破空之声，
暴雨般泼向对方的阵营。
一支箭矢就是一个玩命之徒，
它们奋不顾身地呐喊冲锋，
却被对方的盾牌无情地击落，
发出不甘心的嘣嘣之声。
举盾的士兵手臂已发麻，
他们紧咬牙关誓死抵抗，
然而那箭雨无孔不入，
还是咬出致命的窟窿。

弓箭手躲在盾牌的缝隙中，
也瞄准了威德郎的前锋。
他们的瞳孔聚焦了敌人的影子，
绷紧的弓弦蓄满仇恨的力量。
只要敌人进入射程，
那箭矢就跳着欢快的舞蹈，
纷纷刺入冲锋的人马。
身为箭矢，这时的它们
值遇平生最得意的时刻——
它们可以让敌人乖乖落马，
让他们尖叫，让战马悲鸣，
让他们集体扭曲了身体，

演一场惊心动魄的跌倒……
然而，再得意的它们，
也不能阻挡敌人的进攻。

威德郎的骑兵像奔涌的山洪，
他们英勇无畏经验丰富，
他们虎蹚群羊般闯入欢喜郎的阵营。
那一种力量如惊涛拍岸，
守军的防线已粉身碎骨。

骑兵们的战刀寒光闪闪，
在欢喜郎的阵营里卷起了血腥。
兵刃相撞如同霹雳，
断肢横飞，头颅乱滚，
鲜血如喷泉喷向空中，
那目光都充满杀戮的暴戾，
那声声怒吼连着声声惨叫，
那缕缕冤魂飘入缕缕虚空。

威德郎的前锋像尖锐的楔子，
直直地揳入了对方中央。
增援的兵力源源不断，
如同扑面而来的海啸，
他们裹着令人绝望的气息，
整个宇宙都在为之颤抖。
他们像毫无痛觉的怪兽，
只剩下砍杀同类的本能。

欢喜郎的中路较为薄弱，
这也是他有意的设计。
威德郎把敌人切成两块，
再向左翼包抄并攻击。
双方战术转换没有任何滞怠，
仿佛猛虎和雄狮的决斗，
既有大力又有灵活的身躯，
移形换步中施展致命的一击。

欢喜郎安排两翼向中间压上，
战争变成惨烈的绞杀。
威德郎咬牙切齿怒目圆睁，
他想用群狼战术冲垮对手，
他不断派出骑兵增援。
欢喜郎全神贯注一脸凝重，
反复巩固着预设的阵形，
灵活机动地派出预备队，
让预定的方案没有漏洞。

冲杀的阵势像风一样卷来，
一阵阵箭雨泼向重装骑兵，
那重装骑兵也好个可怕，
让对方的箭雨失去了效用。
到近前更如泰山压顶，
投标枪舞长刀疾如狂风。

威德军骑兵没见过这种装备，
重装重甲还互相连着铁链。

自家的战士纵然顽强勇猛，
却啃不动这浑身披甲的怪兽。
他们一步步挤压而来，
就像山岳的整体移动，
威德军变成蹄下的肉泥。
他们想冲散对方的阵形，
却被那铁链拦住了攻势。
他们想用刀斧拼死一战，
却砍不透那厚重的盔甲。
对方还挥动了锋利的战刀，
配合刺猬般的步兵标枪。
仿佛血肉之躯撞上了钢刺，
每一点寒星都能索命。
四面八方都是利刃，
他们左支右绌仍漏洞百出。
威德军战士成片地丧命，
伤亡惨重只好撤向右翼。

到右翼遇到了盾牌防线，
无数的标枪飞向自己。
它们裹着凄厉的风声，
或扎人或扎马密如暴雨。
威德郎的骑兵视死如归，
他们驱动战马凌空踏下。
很多盾牌手就此丧命，
化成一摊带血的污泥。
更多的士兵却向前拥动，
他们把骑兵一点点挤向左侧。

那重装骑兵犹如死神，
割草般砍下敌人的头颅。

威德郎压上最后的力量，
派自己的卫队进行冲锋。
想与中央的骑兵里应外合，
打乱欢喜郎阵脚让其腹背受敌。

欢喜郎对此也无应对良策，
他只想拖延时间拼死消耗，
只要吃掉中央的敌军，
就可以赢得这一场战争。

战争进入了白热化阶段，
谁能坚持到底谁就会成功。
欢喜郎的士兵在外围拼死抵抗，
仍然像被狂风卷起的沙砾。
威德郎士兵在阵中苦苦支撑，
也像海啸里颠簸的木船。

天地张开了血盆大口，
疯狂地吞咽着年轻生命。
冤魂们汇成奔涌的江河，
源源不断地流入死亡之门。
他们拖着残缺不全的身体，
仍在叫喊着杀戮与报仇。
他们狰狞无比痛苦不已，
在虚空中显出扭曲的面孔。

他们每每看到有活人死去，
就会狂笑着蹂躏新来的灵魂。
他们恨不得把世界全部毁灭，
变成自己口中的祭品。

威德郎睁圆了血红的眼睛，
他大喊着直奔欢喜郎而来。
欢喜郎也提宝剑驱战马迎上，
两个死敌展开惊天的搏斗。

威德郎的大刀能劈山断海，
势大力沉向对方砍去。
欢喜郎的宝剑如空中蛟龙，
招招毒辣直指对手要害。
这一仗打得是天昏地暗，
原本晴朗的天空卷起狂风。
电闪雷鸣裹着飞沙走石，
把交战的两人团团围住。
外人看那厮杀已成为一团火光，
火光里只有怒吼和霹雳。
那杀气鼓荡，周围寸草不生。
这种巨大的能量闻所未闻，
整个世界陷入一片漆黑。
只感到地动山摇和飓风海啸，
像世界的末日已经降临。

忽见虚空中出现巨大的火球，
呼啸着砸向两人正中。

它落地时发生震耳欲聋的爆裂，
在大地上爆出一片白光。
刺目的光芒炫盲了人们双眼，
他们感觉五内俱裂，心如刀捅。

等人们再睁开眼睛的时候，
见两个国王已经分开数丈。
双方身上都血迹斑斑，
眼神充满了茫然和空洞。
想是被那火球炸蒙了心智，
一瞬间忘记了身在何方。
再看那战场上的厮杀，
局面也已经渐渐明朗。
那重装骑兵实在可怕，
陷入中央的敌军死亡殆尽。
虽然周边的战士已被杀光，
但对方一时无法攻入中心。
此刻的胜利仅仅是时间问题，
威德郎已没有反转的希望。

两个国王也恢复了清醒，
威德郎眼看自己将全军覆没，
惨烈的伤亡已无力回天。
他连连鸣金撤回残兵，
心中却明白大势已去。

到此刻欢喜郎长舒一口气，
才发现后背已被汗水浸透。

他放松了紧绷的神经，
一阵剧痛顿时包围了他，
那淋漓的伤口仍在滴血。
他换了自己受伤的坐骑，
继续指挥着部队乘胜追击。

威德郎退到一个山头上，
利用地形优势阻击追兵。
他命剩下的战车首尾相连，
让所有弓箭手密布其间。
待对方的骑兵冲锋而来，
居高临下的箭雨便泼向对方。

欢喜郎组织人马继续进攻，
威德郎还以密集的箭雨。
进攻的士兵接连倒在地上，
而那重甲骑兵也无法冲锋。
他们虽然可怕，但因负重极大，
移动的速度慢如蜗牛。
他们遂包围了山头困住敌军。
一时间双方都无破敌之策，
偃旗息鼓陷入僵持之中。

威德郎这一战元气大伤，
自家的主力几乎消亡殆尽。
军中的粮草所剩不多，
他知道自己的末日已经降临——
突围的希望已经破灭，

也没有破敌之方。
即使对方围而不攻，
数日后自己也会饥渴而死。

威德郎满面血污手抚刀柄，
仰望着远处猩红的天空。
天空洇成了一片血红，
自家将士正发出哭声。
想自己横行一世从未落败，
英雄的威名震彻了寰宇，
如今也尝到覆灭的苦涩。
他忽然产生失重的感觉，
看着眼前惨不忍睹的战场，
心中生起了浓浓的沧桑。
忽然他想到儿时的自己，
胖嘟嘟肉乎乎一个孩童，
举着小玩具四处奔跑，
那是多么美好的时光。
后来他渐渐越长越高，
几个恍惚就到了今日。
三十年时间仿佛一瞬，
印象里也只有几个画面。

那些荣耀的过往都变成记忆，
他发现记忆就是梦境，梦境就是记忆，
都是生命的几个片段，
是真是假竟无从分辨。
再看那国王的宝座，

在死亡面前也顿然失色。
用尽一生打下的疆土，
很快又会换了主人。
世上的一切都变成泡影，
仿佛轻轻一戳就会破裂。
巨大的无奈与失落涌上心头，
如潮水阵阵冲刷着灵魂。

一时间百种滋味交集而发，
威德郎不由自主对天长啸。
那啸声里饱含着大悲的泪水，
这是他人生中第一次流泪。
心却怪怪地软到极致，
他又怜悯起身边的将士，
对自己忠心耿耿却陷入绝境，
万念俱灰下决定玉石俱焚。

他收集了千百个马鞍，
在地上堆成一座小山。
他坐在小山上像尊佛像，
几个忠心的侍卫陪伴左右。
此刻，他只等敌人攻破营门，
就上演一场惊心动魄的自焚。

第二十六乐章

本以为走投无路唯有一死，不承想却得到了女神的度化，从此正式走上修行之路。不惜断手的威德郎，真的能断了好战之心么？喋喋不休的密集郎在闭关中，又有何新的变化？

第74曲　度化

奶格玛在定境中观着因缘，

发现了欢喜郎与威德郎的决战。

他们一个是虎，一个是狼，

他们各不相让，针锋相对，

都欲将对方置于死地。

他们的大力排山倒海，

全力相搏就会同归于尽。

一声叹息自奶格玛心中响起，

她心痛难抑——

本是同根生，相煎何太急？

前世他们是手足，今生却是仇敌——

那时，他们是分也分不开的兄弟，

于晨钟暮鼓中一起修学，一起玩耍，

一起护持灯塔，一起护持娑萨朗的命宫重地。

而今，他们却不共戴天，誓不两立，

恨不能将对方喝血剥皮。

这颠倒的世相一如颠倒的轮回。

可这是他们生命中必经的一段。

就在千钧一发之际，奶格玛以爱的愿力，

凝结了一颗大悲珠，掷了出去。

这颗大悲珠形如火球，

却能引发无量的白光，

它可以磁化一切有缘，净化他们的贪嗔痴。

但大悲珠的作用只能解燃眉之急，
如要断除贪嗔痴，还要从心性上下功夫。

夜间她去军营见了威德郎。
威德郎正在鞍山上眉头紧锁，
士兵们握着手中的战刀，一脸坚定。
他们一个个视死如归，
有一种大丈夫的豪气。
他们准备拼尽最后一滴血液，
与敌人殊死搏斗同归于尽。

奶格玛于半空中显露了天身，
她于嗔怒中连声发问——
"威德郎，你可知错？
你一再发动残酷的战争，
惹得生灵涂炭杀业重重。
如今你将要灭亡就是报应，
那大好江山也将更换主人，
只有无边的罪业伴随了你，
死后你将在地狱里受刑，
痛苦绵绵且万劫难复。"
威德郎听到虚空中的声音，
不由自主怔在了那里，
他定了定神望向那声音的源头，
空中有女神现身。
恍惚里他以为出现了幻觉，
揉揉眼再望向天空，
真的有女神正对他横眉怒目。

看到女神在空中现身，
他绝望的心中波涛汹涌，
因为有宿世的因缘，
他心中的种子忽然被唤醒。
灵魂里涌出巨大的悲痛，
他满眼下泪，恸哭不已，
他说："我已知错！
求女神能大发慈悲拯救我，
我愿从此护持正法革面洗心。"

奶格玛收起空中的幻身，
落在地上变成了女子。
她的声音温柔而有力——
"只要你真心忏悔，
不再掀起战争的飓风，
能多行善业努力修行，
我便让你脱此苦厄。"

威德郎闻听欣喜不已，
没想到竟能绝处逢生。
更因发现那功业的无常，
对以往的行为幡然悔悟。
他说："女神的要求我无不答应，
只求能让我脱此大难，
我定当不再杀戮好好修行。"

他已经忘记了奶格玛上次的教授，

也不知道，眼前的女神，
便是上次教导自己的师尊。
写到此，笔者不由得长叹一声。

奶格玛要威德郎立下誓言，
若是违背便会天打雷轰，
又降下霹雳轰击了大树，
三人合抱的树干被击为碎尘。
这一幕让威德郎连连咋舌，
更生起信心和畏惧之心。
他神态庄重地跪地起誓：
"若违犯师尊教言便身如此树，
一寸寸碎裂在霹雳之中。"

奶格玛听了此话，终于笑了。
她的声音在溶溶月色下分外美妙。
她走上前去，扶起了威德郎，
她赐予他威德瑜伽授权，
并教会了他念诵和冥想之法，
让其发大愿并行忏悔。
威德郎虔敬中认真聆听，
记在了心里如法行施。

奶格玛又到了欢喜郎营中，
见到欢喜郎也愁眉不展。
她知道对方心中的顾虑，
这正是自己劝说的契机。
她像老朋友一样，一见面，

就让人倍觉亲切——
"欢喜国王别来无恙?
今日特前来看望老友。"

欢喜郎抬头见到奶格玛,
淡然地说:"此为战场,
你女孩子来凑什么热闹?"
他也早忘了当日里的授权,
还有那殊胜的觉受,
仿佛那只是一场幻梦,
梦过无迹,连记忆也已溃败。
但奶格玛只是在心中轻叹一声,
便继续说道:"我是专为给你解忧而来呀,
我知道你的处境左右为难。
你虽看似赢得了胜利,
但往后的日子里,
困难重重隐患多多,
威德郎虽是一个困兽,
但瘦死的骆驼比马大,
他仍有厮杀的实力。
如要决一死战,
你损兵折将,也会伤亡不小。
而你的联军中有许多敌人,
威德郎存在,他们与你同心协力,
威德郎失势,你便是他们的眼中之钉。
他们会立刻转身围剿你,消灭你,
侵占你的国土,抢劫你的财物,
分享你的子民。

"诚然，大王是猛虎，
但你的周围是一群饿狼，
他们没有地盘，也没有顾虑，
他们是一群赤脚的光棍，
他们早在你的意料之外觊觎于你。
只要战争胜利，他们必将趁势发难。
那贡保也绝非等闲之辈，
凭实力他似乎在你之上，
而且他也有一统天下的雄心。
仅仅因为有共同的强敌，
这一次你们才能够合作，
要是这一战灭了威德郎，
他日他必会跟你翻脸。
这是一种历史的必然，
你也明白不可心怀侥幸，
因此才会左右为难举棋不定。"

奶格玛把局势分析得入木三分，
欢喜郎吃惊于她过人的洞察力，
他不再淡然，他放低了声音，
谨慎而谦虚地问，该当如何？
奶格玛胸有成竹，很淡然地说：
"对他，你该网开一面，放了威德郎。
猛兽既然没了爪牙，
放虎归山也无力作乱，
还可以威慑你身边的敌人，
消除你目前的危机。"

奶格玛的话语一针见血，
句句扎在欢喜郎的心上。
他确实存有上述顾虑，
这是一种超常的直觉。
他明白威德郎要是一死，
群狼接下来就会对付自己，
其中更有那一代枭雄贡保，
他就会陷入致命的危机。
目前威德郎已元气大伤，
对盟军也有足够的制约力量，
放他归去也是一种选择，
至少自己不会马上殉葬。
但威德郎素以威猛和好战出名，
要放他归去须签一条约，
他从此不能再侵略他国，
也不再与欢喜国为敌。

欢喜郎遂请奶格玛作为使者，
促成跟威德郎的签约。
威德郎一听喜出望外，
答应了欢喜郎的条件。
次日杀白马盟誓签约，
从此息干戈和平共处。

签约之后联军撤围而去，
威德郎绝处逢生慨叹连连。
他感激奶格玛救了他一命，

发愿忠心耿耿当好保护神。
他也看透了世间功业的无常，
所以能忆持奶格玛的教言。

归国后他选了总理大臣，
代替他处理日常事务。
他自己躲在深宫之中，
开始了精进地闭关专修。

威德郎从扬名四海的一国之君，
终于在一败之后超然世外，
走上了艰苦修行的道路。
起初，暴力的念头时时泛起，
他常常想起那些快意的、血腥的厮杀场面，
也常常想起对奶格玛的誓约，
以及那雷击的大树，那绝望时的看透。
宿世的智慧和重生的喜悦，
终于将他重塑成一个新人。

对于威德郎前后的变化，
历史学家说是一个谜。
他智慧勇猛而又坚强不屈，
他有超人的军事才能和雄才大略，
他的事业惊天动地，
为何在一败之后就能开始修行，
还会在多年后放下一切，成为一代成就者，
以事业成就扬名于世？

其实他的训练也有反复，
任何人都不会一劳永逸，
威德郎自然也经历了波动，
仍然需要着力用功，
才能修出灵魂中的剽悍，
对外可成就无边的事业，
对内能降服自心的烦恼。
一边是畏惧，一边是向往。
一边求大勇，一边求大力。
他将征服世界时的勇猛不屈，
转化为诛杀愚痴时的锲而不舍。
从此他不懈用功，扎实观修，
他披星戴月，勤修苦练，
终于，一天天接近了光明。

第 75 曲　成长

密集郎受到点拨之后，
二十多年的郁结豁然开朗。
他马上告别空谈的陋习，
躲入无人的关房里静修。

起初，他的内心如拨云见日，
看任何事物都明明朗朗。
他洋溢着情不自禁的喜悦，
感觉自己即将成就。
却不料那明朗并未持续多久，
几天后习气的乌云重新遮盖。
无数的念头交织在一起，
遮蔽了刚刚升起的太阳。

他想找回明白的感觉，
却发现越来越控制不住自己。
那些妄念像怒卷而来的海啸，
总能把清明安静冲得七零八落。
而那关房中的寂寞，
更是噬骨的虫子，
它们是群不安分的小兽，
总在静的极致里探出挑衅的脑袋。
它们深知密集郎有"两多"：

他话多，想法也多，
总想一吐为快。
他也总是因此招来祸患，
他是个屡教不改的家伙。
于是它们便用各种方法激发他，
想让他心中的野马挣脱戒律的套索。

此刻待在关房里好个难受，
内心时时生起倾诉的欲望。
却被禁语的戒律封住了嘴巴，
他的心更如同热锅上的蚂蚁。
此刻，它们又在叫嚣了——
"说吧，说吧，有什么话，
趁还能说的时候就说吧，
总有一天，你想说也说不了什么的。"
它们一遍遍地重复着，鼓动着，
惹得密集郎仿佛身处高压锅炉，
他烦躁，一股气荡在胸口，也堵在喉咙。

诸种习气一起啸卷的时候，
仪轨的力量显得无比单薄。
他按照要求去做那些观修，
却有气无力像瘫软的稀泥。

于是他更加憎恨自己的习气，
用最恶毒的诅咒诛杀那毛病。
他知道，他在闭关。
不管他的心如何烦躁成热锅上的蚂蚁，

他都不能说。死也不能。
他时时观察自己的内心，
渐渐地学会了与灵魂交流。

关房中，他的状态时好时坏，
他一点点摸索一点点保任。
但是无论内心卷起怎样的风浪，
都始终坚守决不放弃的底线。
凭着这条决不放弃的底线，
他的心渐渐得到了沉淀。
他发现升华只需要时间的积累，
一切磨难都是成就的营养。

密集郎原本混乱的思维，
此时也变成另一种深刻。
他总能洞悉事物的本质，
能从细节里看到整体。
他说无论是关房还是闹市，
都不会再感觉寂寞和压抑。
因为红尘是另一种关房，
每天也在重复着相同的模式。
只不过有人重复着升华的步伐，
有人重复的，却是走向死亡的脚步。
两者因为有了如是的选择，
才导向了不一样的命运。
于是他放下了所有的执着，
在关房中坦然磨炼着自己。

这一日他忽然有了诗意，
那诗意发自他无执无我的禅心，
他写下了一些诗句，
表达着自己的觉悟之心——

我知道无常的冷风，
连天地也能裹去呢。
但心中你的样子总是鲜活，
只一个背影就带出了我的哭泣。

我找来世上最好的神医，
也医不好你留在心里的剧毒。
我总是在毒素里疼痛，
又在疼痛里微笑。

谁能解我灵魂的孤独？
谁能容我飘零的身躯？
谁能把我此刻的负担放下？
再为我掸去征途中的风尘？

梦已经远到天边了，
在梦里我总是忘了自己。
梦里没有那些灰色的咒子，
只有一个个活灵活现的你。

我的爱总是飘在风中，
随着风儿落在未知的土地。
干涸的皲裂难以生出嫩芽，

只好枯萎了一粒粒种子。

时间和空间都是猥琐的小人，
它们联起手来绞杀我的自由。
灵魂总想在牢笼里放声歌唱，
那曙光却照不进枯涩的心。

又到了马兰盛开的季节，
我回到那片荒凉的沙漠。
独自吹响那清亮的牧笛，
等待你从未兑现的践约。

第 76 曲　断手

奶格玛终于度化了威德郎。
在她的利生事业中，
此事件意义非凡。
威德郎有大力，更有大能，
可以成就无边的事业。
现在他已经开始禅修，
因为誓约和向往的牵引，
他的内心生起强悍的大力，
他的根器已成熟，进步神速。
只需假以时日，
就能证得究竟的智慧。

但在关键时候，
威德郎却遇到了违缘。
他的眼前总是出现恐怖景象，
将他的神识东拉西扯。
他知道，这样会走火入魔，
于是他虔诚了心，
开始祈请师尊——
"奶格玛千诺！
奶格玛千诺！
奶格玛千诺！"
他把所有的心念都集中在了这五个字上，

他观想着恩师那张美丽的脸，
思慕着她的种种恩德。恩师的慈悲
也如母亲的子宫，包裹了他……

奶格玛收到了他的信息，
开始在净境里观察违缘的来由。
原来是他杀业太重，
那些在战争中死去的人，
此刻都变成了饿鬼冤魂，
他们聚集在一起，前来讨还所欠的命债。

他们闯入威德郎的脑海，
干扰他修行时的脑波。
他们愤怒，狞笑，猖狂，
他们做出各种鬼脸，
他们发出凄厉的号哭，
他们齐声吼着索命的咒子。
威德郎的周围，
到处都是他们的影子，
还有他们的声音，
他们嚷嚷着：
"害死了老子，却想修成正果？
你让我们不得好死，我们岂能让你好活？"

那些幽灵密密麻麻无边无际，
他们四肢断裂，支离破碎。
他们开膛破肚，残缺不全。
他们是战死沙场的兵士，

也有死于战争中的平民。
前者是厉鬼后者是饿鬼，
他们一起在虚空里彻夜哭号。
他们睁大了凸怖的眼睛，
一起喊着叫着闹着，
"痛呀！饿呀！恨呀！"
其声厉厉，其音切切……

这些鬼生前愚痴，
死后仍执幻为实，
他们并不知道疼痛和饥饿也是假象——
明明已经失去了肉体，
又何来那些肉身的觉受。
只要放下那无常的情绪，
就会成为自由的灵魂，
可他们抱定了执着和仇恨，
时时刻刻都想复仇。
以前威德郎杀气冲天，
他们有贼心却没贼胆，
他们充其量在暗处捣个鬼，
或是扮鬼脸发泄发泄自己的情绪，
而现在威德郎放下了屠刀，
他们就一哄而上，
想新账老账一起算。

开始时威德郎彻夜噩梦，
他看到无数的头颅。
它们都张着恐怖的血口，

撕咬出阵阵剧烈的疼楚。

冥想时也常这样，
他时刻都能看到那些饿鬼冤魂，
到处都是他们散碎的肢体和脏腑，
他看得头皮发麻，直冒冷汗。
在他们的蛊惑下，他想逃离，
甚至自残。
这样的折磨没有止息，
直到他在一声惨叫中结束冥想。

眼见威德郎被逼得近乎发疯，
奶格玛现身来到王宫。
只见他面容憔悴色如死灰，
他的眼眶凹陷眼神黯淡无光。
那钢针般的胡须像霜打的野草，
整个人变得草木皆兵疑神疑鬼。

威德郎看到奶格玛出现，
大哭着扑上去连叫师尊。
他痛不欲生，哀哀欲绝，
直求师尊大发慈悲救度于他。

奶格玛说："这是你的冤亲债主，
你往昔的恶业害了他们性命。
此刻他们讨债也是天经地义，
一报还一报因果不虚。"

威德郎闻言声泪俱下，
他说："弟子知错诚心忏悔。
今后一心行善捍卫真理，
求师尊赐妙法解我当下苦难。"

奶格玛说："你可是真的忏悔？"
威德郎钢牙一咬目露凶光，
抽出了许久未曾出鞘的佩刀。
只见一道白光闪过，
右手已掉在地上。

威德郎疼得扭曲了脸，
那脸先红后紫，而后发白，
豆大的汗珠从额头滚落。
他从牙缝里挤出颤抖的声音——
"这是我之前拿刀的右手，
这手上沾满罪恶的血腥，
从今往后我与它再无瓜葛。"

奶格玛见此状面露微笑，
扶起了跪在地上的威德郎。
她欣慰地说："你果然是上根利器，
放下屠刀可立地成佛。"

说罢她捡起威德郎的右手，
在虚空中化现一巨大的头颅钵。
她把断手扔入钵内，
沸腾出无穷的血肉骨髓。

说这是供养三界十方的美食，
也是来自净境的甘露。
只要吃下就可以离苦得乐，
结束那疼痛饥饿等八苦。

她又启动了真言咒语，
那无数的饿鬼冤魂都应召而来。
他们在空中拥挤着推搡着，
或者瞪起眼睛盯着钵中的供物，
或者冷眼直视奶格玛，
似乎对这份礼物并不满意。

奶格玛腾空显出天身，
身着五彩天衣，充满了半个虚空。
她说话谦卑而诚恳，
她感谢他们能来应供，
她说徒儿犯下滔天杀业，罪不可赦，
但现在他已经诚心忏悔。
自古冤家宜解不宜结，
她希望他们能放下那些仇恨，
好好享用她从净境带来的解脱甘露，
吃下它们，即可往生空行净境，
那里没有战争没有苦难，
可在圣人的教化下走向光明。

众饿鬼闻言齐声欢呼，
他们已被痛苦折磨得形容消瘦，
他们在暗夜凄厉地号哭，

他们漫无目的地游荡，
他们没有食粮果腹，也没有衣物遮身，
他们没有住所栖息，也没有光明温暖，
他们不过是这个尘世的一片叶子，
无奈地被风吹，被践踏，
或是被焚烧，被掩埋，
他们的痛苦比海深，比天高，
他们只有将满腔的怨恨对准仇人。

而此刻，有大菩萨奉上甘露，
饮下之后便能往生净土，
这是天大的恩德与福报，
便是帝王将相也难有此胜缘。
他们纷纷去争抢那甘露，
他们迫不及待，争先恐后。
此刻，他们的眼里只有甘露，
他们在巨大的诱惑面前
现出了饿鬼的本性。
身为饿鬼，他们没有感恩的天性，
身为饿鬼，他们没有谦让的美德，
他们贪婪的心，决定了自己悲惨的命运。
看着他们生吞活咽的样子，
奶格玛的心里充满了悲悯，
早知今日，何必当初？
已知今日，明日何为？
想着，她流下了一滴泪，
她已很少流泪了，但此刻，
她却愿意以泪，祭奠这些受苦受难的亡魂。

她又启动了咒语，把头颅钵变得更大一些，
它无边无际充满了天空，
更摄来无边无际的甘露美食——
来吧！让你们中的每一个，都能享用，
来吧！让你们中的每一个，都能超升。

就在众多饿鬼畅享奶格玛的甘露，
想要放下仇恨往生净土时，
也还有很多饿鬼不肯宽恕。
他们是鬼道的顽固分子，
他们嗔心极重，执迷不悟，
他们因强烈的怨气已成了厉鬼，
他们宁可承受烈火焚身的痛苦，
也要把威德郎碎尸万段。

奶格玛耐心相劝，
威德郎虔诚忏悔，
他们却仍然不依不饶，
向师徒二人发起了攻击。
他们挥舞着破碎的肢体，
把满天的血腥变成了黑咒。
他们又用肚肠勒紧了威德郎的脖子，
举着一根断骨欲刺入仇人之心。
威德郎再次陷入危境。

奶格玛现出了愤怒之相，
她招来无数的闪电霹雳，
瞬间震碎了那些无可救药的魂灵——

她使用杀度之法，
将他们的神识送往净土。

随着一声巨响，
这场旷日持久的人鬼之战终于结束。
奶格玛收起天身回到地上，
威德郎的心里有说不出的感恩，
他对着师尊连连礼拜，
他的心中一片澄明。

奶格玛为他复原了右手，
叮嘱他再也莫要生起恶业。
威德郎眼见了因果现前，
此后更发愿广修善行。
也因为亲历了师尊的神通威能，
他大增了信心更加刻苦精进。

第二十七乐章

　　获悉奶格玛已达成超越，魔王立即率魔子魔孙前来发难，如曾经对待释迦牟尼那样，魔王用尽了诸种手段，他不信这个黄毛丫头能逃过他的手心。外魔皆心魔，奶格玛能否战胜魔王？

第 77 曲　降魔

在帮助威德郎扫除违缘，
看着他走上正修的轨道后，
奶格玛便离开了威德郎的王宫。
一路前行，她发现四街八巷
都贴着和平团结的标语。
她边走边看，边看边欣慰地笑了。
威德郎的悔悟确实彻底，
他不但自己悔过不再作恶，
还以身作则，率先垂范，
利用自己的身份教化国民，
只有放下了心中的屠刀，
才能在行为上立地成佛。

威德国之行也让奶格玛心神不宁，
她时时想起那些饿鬼和厉鬼，
他们肮脏，丑陋，惨不忍睹，
每次想起，她都会感到一阵反胃。
毕竟，生为天人的她，
始终清静，安详，一尘不染，
她对肮脏和染污有一种天然的排斥。
正是在这一点上，
她发现了自己虽已达成超越，
却仍有许多习气尚需清除。

她决定静修四十九天，
净化那不易察觉的无明。
而那无明就像魔王派来的卧底，
不到时候，绝不会轻易显身，
它一直潜伏在暗处伺机而动，
等待着将对方一招毙命。

又或者，它是沉积的灰尘，
只要你不动，它就一直很安静，
它安静地度日，安静地晒太阳，
甚至安静地呼朋引伴。
只要你拿了扫帚清洁，
它们立刻就会乌烟瘴气，
让你百爪挠心，痛不欲生。
只有熬过了清扫的过程，
才会有真正明澈的心灵。

奶格玛开始打扫习气，
进一步清理妄念的蛛丝。
她的心像海啸中颠簸的落叶，
每一个念头都指向五毒，
执着和分别让无明愈增，
外现引发了内心的记忆。
一个记忆又触发许多关联，
它们环环相扣如同锁链。
营造出一个个概念和成见，
命运的牢笼便由此产生。

这一切她看得清清楚楚，
她眼睁睁地看着那些念头母体，
正在疯狂地养儿育孙，
眼睁睁地看着它们绑架了自己，
还在她的领土上嚣张跋扈，
可她硬是没有办法将自己抽离出来
或是将它们驱逐出去。
她沮丧极了，也懊恼极了，
一种挫败感油然而生。

她以为自己已臻究竟，
没想到还有那么多的无明。
她观察它们，却发现心魔仍在休眠。
那是无始以来的无明，
它是她人格升华的顽疾，
只有在遇事时它才会显露真容。
借事调心是检验的良方。
外魔只有借助内心无明，
才能张牙舞爪地逞凶。
只要自己的心中没有污点，
遭遇怎样的外境都不会动摇。
她知道，她必须除尽心魔，
才能让光明无碍地显发。
这需要在生活中慢慢净化，
用超越的智慧循序渐进地对治。

就在奶格玛净化自己的时候，
无量的流星雨骤然从天而降，

刹那间天地一片漆黑，
引出海洋与大地的剧烈抖动。
它们让海水倒流，让山地崩裂，
让整个世界都在狂风暴雨中战栗。

之后，一团黑雾由远而近向奶格玛冲来，
那强劲的磁波卷起更强大的磁能，
酥软电麻的感觉顷刻间一哄而上，
笼罩了奶格玛的身心。
这奇怪的能量让她莫名地迷醉和昏沉。

渐渐从黑雾中走出一个人，
他长着一个硕大的头颅，
青面獠牙好个可怕，
身躯粗壮犹如泰山。
看得出他有巨大的能量，
眼神中竟然也充满睿智。
他见到奶格玛呵呵一笑，
便开始自报家门——
"令女神受惊是在下失礼。
我叫波旬，人称魔王。
虽身为魔王，
但我与世尊有着一样的智慧，
我才是他真正的知音，
只有我知道他的境界。

"相比于他，我只是缺少慈悲，
我不能如他一样利众，

我也缺少他的定力，
所以我会控制不了自己，
但我的智慧无人能比，
没有人可以当我的导师。
人与非人，诸天圣尊，
起心动念都逃不过我的这颗魔心，
你想我自然不会佩服谁，
我承认我有点目中无人。

"因为有通天彻地的异能，
我的福报同天帝相若。
我的前身供养过辟支佛，
也修过一个很大的寺院。
我于一日里受过八戒，
以此福报投生于六天。
我手下有八十亿个魔子，
在欲界中威能赫赫，举足轻重。

"我的足迹遍布古印度，
王舍城毗舍离城及诸圣地。
凡是有修行者的地方，
我就有可能随时出现。
尤其那些快要成就的修行者，
他们是我最喜欢的伙伴。
我常常藏在他们身后，
与他们做着心的游戏。
平时，我们相安无事，
只有在他们处于关键时刻时，

我才会突然出现，吓他们一跳。
要是过不了我这一关，哼，
他们就别想摘到真正的正果。

"世尊成道后与入灭之前，
我也曾对他进行过规劝。
后来世尊独处经行卧息，
禅坐乞食为四众说法时，
我也常显身于前。

"如影随形于世尊及其弟子，
是我宿世的使命。
我曾潜入大目犍连腹内，
以魔力扰乱他的梵心。
我其实是在帮助他，
看看他是否有定力，
是否达成真正的圆满，
是否真正战胜了自己。
不管是威胁还是诱惑，
都不过是一个游戏，
可就是有无数人会害怕，会上当。
通关的成就者总是寥寥无几。
冷笑之余其实我也矛盾，
我因势力增大而高兴，
又为世尊感到真心惋惜。
因为我明白那种真理，
确实是无上的智慧瑰宝。
我的手段千变万化，妙不可言，

我想化身为什么，就能化身为什么，
我变俊男美女，也变婴孩老翁，
我变文人雅士，也变夜叉天龙，
我无所不会，无所不能，
人心中有什么，
我就能成为什么，
对于他们的弱点，
我总能明察秋毫。
对于他们，其实我并无恶意。
我不过是扰乱一下他们的清净，
我只要他们放弃修行做我的子民。

"此刻我出现在你的面前，
就是想看看你的道行。
虽然你已示现了成就，
但我们还没有会面切磋。"

奶格玛闻言抹了把冷汗，
她明白，是自己的无明招来了魔王。
她暗暗告诫自己要守好这份觉悟。
但她也知道她的悟境已稳固，
她已不会退转，尽管还有细微的习气，
那光明，却已固若金汤。

既然咱有许多降魔的方便，
那就正好借此机会战他一回。
奶格玛向波旬微微一笑：
"有何伎俩不妨现在使出，

且看光明与黑暗谁能取胜。"

波旬轻叹一声：
"其实人们很容易发现真理。
我无法涂抹真理本身，
我只能拉扯寻求真理的人。
只要没人登上那智慧顶峰，
真理也就失去了它的意义。

"人的天性中存有欲望，
我能沿着那天然的漏洞，
在他的心里兴风作浪。
有时行者明明知道是我作乱，
却克服不了内心的欲望。
我并不介意把底牌亮出，
我也从未掩饰过自己。
倒是有些行者会自欺欺人，
总是找了很多借口。
在看似精明的拒绝中，
错过了无上的真理。
这真是世上最大的滑稽。
他们已成为我忠实的信徒。
其实做魔也没什么不好，
同样享受着无边的快乐。
那逍遥丝毫不比涅槃逊色，
在智慧上也会是同等境界，
只是少了点慈悲的温度。
但这又有何不可？"

说着他向空中挥了挥手，

三个绝世俊男站在面前。

魔王说："瞧呀我的三个儿子，

他们叫爱欲、爱念和爱乐。

他们玉树临风，

他们容貌俊朗，

他们才华横溢，

他们有着出众的姿态，

他们挺拔的身形如同天神。

他们会让你畅享欲乐，

那是人间至美的享受，

远远胜于苦行观修。

花无百日红少年不再来，

不及时行乐你白活一场。

瞧他们此刻正在舞蹈，

那滚圆的肌肉里充满了力量。

肩背上也布满有力的肉棱，

还有那饱含野性的眼睛。

再瞧他们额头的第三只眼，

能喷出神火烧毁一切。

他们能主宰人间的荣辱悲喜，

他们能决定万物的存亡生死，

他们是欲界的尊贵天神，

分明是大自在天的化身。

你若是跟他们结为夫妻，

你便是大自在天的天母。"

魔王越说越兴奋，
奶格玛见此状却身心寂定，
对魔子淫荡的挑逗她心如止水，
如莲花般出污泥而不染，
放出圣洁的净光一若观音。
她眼中的美男如同幻影，
与花草树木没有区别。
他们不会勾动那欲乐之心，
她早已清净了这种无明。

她对着魔子们盈盈一笑：
"你们不必再出丑弄乖。
你们形态虽好犹如天人，
奈何心不端正毫无正行。
这好比琉璃瓶满盛了粪秽，
不知羞耻还敢来惑人。
瞧你们此刻的色身，
秽恶的身体骷髅骨节，
皮包筋缠脓囊涕唾，
血污肉臭泄物充胀。
在我的眼中不如粪土，
你们还不快快滚回去。"

诸魔子听了面红耳赤，
羞愧难当中退避归隐。
魔王说："你要三思而行，
成我的眷属有无比尊崇。
我可以赐你无量的富贵，

和充盈天地的洪福，
你的法脉也会源远流长，
成就者就像天上的星星。
要是你拒绝了这一因缘，
你的法脉会后继乏人。
你那教法无论如何高妙，
也将人数稀少不会繁荣。
只有得到我的魔子相助，
你的事业才会万古长青。"

魔王的每句话都像钓钩，
他紧盯着奶格玛的心性，
只要她内心稍有波动，
无论是恐惧疑惑还是犹豫不定，
哪怕只是短如刹那，
都是他入侵的最佳契机。

奶格玛却笑道："怪哉怪哉，
为何顺了魔子的心意，
我的事业才会兴旺发达？
莫非那兴旺的原因，
是因为魔子们混入阵营？
诸魔子及眷属假扮为信仰者，
装腔作势里弄出大声？
这样的繁荣我宁可不要，
我愿独上高峰望那群星。
古来圣贤皆寂寞，
唯有魔子闹哄哄。

那喧闹如同哗哗作响的树叶，
历史会把它们扫得无影无踪。
真正留下的必然是光明，
哪怕那光明看起来无比孤独，
但孤独的光明也是光明，
只要有一线，就能成一片，
就能穿透黑暗。
我宁愿传承内多孤独的成就者，
也不愿让多如蝼蚁的魔子浑水摸鱼，
我虽有三十六代的寂寞，
却有着三十七代后的大声。
这有点像山间的竹笋，
唯有经过长时间的蓄力，
才有持久而临空的大能。

"你那玉树临风的儿子，
在我眼中只是骷髅。
跟他们相处我看不到意义，
只会玷污了我的梵行。
其实我还可以用空乐方便，
把他们度化为自家眷属，
或用那愤怒的诛杀之法，
将他们送往光明净境，
这便是我传承里的大力，
但此刻并没有太大意义。
只要世人的欲望不灭，
你很快又会化出新的儿子。
爱欲之乐早已动不了我的心，

虚假的繁荣亦非我所求。
你要是还有无聊的新把戏，
不妨早一点使出来卖弄。"

魔王听了这番话语，
仰头大笑，声震天地。
只见他双手举起了两座大山，
任意团弄着好像揉捏泥球，
又左右手互抛如掷弹丸，
随后双手一捻已碎为微尘。
他在显示他的金刚大力，
要把行者的身躯碎尸万段。
奶格玛看这一幕却如同看杂技表演，
笑眯眯中没有丝毫恐惧。

魔王见这些小菜震慑不了奶格玛，
遂又换了一种恐怖的法术。
他摇身一变，腾空而起，
化为空中的一条巨龙，
脑袋大如军舰，眼似太阳喷火，
舌如闪电嚓嚓，呼吸声大如雷霆。
他的鼻孔里刮出飓风，
长达百丈绕奶格玛旋转，
张开了血盆大口就要吃人。
魔王一面变幻出诸般景象，
一面观察着奶格玛的心性，
他在等待着她心灵的缝隙，
他早已备好看家的那枚银针，

只要稍有波动便可乘机而入，
把奶格玛的心搅得天翻地覆，
让她变成另一个魔君。
奶格玛却安住在自己的境界里。
任凭魔王掀起风浪如何肆虐，
她始终端坐在自己的莲台上。
她观起金刚火帐的护轮，
把自己包在三昧真火之中。
那魔龙虽凶猛却无可奈何，
只能远远地戏耍他的淫威。

但魔王仍不甘休，
他又挥手招来他的大军。
魔子们化现为一切可怖的形象，
带上各种可怕的武器，
像洪水一样涌向奶格玛。
魔王自己也骑了战象，
那战象高达百丈直入云中，
其形其声极为恐怖。
他又生出一千只手，
握着不同的利器神兵。

诸魔子率领着无量的魔军，
他们密密麻麻布满了虚空。
高大威猛直上云端，
长宽逾百里，望不到尽头。
他们发出可怖的啸叫，如万兽嘶吼。
他们的威势有千钧大力，

能把大山都震碎为泥土。
他们扭曲着脸，一个个狰狞至极，
如同滚雷杀向奶格玛。

奶格玛本有的护法善神，
此刻已魂飞魄散纷纷逃命，
其中甚至包括了帝释天君和大梵天们。
他们虽是立过誓的护法者，
却叫天魔的阵势吓破了胆，
他们的心中已没了师尊。
在强烈的恐惧下他们只剩本能，
他们四散逃遁，溃不成军——
帝释天于瞬间变脸，
他带着战螺躲到了边缘地带；
大梵天失魂落魄地扔下伞，
逃到了梵天的深宫；
四海龙王也感到胆战心惊，
他们潜入海底，躲到了龙宫的密室。
除了信心不坚，还因为证量不足，
他们的智慧看不透魔境虚幻的本质。

魔军仍在疯狂地汹涌，
但任凭他们如何咆哮，
也奈何不了奶格玛。
她观修的金刚火帐，
让来犯之敌无法接近。
这是奶格玛独有的法宝，
可护身可攻击妙用无穷。

那无量的金刚杵密密麻麻，
织成了保护圈就像蛋壳。
无数的杵头一致对外，
发出耀眼的智慧光芒。
那光芒刺瞎了魔军的眼睛，
他们发出了可怖的哀号。
他们再也不敢靠近那火帐，
他们只是包围了奶格玛，
如无数的飞蛾围定了火堆。

魔王见自家的队伍进攻受阻，
就马上改变策略。
此刻，他是名副其实的王。
他发号施令有无上的威权，
他率领成千上万的魔子魔孙，
想方设法地对付一个如花似玉的女子。
他们强攻不成，围剿不能，
便采用下作的手段予以偷袭。
魔王告诫魔子不要正面硬碰，
要从侧面或是后背伺机而动。
他加大了自己幻化的力度，
恐怖，狰狞，诱惑，无所不用其极。
而魔子们也扯出满天的尖叫声，
他们齐心协力，众志成城，
他们使出浑身解数，
就是想扰乱奶格玛的定境，
将她从光明中拉进黑暗，
让她成为魔的一员。

而奶格玛的定力确实非凡，
任由天魔幻化出千奇百怪的景象，
她却安住真心岿然不动。
她的火帐已十分坚固，
此刻更是练兵的绝好时机。
那外魔虽然看似凶猛恐怖，
但了义地观察无非是幻影，
她若是执幻为实便受其害，
当安住真心不离慈悲。
她且用慈悲之力辅以火帐，
再看那情形会如何变化。

于是她在火帐中融入慈悲，
那光芒忽然变得柔和。
诸魔军见此状大喜欢呼，
纷纷举着兵器汹涌杀来。
到近前却忽然柔软了心性，
他们宛如被定住了一般，
将举着兵器的胳膊顿在空中，
他们再也没有了杀戮之心。
他们的杀心已被磁化，
他们只想放下屠刀安住清凉。
那是他们生命中从未有过的释然，
它远远超过魔心的欲乐。
他们开始大哭着忏悔，
他们哀求，他们发愿，
想要洗心革面护持正法。

魔王一见大呼这还了得，
不但没有降伏敌人，
反而阵前倒戈，投靠了敌人。
他急忙命令魔军撤退，
让他们远远观望绝不能靠近。

他又施出他的法力，
释放出惊天动地的飓风。
那飓风高达百丈卷倒山岳，
无数的大树被连根拔起，
远近的村庄都化为了粉尘。
飓风开始呼啸着冲向火帐，
试图吹熄火焰再突入其中。
但任那飓风如何呼啸，
都撼动不了金刚火帐的半分。
而且风助火势，
火帐愈燃愈烈。
魔王忽然感到一股炽热扑面而来，
他来不及闪避更来不及逃离，
一簇火苗便蹿上来燎着了他的胡须，
他焦头炭脸狼狈至极。

这种攻击针对的是心中贪婪，
若有贪心就会产生漏洞。
世人因贪而造下无穷恶业，
不破贪毒者难有正行。
但是那火帐也有布施的功德，

布施可以对治贪婪之心。
财布施法布施无畏布施，
种种善行都能助人升华灵魂。

魔王恼羞成怒，大声吼叫，
那怒吼仿佛震裂了天空，
更激起了厚重如墨的乌云，
瞬间倾盆大雨织成了瀑布。
天地被水柱连成一体，
洪水铺天盖地席卷而来。
大地陷入了深深的绝望，
大水漫过了山丘和村庄，
无数的生灵淹没在水中，
发出阵阵惨烈的哀鸣。

只是那水魔在靠近火帐时，
却突然转身，流向沙漠和戈壁，
它滋润着干涸的土地，
漫漫黄沙中长出了绿荫，
焦渴绝望的人们开始欢呼，
他们纷纷下跪，
感恩上天降下甘霖。

这种攻击针对的是怀疑。
若你总是用自家的标准衡量外界，
甚至在修行中怀疑教法怀疑善知识，
就永远无法契入真正的智慧。
只因那火帐的基础是虔诚，

无伪的信心坚如磐石。
多忏悔多礼拜多祈请，
潜移默化中可清净疑心。

魔王又祭起大山和巨石，
它们密雨一样砸向奶格玛。
它们势大力沉犹如雷霆，
但在接近火帐的时候，
却一一变成庙宇道观。
一座座灵山仙气缥缈，
一个个道场庄严殊胜。
无数的行者安住其中，
在洞天福地中勤修梵行。

这种攻击针对的是愚痴，
糊糊涂涂不能明辨是非。
那糨糊般的大脑不是空性，
明空之中要有五智三身。
然而那火帐中有智慧滋养，
空性中包含妙用无穷，
打碎了顽空和愚痴的昏沉，
看这世界就如看手中的掌纹。

魔王怒叫一声"岂有此理"，
又抛出手中的千种武器。
携带着毁灭天地的力量，
密雨一般飞向奶格玛。
它们发出尖锐的呼哨声，

如无数的汽笛在齐鸣。
武器到了火帐跟前，
却化成了无数的鲜花。
一朵朵一片片生机盎然，
散发着阵阵悦人的清香。

这种攻击针对的是傲慢，
自我感觉良好目中无人。
行者如果生起了贡高我慢，
成就的道路便从此被封。
可是那火帐里饱含慈悲，
视众生如父母甘愿奉献。
把自身化为泥土任万人踩踏，
虽承载了世界却静默无言。

魔王看得目瞪口呆。
他不甘心！自成王以来，
他参加过的战斗无以计数，
他战胜过的敌人无法估量，
他就不信还制服不了一个黄毛丫头。
他口吐烈焰铺天盖地，
那炽热更超过劫火万倍，
山石都熔化成了液体，
草木在火中刹那烧成灰烬，
动物来不及惨叫就成一团焦黑，
更有无数下落的陨石，
在火焰之中成了红浆。
魔王拿扇子轻轻一扇，

那诸多的热灰便席卷而起，
弥漫于天地腥臭扑面，
呼啸着向奶格玛滚滚而来。

那热灰遇火帐却化为肥料，
它们滋养了贫瘠的土地。
农作物粒穗饱满五谷丰登，
家畜们膘肥体壮产量飙升。
这世上从此没有灾荒饥馑，
众生在欢笑中安享太平。

这种攻击针对的是嗔恨，
愤怒之心会火烧功德林。
那怒火生出了暴力与争斗，
心中的嗔毒障碍了修行。
可是那火帐有忍辱之力，
世上的逆缘都成了顺因。
真正的忍辱是无辱可忍，
万事如泡影又怎会嗔恨。

魔王继续摇动魔扇，
那热沙热泥腾空而起。
加上诸多的灰烬废墟，
浓稠的尘埃遮蔽了日月。
世界化为无边的黑暗，
黑暗中滋生了无数乱象。
忽而电闪雷鸣声声怪叫，
忽而乌云满天浓墨倾空，

忽而黄沙肆虐尘暴啸卷，
忽而黑风阵阵恐怖阴森。
但诸相一接近金刚火帐，
就化为光明如朗月临空。
风调雨顺下百姓安居乐业，
自然和谐中万物生机勃勃。

这种攻击针对的是妄想，
无数的念头织成牢笼。
它们幻化出各种谎言，
把灵魂紧紧束缚其中，
从此看不到真理的面容。
对治妄想的武器便是妙观，
止观双运下坦然安住明空。
那妄念如乌云自来自去，
不压抑不跟随了了分明。

魔王继续降下流星陨石，
声如霹雳迅如猛雨。
世界都笼罩在烟火之中，
无边的毒气覆盖了大地。
它无色无味无形无质，
它与空气一体无孔不入。
只要吸上分毫便身不由己，
不知不觉中沦为魔军。
那金刚火帐虽密如织麻，
但总有缝隙能让气体进入。

奶格玛也吸入了这种毒气，
金刚火帐开始缓缓地熄灭。
魔王兴奋地仰天长笑，
那笑声像诡异的夜枭。
众神见奶格玛吸入了毒气，
他们连连哀叹，深深遗憾，
原来他们躲在自家的密室，
一直在观察这生死大战。
刹那间天地失色日月无光，
整个世界陷入了死寂。
忽见奶格玛心轮大亮，
那毒气流入地下化作能源。
众神的欢呼响彻云霄，
世界又重新恢复了光明。

这种攻击针对的是分别，
好坏苦乐荣辱等对立之心。
因分别滋生了许多烦恼，
习气遂成为潜在的恶因。

奶格玛具足平等性智，
她明白诸相虽异本质却相同。
因此于如如不动中无所染污，
对万事万物皆不生分别。

魔王一瞬间目瞪口呆，
再看奶格玛仍端坐莲台。
他的各种手段都失去效力，

反而变成了对方利众的善因。
他疯狂中失去了理智，
打破了宇宙最后的底线，
取出被封印的绝顶武器，
它的力量能毁灭法界。

那是一种邪恶的黑科技，
由依止恶魔的科学家所制。
它插入地面，寸草不生，
它升上天空，蘑菇云顿起，
瞬息间炸红万里晴空，
所有生物都无法生存。
从此此地就是死地，
成为一座魔鬼之城。

众神见此举大惊失色，
都说魔王已穷凶极恶，丧心病狂。
他想把法界化为灰烬，
他要鱼死网破，玉石俱焚。
刹那间诸天人一片哀号，
也吓坏了六道的通灵众生。
他们颤抖不已，
他们惊慌失措，
眼看着就要末日降临。
所有事物都不堪一击，
覆巢之下难独善其身。

魔王祭起了这一武器，

飞驰过来好似雷霆。
通灵的众生都闭上双眼，
他们绝望至极，坐以待毙，
连魔子魔孙也颤抖不已。
魔王面露狰狞哈哈大笑，
双目中喷出疯狂的火焰。
他准备与奶格玛同归于尽，
从此世上不再有佛陀和波旬。
他要让一切在刹那间毁灭，
毁灭本就是魔王的大能。
那真理要是敌不过暴力，
就是魔王最大的光荣。

那武器呼啸而过好个可怕，
六道之中哭声一片。
它裹着闪电和霹雳，
排山倒海般升腾于空中。
不承想一到奶格玛跟前，
也变成了一团光圈。
它七彩流萤美丽极了，
它蕴含着巨大的电能。
奶格玛轻轻放它在地面，
又生起善心予以转化，
它于是化为庞大的供电系统，
万盏灯火遂照亮了乾坤。

这种攻击针对终极障碍，
修行最核心的敌人是执着。

因执着才衍生了三界六道，
破除所有执着才能究竟。
那万事万物皆是无常，
依因缘聚散而不断变化。
貌似实有本质却如梦幻，
看透这虚妄才是智慧。

众神睁开眼睛大声欢呼，
他们发现奶格玛彻证了空性，
放下了所有执着和无明，
她安住真心相融天人合一。
从此自心与法界成为一体，
无有挂碍亦无恐惧。
执着的铁链锁不住虚空，
三界十方任她纵横驰骋。

魔王使出浑身解数，
奶格玛的心仍安如泰山，
眼见有形的攻击无法奏效，
他心生一计收起了武器。
他说："女神果然道心坚固，
只是你尚未圆满究竟。
你太过于看重有相瑜伽，
那无相智慧才是真正的法宝。
真正的降魔是无魔可降，
真正的护轮是无轮可护。
你将我等看成真实而行对治，
说明还处在二元对立之中。

这种层次并没有实现超越，
甚至连我执都没有破除。"

奶格玛粲然而笑面如春风，
说："大王你不必鹦鹉学舌。
要是你真懂那般若之理，
也不会带魔军前来骚扰。
我的智慧是不废诸相，
却同样超越于诸相之上。
你说的般若智慧家家都有，
也遍布于诸多的显宗经典。

"我的智慧是从有相而修，
借观想的力量修成大能。
我并不是只追求解脱，
我更想有大力广度众生。
若是只想独自避雨，
搭建茅棚就可藏身。
若是我想帮助多人，
就需要更宽敞的空间。
若是我想容纳万人，
便需建造更大的城池。

"我的智慧是故不废有相，
因众生必须借相来度化。
我虽然也能安住般若降魔，
但我更愿意示现这火帐。
那般若之境非人人证得，

这火帐却是一种方便。
只要是我的传承弟子，
都可随心意护持有缘。
便是你贵为大自在天，
也奈何不了我金刚火帐。"

魔王知道诡计被识破，
他用大笑掩饰自己的困窘。
说："也好也好，随你坦言，
那火帐我倒也不去在乎。
只是听说修行是安修苦行，
当于清静处不舍昼夜，
你为何时时到处参访？
这已经有悖于清净之心。
你当于僻静之处着力，
不要再到处寻师访友。
你个人境界如何我不在意，
但不要聚众广招眷属。
这会给你带来无尽的违缘，
众生也会把你架上火堆，
或者将你异化为欲望的工具，
供在庙堂上充当托儿。"

这番话语说得冠冕堂皇，
其实魔王心中另有机关。
他真正的台词是——
"希望你别跟我争夺信众，
也别成就更多的众生，

一想到很多人出离欲界，
我便不由得烦恼忧愁。
要是你长此以往广传胜法，
我定然会少了无量的魔子魔孙。
所以你最好哪里都不去，
或独享清净或早点入寂。"

奶格玛识破了魔王的用意，
却也明白他说的正是实情。
自古度众者大多凄惨，
明智者都选择独善其身。
只是若活在世上却不传播真理，
将会是修行者最大的耻辱。
我不入地狱谁入地狱，
这等愿力才是她的追求。
于是奶格玛哈哈大笑，
说："这一番心思倒是有趣。
你有数十亿的魔子魔孙，
却怕我去度化几个有缘。
其实你不用担心，
时下我正在培养弟子，
有他们相助我才会有大力。
要知道成就者仍需要团队，
一个人构不成大事因缘。
等五个力士皆具足大力，
我才能将愿力化为净土。"

魔王见奶格玛坚持度众，

自家的法力又奈何不得，
心中不由得忧虑重重，
一计不成又生一计。
他苦笑说："也好也好，
其实你还可有另一种方便。
你可以选择当个国王，
我可以助你立刻达成愿望。
世间权力是教化的上好助缘，
借国王威势你便可广传教义。
不杀生不偷盗不行非法，
在红尘中你就可以建立净土。"

奶格玛摇摇头眉头微皱，
她早就看透了其中本质。
她说："感谢大王的好意，
你说的这方法当然有理，
也不失为一种度化因缘，
那政教合一者便走此路，
他们定然会势大惊天。

"但我不提倡这种方便。
要知道智慧是一种科学，
宗教却成了一种政治，
是政治便容易有流弊出现。
你看那诸多的宗教领袖，
大多已成了政治的附庸。
观其言俨然是得道高人，
察其行却分明名利之徒。

整日里算计得失成败，
满肚子都是男盗女娼。

"人的生命有长有短，
能做好一件事非常之难。
一生光阴全部用于超越，
才可能达到无为之境。
要是在政治上投机钻营，
这辈子定然会掩耳盗铃。
哪怕是有些人貌似出家，
也不过是俗衣换作僧装。

"真正的修道是生活方式，
要坚守某一种大事因缘，
必须具备纯净的内心，
懂拒绝会坚守才能成就。

"我知道你这提议的用意，
也不过是想让我异化自己。
通过制度把真理僵化，
从此人们只看那指月之指，
而忽略了智慧的本来面目。
这世上便只会增加神奴，
而没有照亮人心的智慧。

"政教合一还有个弊端，
它唯我独尊排除异己。
要知道世人的心病多种多样，

需要的调教也要对症对机。
一种药方治不了百病，
百花齐放才能欣欣向荣。

"你的魔子中有诸多出家人，
甚至包括许多有名的法王。
别看生前他们人模狗样，
死后都汇入你的海洋。
你想叫我也成你的眷属，
我只能答一句休想休想。"

魔王尴尬中嘿嘿而笑，
说："女神你果然智慧无碍。
那我就不妨有话直讲。
你可否不要与我争抢？
那众生是我倚仗的基础，
动摇了根基我必将衰亡。
所以我常常会担忧思虑，
生怕萧条了自家地盘。
其实做魔王也没啥不好，
人生终究只是一个过程。"

奶格玛闻言心中暗笑，
语重心长想感化魔君。
这魔王竟然用苦肉之计，
想来已经是黔驴技穷。
她说："你虽然拥有大自在天宫，
纵广六千由旬有七重宫墙，

七重栏楯再七重罗网,
行树七重众鸟相和而鸣,
但这庄严并没改变你的心。
每见到成就者你就生起邪见,
你的烦恼更是无穷无尽,
总怕减少了魔子魔孙。

"你其实无须有这种担忧,
因动物的本性就是欲望。
只要有欲望你就不缺眷属,
那动物的本能就是助缘。
你更无须怕动摇根基,
百姓里其实不乏群盲。
你的吹鼓手们鼓噪什么,
他们便会欢呼着回应。
他们的人性中本就有恶,
只要遇上你提供的土壤,
就定然会成为魔的眷属,
你的根基就会坚如磐石。

"你最可怕的武器不是雷霆烈火,
而是你本有的六种魔钩。
那烈火众生都避之不及,
这魔钩却让人甘愿沉溺。
它们既是你的武器,
也存在于众生的自性深处。
眼根着色是魔钩之一,
耳根着声是魔钩之二,

鼻根着香是魔钩之三，
舌根着味是魔钩之四，
身根着触是魔钩之五，
心意着法是魔钩之六。
你的魔爪如六条锁链，
潜伏于众生的六根之门。
时时勒住他们的喉咙，
让他们从此不得自在。
只要对六尘生一点贪爱，
他们的身上就多一条铁链。
你用这魔钩紧紧钩住众生，
你的眷属就会无穷无尽。"

魔王闻此言颇为得意，
呵呵笑道："如是如是。
那眼耳鼻舌身意六处，
正是我的魔钩所在。
众生若无这眼耳鼻舌身意，
我又怎能入其心门。
那些执着于自我的人，
都是我的潜在信众。
他们会成为我的眷属，
你奶格玛也难动半分。
只是你明白真理去快活便可，
何须为度众大放光明？"

奶格玛说："世上还有离魔之人，
他们也想到达那彼岸。

我会为他们解说要义，
那真理自然真实不虚。
只要他们常修习而不放逸，
就必定会远离你的魔爪。

"成就者群体犹如太阳，
魔的子孙好似黑暗。
这世上有光明就有黑暗，
它们是一体却有两面。
相互依存而不可分，
只能在净化中趋真离妄。
虽然我心中超越了善恶，
但依然要演好光明的角色。
其实你魔王又何尝不是演员，
魔障也是证悟必经的剧情。"

魔王忽然流出了眼泪，
偌大一法界，她却是他的知音。
无始以来人们对他谈虎色变，
他们对他愤恨，诅咒，
其实他不过在演自己的剧情。
他的智慧与佛陀相等，
只是示现了相反的形象，
如同电影中有正邪两派。

他叹说："我这一番行程，
像是雄鹰飞在空中，
看到地上有一块鲜肉，

疾飞而下想一口吞了，
没想到它是一块石头，
我受伤失望也只能如此。
我已知道你的心事，
你也知道我的能力。
我等待你的回心转意，
希望将来的某一天，
我们齐心协力一起做事。
那时节的天地之间，
你我就会所向披靡。"

奶格玛说："大王莫生此心，
我的身心可以成灰，
我的愿力不可更改，
我便是化为无量尘埃，
也不会成为魔的眷属。"

魔王哈哈大笑声震虚空，
说："好个丫头心如铁石。
虽然我这一番没有如愿，
但人间自有我的因缘。
我将常行人间施展魔力，
让人间邪恶势力大盛。
你那萤火虫一样的微光，
怎能抵得我遍天的黑暗。"

奶格玛笑说："你黑暗虽厚，
厚如无边无际的旷野。

但哪怕我只有一束光明，
也会刺穿你的黑暗领空。
你去你的世界里逞凶吧，
我会继续我的寻觅。"

魔王叹口气转身消失，
他的背影苍老凄清有些落寞。
天地之间又恢复了平静，
仿佛从来没来过魔王，
仿佛没有发生生死较量，
没有巧言令色的引诱，
也没有貌似正义的邪说。
人间的事物依旧正常运行，
人来人往，熙熙攘攘。

奶格玛一时陷入了迷惑，
刚才到底是真正的魔王，
还是自己的习气呈现？
要知道在净化习气的时候，
潜伏的欲望会重新激起。
它们也会变换着各种方式，
试图让自己重新堕落。
那恐怖又狡诈的魔王，
也许是习气的人格化体现。
如同心中出现两个角色，
天使和魔鬼互相撕扯。

奶格玛摇摇头不再辨别，

过去的就让它归于虚空。
这世上诸事物皆是幻境，
究竟看没有不变的存在。
于是她安住当下生起观察，
继续寻找度化五力士的因缘。

第二十八乐章

密集郎旧习复发，欲逞口舌之能却再一次被关押；威德郎虽精进苦修，却偏离了方向，那嗔恨之火和功利之心，将信仰变为了工具；幻化郎躲在零磁空间，经历了痛苦的自我缠斗，终于明白了修行的意义。但他是否能够击溃自己的傲慢，明白幻化的真相呢？

第78曲　山重水复

魔王走后，奶格玛开始审视自己。
因为达成了天人合一，
执着的树根已被她砍断，
当魔王以诸般诱惑甚至大加挞伐时，
她都能以静制动，让敌人自行溃败，
可尽管如此，她也知道，
那些烦恼和习气的枝叶还在。
她需要再次静修数月，
清除心灵中那细微的无明。

这无明就像马桶的臭气，
虽然粪便已空，但臭气犹存。
欲清除这臭味，需要经年累月
旷日持久地一遍遍清洁。
有时候，你会觉得你的心已如水晶般，
六根清净不染纤尘了，
其实却是无明小鬼的遁形之术。
它知道你明察秋毫洞若观火，
它也知道为了使自己高尚一些，
你常自己痛下杀手，开膛破肚，
它还知道，你已将它视为了眼中钉，
所以，它静静地潜伏在你最熟悉的地方，
或者你最亲近的地方。

它就像狗皮膏药一样贴在那里，
那里是它最危险的战场，
也是最安全的家园。

一旦遇到触发的条件，
它就会搅得尘土飞扬，
让你不得安宁痛不欲生，
你只有在事中历练，
借事调心才能检验自己的内证。

静修中奶格玛忘记了时间，
只觉得白昼黑夜交替更迭。
这一日她忽然心念一动，
于定境中，她看到了力士们的近况。
密集郎再次被捕，
他宣讲的和平主张，
与官府倡导的理论相悖，
官府说他是阴谋家，
为了达到自己不可告人的目的，
煽动群众，妖言惑众。

奶格玛感到有些失望，
密集郎屡教不改，屡改屡犯，
上回他备受酷刑险些丧命，
好不容易救他出来引入正途，
他不在山中忏悔清修，
却又违背师言，惹是生非。

再细看其中因缘，
却发现欢喜郎正在加紧备战。
他想要统一周边诸国，
卧榻之侧岂容他人酣睡。
他想凭自己的雄才大略，
留名于青史供万世敬仰。

于是他开始新一轮的战前动员，
宣战的海报一夜之间盖地铺天，
将士们激情饱满意气风发，
紧张的气氛再次笼罩了欢喜国。

相比于国王高涨的情绪，
百姓们却众心不一，各怀心事。
他们有的豪情万丈，
喊着为国争光的口号应征入伍。
有的却焦虑胆怯踟蹰不前，
被官府强绑一串牵往军营。
还有的背了行囊举家潜逃，
深入那深山老林躲避祸乱。
因为连年不断的战火肆虐，
百姓的生活早已百孔千疮。
他们面黄肌瘦，萎靡不振，
眼里只剩木然和哀伤，
那混浊的瞳孔里没有神采，
仿佛两个焦黄的泥丸。
他们如一息仅存的垂危病人，
随时都可能断气身亡。

无数的寡妇和残疾人没有依靠，
无数的孤儿流离失所到处流浪。
人们早已忘记了哭泣，
木偶般任命运撕来扯去。
城外横尸遍野，臭气熏天，
只有野狼和秃鹫撑破了肚皮。
天上的冤魂也在飘荡嘶号，
他们化成了遮天的阴霾。

密集郎本是尘外之人，
他隐在山中朝夕清修，
却见几个百姓闯了进来，
他们惊魂未定，神色凄慌，
他们告诉密集郎战鼓又响，
这一次征兵严格更胜从前。
年满十五岁到六十岁无一幸免，
所有的男人都必须入伍，
它打破了往常一家一丁的惯例。
女人也要做杂役苦力，
为战争筹备各种物资。
百姓们早已不堪重负，
对官府的残暴深恶痛绝。

密集郎一听心生不平，
如万千个战鼓咚咚敲响。
一股气血涌上他大脑，
巨大的力量在体内鼓荡。
他想："我一定要为民请命，

修行中也提倡慈悲度众。
虽然擅出关房是行者大忌，
但为百姓我甘愿蹈火赴汤。”

其实他心底另有隐情，
那枯燥的清修实在窒闷。
往日里口若悬河的宣说，
能带给他挥斥方遒的痛快。
他常常在脑海中回味，
甚至代入那场景反复演练。
但这心思像隐蔽的小偷，
密集郎并没察觉它的出现，
他自以为出关是慈悲之举，
为天下苍生他愿仗义执言。
找好了理由他毅然决然，
走出了关房走向都城，
一路上生发万种豪情，
脚下像踩了风火宝轮。
他在心里反复演练说辞，
仿佛看到自己万众瞩目。
心中偶尔也会闪出师尊的教诲，
但像水泡一样很快消失。
他躲进理直气壮的角落，
已看不到自己真正的内心。

欢喜郎正在国中广招贤才，
为战争他不拘一格也不惜血本，
欲尽揽天下志士能人。

他张榜昭告天下，
只要有胜战的谋略和才学，
国王都会不吝赏赐加官进爵。

因此密集郎改变了思路，
他不再上街头盲讲瞎撞，
他径直去了王宫面见国王。
他说有天赐的锦囊妙计，
要献给国王定国安邦。

侍卫引他进了王宫，
一路上密集郎激情澎湃，心潮汹涌。
自己平生怀才不遇，
如今终于有机会面见国王施展抱负，
他要把他伟大的理想告诉国王，
他要帮国王扭转乾坤。
想到此，他的内心激动不已，
像有无数小鹿在胸中嗒嗒蹦起。
他不觉兴奋却比兴奋更让他激动，
他不觉紧张却比紧张更让他战栗，
当走到气势磅礴的宫殿门前，
他竟莫名其妙地腿软了，
他用力挺了挺胸，
深深吸了一口气，
跟随着侍卫昂首阔步进了宫门。

终于到了宫殿里。
终于见到了一国之君。

站在国王面前，他有些不知为何而来。
他发现，他的手原来是多余的，
放在哪里都不对劲。
他的脑海中一片空白，
他出口成章的本领，
他能言善辩的口才，
此刻统统都没了影踪。
他张了张口却没有发出声音，
喉咙里仿佛塞了一团棉花。
他不想颤抖，那膝盖却一直在跳舞。
他在心中喊着让它们安静，
它们却跳得更加欢快。

欢喜郎想，这分明是一疯子，
轰他出去都是轻的，
再加个戏弄国君的罪名，
也不为过。
再看，却从对方线条分明的五官中，
感到了一丝熟悉，
这种熟悉看不到，也抓不着，
他读不懂它的密意，
但它确确实实地存在。

他问密集郎姓甚名谁来自何方，
密集郎听到国王发问，
那死机的大脑才开始启动。
他结结巴巴回答了问题，
冻僵的思维开始复苏。

随着他思维复苏的，
还有他飞流直下三千尺的口才。
他开始滔滔不绝，大讲和平主张。

那一番言语好个堂皇，
他说上天有好生之德，
所有杀戮都不合天道。
君子当有爱民之仁，
穷兵黩武会丧失民心。
当今百姓已陷于水深火热，
请大王为子民开万世太平……
他还有一整套和平的理论，
都是欢喜郎以前的主张。

欢喜郎皱皱眉打断了他的喋喋不休，
眼中还闪过一抹凌厉的杀气。
这一番道理他当然理解，
当年，他也无数次想说服父王，
但屁股总是决定着脑袋，
在什么位置就有什么想法。
此刻他想到当年的自己，
只觉得那时候好生幼稚。
如今他只想着建功立业，
仁爱之说也成了懦夫的托词。

欢喜郎见他不识时务一派胡言，
怕他继续言说会祸乱军心，
就命侍卫绑了他。他知道，

自己还不能杀他，他是前来献计的人，
而自己是明君，目前又正在广纳贤良。
欢喜郎的理想是留名青史，
因此非常在意自己的名声。
所以他暂时不想杀掉此人，
只是隔离他防止扩大影响。

奶格玛见此状不再担心，
随顺密集郎在狱中反省。
这是他应该接受的惩罚，
小马驹挨鞭子才会老实。

奶格玛再观威德郎因缘，
发现他每天都能观修。
他的观修力十分惊人，
已能安住于烈火定中。
观他时但见一团烈火，
差不多已能入火光三昧。

只是经过闭关的沉淀，
他的习气也开始复发。
即使是奶格玛静修的时候，
尚且会有无明的烟尘遮天蔽日，
威德郎还没有证悟空性，
那习气的搅动更是猛烈。
可怕的是他沦陷其中而不自知，
时时想重振旗鼓以雪前耻。
他能放下亲人朋友，

却放不下他的仇敌，
他能放下万缘，
却放不下欢喜郎。
从他们如何结下仇怨，挑起祸端，
到最近的一次生死决战，
他都历历在目，永生难忘。
他常常会想到当时的情景，每次想起，
他的内心就会模拟出相应的回击。
这些念头仿佛成了欢喜郎的替身，
成功地将他困入迷境不得解脱，
他不知不觉中陷入了仇恨的魔桶。

欲望比高尚更容易入心，
相比那善良与感恩之心，
嗔恨能刻下更深的印痕。
这使得人间多祸乱而少和平。
这也是人性中本有的污垢，
对治需要时时警觉和自省。

威德郎对曾经发过的誓愿，
也有了一套自己的解释：
他想以战止战实现和平，
他想以杀为度利益众生，
他想人不犯我我不犯人，
他想借战争消灭战争。
他像所有的政治家一样，
总能为黑手找到白的手套。

他于不知不觉中改变了初心，
他的苦修也不再为护持教法，
修行成了他武功的有力助缘。
对上次的惨败他也一直在反省，
找到原因后便马上开始调整。
他知道自己输在了没有与时俱进，
才让对方借新武器赢得了战争。
他除了加紧开发新的装备，
还想多一种有威力的超能。
他更要修出无上的法力，
助自己成就无上的光荣。

奶格玛看到这里默默无语，
她发现威德郎的问题极为普遍。
修行者时时会偏离了轨道，
总是把信仰当成工具。
那度众的大愿天天都发，
那净信的誓言日日都念，
可是心中却放不下自我，
只想通过修行得到更多光环。
它们是名是利也是自我价值，
它们是虚荣是成长也是改变命运，
它们不论有着怎样的名相，
都是依附于自我的延伸。

他们最在乎自己的得失，
他们的眼睛总是盯着欲望，
跑得快不快力量强不强，

是他们衡量修行的标准。
那成就者的境界就像金牌，
从走上信仰之路起，
目标就是那块金牌。
修行的道场成了竞技场——
每天持咒多少遍？
每天观修有几座？
就想登上巅峰三界任意纵横。
在争夺金牌的战场上，
他们从一开始就已经偏离正行，
他们围绕着自我做种种努力，
因此才难以契入真正的明空。

信仰本是消融了小我，
将自身完全融入传承。
从此变成大海里的一滴水，
才能实现真正的超越。
如果水滴想把大海据为己有，
将教法作为提升自我的平台，
这种想法也可以获得进步，
但到一定阶段定然难以超升。

真正的成就者没有目的，
甘愿为信仰奉献一生。
不去管未来有怎样的结果，
只管安住于当下的明空。
让真理成为生命程序，
让信仰成为生活方式，

平平凡凡不需要光环，
愿为真理做一辈子杂役，
毫无怨言地乐在其中，
不求荣誉更无须利益，
愿此生做智慧宫殿的一块砖，
看他人对觉者顶礼膜拜，
而自己像黄牛默默耕耘。
在这种心态下持之以恒，
修行就成为生活本身。
这才是真正的信仰与成就，
要破除所有的功利之心。

但往往说时容易做时难，
威德郎便是说得做不得，
常给自己找堂皇的理由，
放纵着自己的欲望之心。
他和密集郎如出一辙，
总陷在借口的泥潭里而不自知，
自以为披上了崇高的外衣，
就可以无视师尊的告诫。

人们都喜欢给自己找借口，
让自己的沦陷心安理得。
有时候也清楚是自我安慰，
还能及时地反省和悔过，
最怕那不知道是借口的借口，
它会让人们不知不觉地堕落。
这便是常说的自欺欺人，

必须要提起警觉时时反省。
对内心的恶习要了了分明，
下手对治也要毫不留情。
真正的升华都会经历痛苦，
能在烈火里反复淬炼才是真金。

奶格玛叹威德郎好个糊涂，
但她也明白这是必然。
这弯路他必须亲历亲经，
如同那密集郎必须承受牢狱之灾，
经历了痛苦才会真正成长。
她又观察了胜乐郎的近况，
发现他能与华曼水乳交融，
已证得空乐智慧天人合一，
安住于乐空不二的境界。
他整日里不离祈请之心，
还需要在事上加紧用心。

第 79 曲　破茧

奶格玛总算有些欣慰了，
胜乐郎已无须自己操心，
于是，她将目光集中在了其余四个力士身上。
上次与寂天一起寻幻化郎无果后，
一有闲暇，幻化郎那慌张而胆怯的目光，
就会在她眼前晃，
她也常常呼唤他，召请他，观察他，
可一切都如石头沉寂于大海。

此刻，她再次启动了真言，
于定境中观幻化郎的因缘。
须臾间一朵莲灯浮上明空，
其中显出了幻化郎的身影。
他坐不安席，神形焦虑，
他仿佛在求助着什么。
奶格玛立刻启动了结界，
以防止天帝和魔王窥取信息。
那结界就像是给程序加密，
让别人看不到他们的联系。

再深入定境，进一步观察，
奶格玛发现幻化郎果然在零磁空间里。
只是这个空间与上次看到的不同，

也许是为躲避天帝与修罗的追杀，
他慌慌张张地搬了家。

今天奶格玛以威德之力，
让幻化郎禁不住动了心念，
因此莲灯才会有所显现，
奶格玛用念力进行勾摄，
于是幻化郎看到了奶格玛。
那一刻他的眼中闪出希望之光，
仿佛见到救命的稻草。

幻化郎说他得罪了天帝，
也得罪了造物主和所有神灵。
那天地造化本是绝顶秘密，
岂可叫一个凡人窥破天机。
于是，他成了各路头领的眼中钉，
天帝也好，魔界也罢，
都开始到处搜寻他，通缉他，追杀他。
自此，他四面楚歌，危机重重。
为了自救，他走上了逃亡的道路；
为了自救，他也常常修改法界的程序。
杀手们一次次兴师动众地出发，
又一次次一无所获败兴而归。
在不停的追杀与反追杀中，
他提高了自己的反侦查能力，
他制造出新的零磁空间作为避难所，
他还学会了无相定，
借此切断杀手的搜寻。

但他也明白这并非长久之计。
入空定毕竟不是解脱之境，
究竟看他还在三界之中，
受着五行的制约。
而他要的是真正的自由。
他已焦虑恐慌不能自主了太久。
为了这个自由，
他一刻也没有放弃寻找。
于是他一次次查询信息，
证实了奶格玛已得大成就。
他对她具足了无量的信心，
他知道，只有她才能拯救自己。
以此因缘，他才在二十五日，
动了心念向她求助。

虽有前次的相遇教导，
但因他信心不坚，
逃亡中才接收不到奶格玛对他的呼唤。
当他重拾对奶格玛的信心，
才又接上了心灵连线。
欢喜郎、威德郎和密集郎也有同样的问题，
反反复复像是被抹去了记忆，
皆是信心不牢之缘故，
行者不可不谨记。

他说在天帝眼中他就是病毒。
他迟早会被他们删去，

就像删一个多余的程序。
泄露天机者必遭天谴，
这也是法界必守的规则。

他说他知道奶格玛非同一般，
因为只有她，没有自己的程序。
她只是一片光明之境，
却能生出无穷的妙用。
他也曾试图修改程序，指挥她的行动，
却发现一切不过是枉费心机。
所有的程序都控制不了她，
所有的修改都影响不了她，
她总能随缘示现任何境界。

他发现万物之中都有她，
却又无法将她桎梏于某处。
她明明是一个实实在在的人，
可又像是无处不在，
无时不有，无物不是。
她就像是一个点，
却又不仅仅是一个点，
她可以成为无数个圆，
她大至无外，小至无内。
他因此相信她的能为，
对她生起了莫大的信心。

奶格玛观察完幻化郎的心，
发现度化他的因缘已到。

她前往幻化郎所在的零磁空间。
那磁场本是地球的天网，
它仿佛地球的影子，只要地球存在，
那天网就不会消失。
它上达一千多米的高空，
下至三五千米的地中，
它囊括了地球万物高山深海，
也覆盖了每一个细微之处。
在磁网的外层高空，
更有一层厚厚的电离层。
它像一件天然的防辐射服，
阻挡着宇宙高能粒子的入侵。
地磁场可以用于导航，
指挥着罗盘和指南针。
它是一套天然的坐标系，
天兵天将就靠它定位搜寻。

而幻化郎却用特殊材料造出了零磁空间，
它以特殊的形式，
完全隔绝了地球的磁力，
形成了一种磁力真空。
只要他安住于无念之境，
天兵天将也莫可奈何。

奶格玛进入那零磁空间，
发现这空间很是有趣，
只要进入，心中便没有了杂念。
能自自然然安住于无念之境。

幻化郎脸色好个惨白，
他身形消瘦十分憔悴。
奶格玛知道他已苦不堪言。
虽然他躲入这儿相对安全，
但不能像老鼠那样度过一生。
他明白天网恢恢疏而不漏，
那可怕的一天总会来临。

见到奶格玛他放声大哭，
他像迷途的孩子见到了母亲。
他感觉自己委屈极了，
他声泪俱下，痛哭流涕。
他说他聪明反被聪明误，
自从他盗取了天机，
就没过上一天安稳日子。
无论是好奇中篡改程序，
还是在躲追杀中逃避天兵，
他时时刻刻都担忧命运。
他研制了一套新的设备，
可以消除内心的念头，
用外在的磁场遮蔽脑波，
所以才能苟活到今日。

然而无念并不究竟，
那念头如压在水中的皮球，
一旦失去了按压之力，
烦恼和情绪就会反扑。

那时候就会暴露信号，
杀手自然循迹而至。
他希望奶格玛传以胜法，
来改变自己困兽般的命运。

奶格玛面露和蔼的笑容，
问他："你可知依止的意义？"
幻化郎从没想过这个问题，
他只想通过修行脱离困境。

他按照自己的理解，
说："依止便是拜您为师，
传承您的智慧瑜伽。"
奶格玛问有了智慧之后呢？
幻化郎说之后便得到解脱。
奶格玛又问解脱之后呢？
幻化郎挠挠头皮，不知所云。

奶格玛叹口气垂下眼帘，
她说："等你想明白自己的目的，
我再来教授于你。"

其实上次在山洞中见面，
奶格玛就已经教授幻化郎，
但当时的机缘并未真正成熟，
幻化郎还没有真正受益。
真正地受益需要智慧的显发，
没有彻底成熟的心性，

智慧就成不了生活方式，
迟早会像幻化郎那样，
不仅仅是退转，甚至是彻底让所学归零。
那次教授对幻化郎的意义，
仅仅是在他的生命中
种下了一粒觉悟的种子，
这颗种子到底会发芽结果，还是胎死腹中，
还要看他将来的因缘与选择。

当然，这些都在奶格玛意料之中，
她知道幻化郎的路还有很长。
然而这次她却不能轻易传法，
假如轻易教授，幻化郎仍旧不会珍惜，
也不会产生真正的意义。
奶格玛知道好饭不怕晚，
既然幻化郎暂时没有危险，
又能通过脑波与自己联系，
她就想再焐一焐火候，
将他的心态扶正，
从种子里剔除病态的基因。
于是她转身离开那里，
留下了幻化郎呆若木鸡。

不几日奶格玛收到信息，
幻化郎说他想通了目的。
成就后便能摆脱追杀，
借助观修的神威，
让自己成为另一个天帝。

奶格玛摇摇头说:"真是有趣,
你若想做天帝我又何必收你?
我已经三界十方毫无羁绊,
为何要给自己增加负担?
你要继续审视自己的发心,
认真思考修行的意义。"

幻化郎闻此言愁眉苦脸,
这几日他已熬白了头发。
眼见救星就在面前,
却被障碍挡住去路。
他拼命思考修行的意义,
一日日一夜夜不眠不休。
他的形容变得更加憔悴,
眼眶深陷精神萎靡。

又一天,他感觉自己拨开了迷雾,
他打开与奶格玛的通话频道。
他说:"修行的意义,
就是成就后可以自在逍遥,
像您这般有通天彻地的能为,
任何造化程序都奈何不了。"

奶格玛听此言呵呵冷笑,
她说:"培养神棍,并非我之心愿。
那神通和自在都如梦幻泡影,
执着它们就会陷入歧路。

你还是没明白修行的意义，
我还没有教授的理由。"

幻化郎听到后如遭雷击，
他没想到又一次遭拒，
他沮丧极了。
他的沮丧里还带有愤怒，
连日来不眠不休思考的结果，
在奶格玛那里竟如同儿戏。
他从未想过修行还需要什么理由，
他以为那只是一道手续。

幻化郎又钻了牛角尖，
这是他最大的性格特征，
它既是他可爱的优点，
也是他不可避免的缺点。
他具有超强的探索精神，
对于任何疑难困惑，
他都必须亲力亲为，研究透彻，
他不达目的绝不甘休。

他把自己关了起来，
他一遍遍思考那个命题。
他的头发开始掉落，
他的嘴唇爆裂出血口。
他在墙上写满奶格玛的话语，
分析它们之间的逻辑与关联，
他还连上了许多线条，做了重点标记，

如同科学家攻克难题。
他一丝不苟，严谨而执着。
那些线条繁密混杂，
一如缠了鸡脖的乱麻，
而他的思路，也仍是纠结缠绕，
理不出半点头绪。
因为追杀的危机迫在眉睫，
他心灵的琴弦已高度紧张，
他打不开心上的那把枷锁，
破除不了执着，
也便得不到师尊需要的答案。

他已临近崩溃。
他的大脑沉闷混乱如一团糨糊，
又如塞满稻草的麻袋，
他的耳边响起巨大的轰鸣声，
窒息欲死的他，终于坚持不住了。
他大吼一声——
"去屎个老子，大不了一死，
我也不去管什么成就，
先好好睡个美觉！"
放下了思索，放下了纠结，
放下了追杀，放下了潜逃，
他放下了一切。
在他的上下眼皮亲密无间的时候，
天地也随之寂了。

三天之后，他醒过来了。

躺在床上，他的眼睛仍盯着墙上的线网。
忽然，一条脉络清晰无比——
仿佛一颗流星在夜空中划过，
他瞬间脑洞大开，有了一个新的视角。
他眼神呆滞口中念念有词，
其形貌看起来如同中邪。
忽然他眼前闪过许多图像，
回放了和奶格玛所有的相遇，
他晴空炸雷般大呼一声，
原来如此啊原来如此！

幻化郎发出祈请脑波，
叫一声："奶格玛我的恩师，
弟子悟明了成就的意义，
成就后要利益社会。
如同您帮我脱离苦海这样，
弟子也发心让光明得到传递。"

奶格玛闻言道："善哉善哉，
你总算发现了生命的意义。
这口号虽然人人都喊，
但发自真心者寥寥无几。
你的天性中不会作假，
这发心定然是真诚之力。
今后的道路还很漫长，
盼你能时时警觉不忘初心。"

说罢奶格玛现身于零磁空间，

让幻化郎跪在自己面前。
她说:"你虽然端正了心态,
但传统中还有要走的程序。
要知道上学要交学费,
那学费也是信心的象征。
你且看以何物孝敬为师,
它将成为你入我门下的缘起。"

幻化郎身上原也有财物,
但已用于建设零磁空间。
他整日与世隔绝躲避追杀,
用液体种些蔬菜便可充饥,
既没有堆金积玉的需要,
也没有敛取财物的时间。

然而,此刻的求法需要供养,
那供养必定不能随意。
幻化郎思来想去咬紧牙关,
他想把人皮书作为供品,
但习气又让他十分不舍。
奶格玛心明如镜却不动声色,
只等幻化郎自己做出选择。

幻化郎兜兜转转,内心无比纠结,
有两股力量正在心里撕扯。
一个说要破除自己的执着,
不要再关注这有为之法。
另一个说它只是一个工具,

也是自己起家的基础，
慧而不用也无伤大雅，
破执不一定非要供出。
又觉得想破执不能找任何借口，
只有把它供养给师尊，
才算真破执不是自欺，
否则就是花言巧语，
巧言令色中欺骗自己。

幻化郎心里好个纠结，
最后一狠心走向师尊。
他双手捧着人皮书，
虔诚地在奶格玛面前跪下，
叫一声："师尊请您收下此书，
还有我自己的生命本身，
从此后我与真理相伴，
不再执着这身外之物。"

奶格玛说："随喜随喜，
我现在便将胜法传授于你，
你莫要懈怠好好修习。"
她看出幻化郎的信心极大，
这也是一个很好的缘起。
成功的关键在于信心，
它是一切成就的基础。

奶格玛让幻化郎彻底放松，
那焦虑和紧张如同铁链，

长久以来将他牢牢捆绑，
导致他身心都十分僵硬，
需打开心门全然接受。

在奶格玛安详的咒语声中，
幻化郎身心放松好似婴儿。
如同劳累一天泡入温泉，
又像出了憋闷的暗室，
迎面吹来夏夜的清风，
每个毛孔都通透无比。
奶格玛见时机已到，
先为他点亮了心灯，
再授以多种瑜伽的修习权利。

第 80 曲　粗幻身

根器很好的幻化郎自接法后，
勤修苦练不舍昼夜，
他很快便生起了四喜四空，
这让奶格玛倍感欣慰，
随即授以他幻身瑜伽。

她说："幻身即幻化之身，
世界亦是幻化毫无自性。
你看眼中那诸多的显现，
无一不是幻身梦境。
我们要修习幻身瑜伽，
目的是证得显空不二。
这属于一种离戏瑜伽，
久久修习可证俱生智慧。

"其修习方法计有三种：
不净幻身是世上诸物，
红尘诸相望触有形，
但了无自性如同幻化。
如露珠水泡如空谷回音，
如梦如幻如阳焰彩虹。
无论三界情器世界，
无论内外诸多事物，

无论生死涅槃轮回，
虽有显现而无实有，
犹如梦幻是不净幻身。"

幻化郎听罢点点头说确实如此，
那世界也像网络世界。
其实也受程序控制，
它本身就是梦幻泡影。
也正是因为了解这一点，
他才能发现造化的秘密。

奶格玛教给他正确的观想方法，
幻化郎很快便能熟练运用。
他有着超出常人的观想力，
他说他能观出任何世界，
从宏观到微观，无论有多精密细微。
也正是因为这种能力，
他才能洞悉万物的秘密。

奶格玛闻此言示现不悦，
她发现幻化郎喜欢卖弄。
他总是表演着自己的才能，
一如那夏天的知了，
照一点阳光就鸣叫不停。
他总想在浅碟子的水中
搅出大海的波涛。

奶格玛扮出傲慢的样子，

她的傲慢里有愤怒的气息，
她要用那嗔愤的锤子，
砸碎幻化郎浅薄的卖弄。
于是，她不屑一顾一脸冷漠。
她说那种能力仍是世间之法，
而这些在她眼中不过是垃圾。
因为没有出世间的超越智慧，
他才把自己变成了洞中的老鼠。
她还说要想实现真正的超越，
首先要不矜不伐不骄不躁。

幻化郎闻言倏然涨红了脸，
那红转眼又成了青紫，
鼠一样蹿向他脖颈深处。
他的自尊心受到伤害。
是的。他没什么能为，
但他凭借自身的悟性，
发明了黑科技，创造了零磁空间，
这些都是"独一个"，无人企及。
它们足以使他傲视群雄，
给自己争来一席之地。

而此刻，却被师尊一顿训斥，
他觉得委屈，委屈极了。
他喃喃道自己只是表达观点和体会，
并没有骄傲自大之意。
末了，他还反问奶格玛一声：
"师尊已是成就的圣者，

怎能不知弟子的内心？"

狡辩！狡辩！
奶格玛见他巧言令色，
这种心态很不如法。
他瓶里的尿液没有倾空，
又怎能承接狮乳的甘露？
她冷笑几声，
只说："既然如此你另请高明，
我证量浅陋教不了大材，
别误了幻化尊者的慧命。"
说罢她拂袖而去，
任幻化郎杵在那里呆若木鸡。
师尊的训斥让他心惊胆战，
他怕自己从此失去灵魂的依怙。

他当然知道师尊的能为，
她超越二元，与法界一体。
他也知道师尊的这般言说，
是为了打磨他这颗钻石，
可他就是感到心里难过。
委屈、耻辱，耻辱、委屈，
两个小妖怪轮流上阵，
搅得他再也无心观修仪轨，
昏沉散乱开始涌上心头，
各种妄念也趁火打劫，
如同卷起滔天的海啸。
在诸多情绪的鼓噪下，

他的大脑像负荷过重的主机，
再也不能正常工作。
他愣头一仰，便沉沉睡去。

整整三天三夜，
他醒来睡去，睡去醒来。
睡去的时候浑浑噩噩，
醒来的时候昏昏沉沉。
他的灵魂如同撕碎的纸片，
飘飘荡荡着不了地。
忽而找借口忽而又忏悔。
他知道不该这样，
可他就是不想起来，
他什么都不想做，
他只想坐山观虎，
他眼睁睁地看着自己生出的那些"小老虎"——
此刻，它们多热闹啊，
它们吵吵嚷嚷，拉拉扯扯，
它们此起彼伏，互不相让。
它们中的一些是捍卫尊严的正义之师，
一些是恩师慈悲生出的仁义之军。
他不再是智商超群的幻化郎了，
他成了一头只会幻想的懒猪。
为了看清"小老虎"们的真实嘴脸，
整整三天，其实他也在登山。
他每走几步便气喘吁吁，
累极了他就停下脚步，养精蓄锐；
精神了他就迈步向前，乘风破浪。

三天之后，他终于登上山巅，
仿佛向佛借来一双慧眼，
他再看那些让他生威的"老虎"，
却发现如同看自己的掌纹——
自负的浅薄，傲慢的倔强，
表演的虚荣，炫耀的卖弄，
师尊的慈悲，师尊的智慧，
师尊的苦心，师尊的大恩。
刹那之间，他泪流满面……

他生起了真正的忏悔，
他打开频道想与师尊联系。
可是任他如何呼唤，
都是一片寂静空无回音。
他诵百字明咒，他做大礼拜，
他圆满了十万的数量，
他终于放低了自己，
他把自己变为一粒尘埃，
只想庄严师尊的沃土。

于是奶格玛现身于零磁空间，
幻化郎见到师尊放声大哭，
他语无伦次，声声哽咽，
他连连说着自己错了，
他请求师尊打他也好，骂他也罢，
就是不要不理他，不要放弃他。
他说得好不伤心，

那悲让草木都能落泪。

奶格玛这才露出笑容，
她说看清了习气就是升华，
古人说知错能改善莫大焉，
洗净了杯子才能盛满甘露。
于是她继续教他观修。
她说在观想中可生起清净幻身，
要知道生命是智慧女神的宫殿，
世界是智慧女神化现的妙境，
那诸多的声音是女神的妙音，
再冥想那一切心意的显现，
其实是智慧女神的幻化游戏。

幻化郎很快能随心冥想，
能于细微处承载精神。
这一观他就超越了过去，
以前只是世间游戏之心。
游戏者很难实现超越，
想超越必须有向往之心。

他想起自己从前的种种，
整日里吊儿郎当玩世不恭。
自以为那是一种洒脱的风范，
总是卖弄着所谓的特立独行。
每当响起一些惊叹和掌声，
自己就像吃了蜂蜜的狗熊。
飘飘然感觉好个陶醉，

更把那半瓶子醋晃得震天响。
他有时也会修改天帝的程序,
那是另一种虚荣的恶作剧。
越是在世人眼中神圣的存在,
自己越要戏谑一番显示能为。
因为盗得天机所以毫无敬畏,
他惹下了大祸却满不在乎。
终于招来了天帝的杀手,
三界之中再无他立足之地。
这便是游戏之心的后果,
即使能窥破造化的秘密,
如果缺失了敬畏与向往,
也谈不上超越和信仰。

如今他得到殊胜的见地,
这世上的一切都是幻化。
那情器世界和身语意,
都是本尊化现不可亵渎。
因此收起了轻浮和戏谑,
时刻督摄六根而不放逸,
谦恭安沉心如大地,
很快便踏入了修行之门。

奶格玛再教他观纯净幻身,
此幻身的基础仍是冥想,
精气神构成了物质和精神。
它远离了俗世的重浊诸相,
呈现出净妙的智慧载体。

当宇宙的正能量进入生命，
那执着和偏见就会消融。
当我们不再被二元对立迷惑，
那纯净的智慧身就会出现。

幻化郎听懂了纯净幻身的法要，
在修行上他确实是利根之器，
无论见地还是实践都一点就通。
他不再卖弄聪明，虔诚而踏实。
他在心底对师尊充满了感恩之情。
恩师的宝瓶毫无保留，
自己的宝瓶全然接受。
教导如瓶对瓶注水不曾泄漏，
智慧随即在心中发芽生根。

他又想到了自己的过往，
每得到点进步便要卖弄。
或是开讲座或是发新闻，
在粉丝崇拜的目光里自我陶醉。
那众星拱月的感觉真是美妙，
还有美丽姑娘们暗送的秋波，
他飘飘然又麻酥酥好个快意，
那收获抖成炫耀的羽毛。

他就像不停晃动的浅水盆，
仅抖几下那所得便全部洒出，
因此不能聚水为池，
几年来只是浅薄的器皿。

而如今得遇生命中的贵人，
她引他走上了解脱之路，
还教给他做人的道理，
再生的恩德超过父母，
幻化郎流泪中又频发大愿。

奶格玛知他心意深感欣慰，
这进步都因为前期的打磨。
他的灵魂只有经历过痛苦，
才能脱胎换骨绽放光明。
此刻他还仅仅是个毛坯，
今后还需要层层地打磨。
要想把百炼钢化成绕指柔，
需要时间的积累和诸多因缘。

幻化郎顶礼中虔诚感恩，
奶格玛微笑里轻启朱唇——
"聆听我幻身道的教诫，
为师现在一一讲明。
外部所有显现皆是幻觉，
要解除能取所取的枷锁。
若是不明万物为幻化，
便陷于生死轮回的苦海。

"幻身成就有四个要点，
体要端正放松有诸要领，
环境要观为红色的白昼，
心中要不离幻化的正见。

观世上显现无非是泡影，
行住坐卧不离冥想之境，
观外部世界好似彩虹。

"先要生起无我的利他之心，
观六道无常有众苦相逼。
那十八层地狱苦不堪言，
其余也因无常了无生趣。
人的寿命宛如天空的闪电，
人的痛苦堪比恒河的沙粒，
只要常念死亡常观无常，
你生命的执着就自然减少。

"于幻观中修出专注之力，
观真心本清净打成一片。
好好修习祈请殊胜的恩师，
像赤子那样毫无保留。
要恒常养成静观世界的习惯，
请师尊加持你道业早成。

"过去不追未来亦不迎，
当下亦无执保持觉性。
诸法如幻犹如音乐，
声音发起时便在消亡。
外部所显现皆是缘起，
一切正在过去变成记忆。
那小鸟的啁啾那风儿的吟唱，
刚有显现便消失于天际。

如回音虽有声觅不可得，
如露珠如水泡刹那变异。
像镜中影水中月没有永恒实体，
如阳焰如彩虹你无法执取，
安住于无妄的幻观瑜伽，
在本来大空中不再执实。

"仔细观想万物幻化的实相，
不丧失如梦如幻的禅定境界。
每日里坚持四座或六座，
会迅速生起幻变的觉受。
那时你虽然行走于世间，
却又像游荡于梦境之中。
你随缘能应对诸种境界，
却无执无舍了无牵挂。
以上教诫是幻身道的心法，
你当常常忆持莫生懈怠。"

幻化郎闻听了以上法要，
心中迅速生起相应的觉受。
他不像上课般耳听心记，
而是用心融进去体悟。
那智慧如同程序的传递，
直接下载到自己的心中。
这种传递远离逻辑思辨，
不需要理解也不需要笔记。
在师尊开口发声的同时，
自家心中就种入莲子，

马上就长出智慧的莲花。
也像电脑安装了新的程序，
无须消化立刻就能启用。
这便是上根之人的闻法方式，
幻化郎修幻化好个相契。

只是他内心闪过了一个问题——
这些教言都是心法统摄，
具体执行还需要方法，
见地高迈还需要扎实的行履，
知亦能行才是真正的得到。
这问题刚刚从心头产生，
奶格玛已知其心中所念。
此刻的师徒像联网的电脑，
心念间的传递通透无比。

奶格玛说："刚才的教诫是核心，
守持住根本才能稳正。
心法为本体修法是形相，
体相的顺序切不可倒置。

"下面是不净幻身的修法——
幻变之身也是业力之身。
你可在身前安一面镜子，
你澄心静坐观镜中之人。
当你给镜中人赐予钱财，
镜中人会欢喜雀跃。
当你夸奖他世上无双时，

他也会喜悦忘乎所以。
你赐予他安乐他会受用，
你辱骂痛斥他他会伤心，
你夺其财毁其誉他会愤怒。
久久观之你遂成镜中之人，
你们本质上其实为一体，
便发现世上财物和毁誉，
善恶名利苦乐皆如镜中之影。
久久修炼可以破执。

"再观你心如明镜照出世相，
大千世界是你镜中的幻影。
那幻城虽幻，功能却不幻，
它没有鼻子却能嗅诸味，
没有眼睛却能观诸象，
没有手却能大显其能。
再观你自己亦在镜中，
你只是世界在镜中的映象，
观镜中人喜怒哪有实质？

"他人之称颂和诋毁亦是如此，
对自己的诋毁何有加害？
那诋毁加害也如梦幻泡影，
仔细观察会发现并无实质。
离褒贬安住于离戏之境界，
身如回声心如阳焰并无自性。

"你盯着镜中人全神贯注，

不要放过他每一个细节，
你会忽然发现他真的是你，
你也不过是一个虚幻的影子。
你或赞或骂那镜中之人，
察看那影像有无喜乐。
无论出现何种毁誉，
都要安然如镜中影像。

"再观察语言如闻空回声，
那尊卑善恶褒贬了无自性。
过去生起了万千种迷乱，
而今认证超越语言的自性。
你明白你的念头犹如阳焰，
身语意三者亦寂静如幻。
遇到他人褒贬或驱使自己，
自己是否还会生起爱憎？
若不生爱憎则前往人群，
你要时时观察自己，
看面对逆境时能否安住？
若生分别仍归静处，
祈恩师生厌离割断贪执。
当明白行为如梦如幻，
要借事调心磨炼心性。
久久修对身语意毫无贪着，
最后渐达成平等一昧。

"虽发现身语之行相如幻，
但不通达心性如幻变梦境，

仍旧会受那迷乱之惑，
如野兽见阳焰而去觅水。

"你念头如水波像玻璃上的光影，
当知它其实不可能永恒。
愚蠢的迷者会执幻为真实，
智者却不为幻象所迷乱。

"眼前的所见宛若海市蜃楼，
你要明白它了不可得，
你安住真心平等诸相，
才会有智慧的无上证悟。"

幻化郎听闻后好个欣喜，
他跪谢了奶格玛的慈悲开示。
随即回到密室里独自静修，
用扎实的训练升华自己。

先是念死亡无常感叹人生苦短，
那索命的杀手正如影随形，
自己惶惶不可终日如同蚁鼠。
祈求救赎的心愿从未衰减，
依止祈请之心无比强烈。

升起了向上的根本动力，
再进入不净幻身的实际修法。
他于身前放置好一面镜子，
对镜中人或赞或骂观察其心。

初时感觉这训练十分可笑，
犹如顽童又像疯子。
他不由自主生起了轻慢，
觉得不如观修那净境。
他认为自己的悟性极高，
无须通过这种基础训练。
直接把外境观为净境，
把自己观成觉者安住其中，
那感觉好个陶醉好个逍遥，
真正的妙法就该如此高明。

奶格玛当然心知肚明，
但凡聪明人大多如此。
或投机取巧或好高骛远，
总会轻视基本功的训练。
有时那基本功也是目的，
他们却背离了根本追求浮夸。
于是她轻叹一声变化了身形，
进入幻化郎的观修之中。

那幻化郎正在净境里陶醉，
就像帝王在自己的地盘君临天下。
忽见天帝的杀手举了兵器现身，
面目狰狞阴森好个恐怖，
直奔自己就要索取性命。

他见此情景吓得哇哇大叫，
慌乱中下意识起身逃窜。

可那世界忽然变成了牢笼，
手腕粗的铁栏囚住了自己。

那杀手狞笑着步步逼近，
幻化郎极度恐惧身躯颤抖。
他忘记了所有的智慧见地，
连祈请的念头也毫无踪影。

眼见那刀斧迎头劈来，
他缩成一团紧闭了眼睛。
忽然感觉下身一阵湿热，
竟是不由自主尿湿了裤子。

等了片刻他没感到疼痛，
奇怪中睁开双眼呆若木鸡。
眼前的杀手忽然变成师尊，
正冷笑着瞅向自己的脚底。

师尊的眼神有失望和鄙夷，
除此之外并没有任何话语。
她转身消失在虚空之中，
刚才的幻境也瞬间散去。

幻化郎明白了自己的错误，
那观修再精密也只是技术。
不经事上磨炼就无法自主，
看不破虚幻本质便无济于事。
于是他放弃了花哨的观修，

扎扎实实在镜前观察心性。
或褒或贬或加以殴打呵斥，
体会那诸种事相皆如镜影。

很快，他便生起了坚定的幻观：
镜子是幻象，镜中人是幻象，
那一切都是幻象。
没多久，任他眼前如何纷繁，
他都能心如止水不起波纹。
于是，他观出无数人来借事调心，
他在镜中卖弄学识，
引来追随者们一阵阵欢呼。
初时他发现仍有虚荣心起，
便安住于真心在静处对治。

他观察那虚荣毫无实质，
那欢呼与赞叹也如同泡影，
连卖弄的自己也如梦幻，
无非是幻化之人发幻化之声。

这一观顿时得到了胜解，
对欢呼和诅咒已毫不执着。
即使面对美女的崇拜秋波，
也如观镜中幻影如如不动。

他又想起自己之前的仇敌，
因为那人一统天下的勃勃野心，
熊熊战火夺去了自己的父母。

每次想到，他就义愤填膺。
此刻他观想进入国王宫殿，
看到仇人现身分外眼红。
心中刚升起嗔怒的火焰，
马上提起警觉用幻观思维。

那国王的身相如同幻影，
那国王的命令如同幻声，
那国王的皇宫也是梦幻，
幻上加幻又何来怨愤？

幻化郎按此法精进修习，
渐渐不再有焦虑担心。
因为他发现那天兵魔王，
其本质也是幻化之境。
安住于自性观察其如泡影，
那恐惧的心结终于打开。
从此他坦然度过每个昼夜，
口中不离祈请心中不离师尊。

第二十九乐章

奶格玛返回娑萨朗，她的满腔利他热情，她带回的光明火种，能被娑萨朗人欢喜接受么？胜乐郎携华曼出深山入红尘，却深陷女难的折磨，外有世俗流言，内有爱情磨合，圣者也难过情关？

第 81 曲　返乡

在教化几位力士的时候，
奶格玛常常会想起母亲。
面对他们不听管束的心，
她轻不得，也重不得，
必须随时观好因缘，
拿捏好教育的分寸。
每到这种时候，
她便体会到教化的不易。
她由此想到了母亲。
从呱呱坠地，到蹒跚学步，
从牙牙学语，到青春年少，
她的每一步，都浸透了母亲辛劳的汗水。

今夕何夕，天上人间。
哦，我的娑萨朗！我的母亲！
奶格玛鼻子酸酸的，
她想她该回去看看了。
当初，为了母亲，为了娑萨朗，也为了自己，
她入世历劫。她寻觅修道。
如今她已达成终极超越，
但因为那个深心大愿，
她总是顾不了亲人，她总是忽略亲人。
而事实上，自从她心里种下那个大愿的种子，

她的亲人，就主动排到了其他众生的后面。
她对他们充满感恩，
因为，正是他们承担了一切重任，
她才有机会出离修行取得成就。
对此，她不能不愧，但她无怨无悔。

奶格玛到达了娑萨朗，
发现五座灯塔已熄灭了三个。
剩余的两塔也灯光昏暗萎靡不振。
据说五灯塔全部熄灭之时，
便是娑萨朗的毁灭之日。

奶格玛忧心忡忡，
再看外部，大地已四分五裂，
火山的岩浆吞没了地面。
到处是呛人的阴霾，
到处是洪水与狂风，
地震和泥石流频频发生，
恶热和恶寒交替出现。
末日的景象就在眼前，
一切都迫在眉睫了。
有人绝望了，有人发疯了，
有人开始放弃无相瑜伽了，
横竖都是死，他们想
在末日来临之前结束生命。

她加快脚步，走向神宫。
那宫体也有了裂纹，

整个墙面色泽暗淡，斑驳而陈旧。
宫人们也影影绰绰，
她们顾不上来人，
她们正掩面而泣。

奶格玛径直进入女神寝宫。
哦，母亲！
她终于看到母亲了。
她悲天悯人的母亲！
她魂牵梦萦的母亲！
她日思夜想的母亲！
让她疼痛难抑的母亲！
只见母亲正侧卧在床榻上，
像极了栖在寒枝上的白头翁。

不老女神也看到了奶格玛，
她下意识地抽搐了一下，她以为是梦。
她有些不敢相信，她揉了揉眼，
真的是女儿回来了。
她缓缓地爬起身，
奶格玛冲上前去扶住她……
母亲变了很多，
比上回辞别时老了三分，
额头的皱纹已犹如刀刻，
越发盖不住无尽的沧桑。

在母亲跟前，
奶格玛心头涌动着阵阵温情，

她哽咽着说，母亲，女儿回来了。
她已不再是那个动辄就流泪的小丫头了，
她已长大。你看她端庄，秀丽，温婉，大气。
她已证得究竟智慧，
时时安住于明空境界里随缘任运。
她的内心盈满爱与慈悲的能量。
那种安详与清凉的磁场，
此刻正在磁化着女神的寝宫，
磁化着她垂垂老矣的母亲。

没有哭泣，因为她们悲而不伤；
没有眼泪，因为她们喜而不欢；
没有言语，因为她们心有灵犀。
母亲是经历过大风大浪的女神，
女儿已达成了终极超越，
她们的心中一片安详。
那安详绝不是冷漠麻木，
它像溪水一样灵动，
涌动着无尽的爱与诗意。
清凉里有种极致的柔软，
虽然泪流满面却心中澄明。

奶格玛与母亲就那样对望着，
她们在对望中默默无语。
时光在此刻已经凝固，
天地只剩下一片温情。
那温情是一种黏稠的氛围，
淹没了两颗思念的心。

多少艰辛与磨难，
多少牵挂与伤感，
多少夜晚的仰望星空，
多少梦中的欢笑泪水，
都融进了此刻的凝视里。
无声无息却胜过千言万语。

母亲瘦了。母亲老了。
她的头发白了更多。
她的前额有了沟壑，
她的面颊干涸如土，
她的行动有些颤巍。
她把她的手掌放在奶格玛的脸上来回摩挲，
手掌的褶皱和粗糙一下子刺疼了奶格玛的心。
但那种温情却一点点往心里渗。
奶格玛笑了——
"就算时空变幻，容颜改变，
我也要将叹息与无奈挡在门外，
给你一个永远的晴天。"

奶格玛取出了奶格之星，
给母亲供养了生命之能。
渐渐母亲的脸色变得红润，
她的身体里涌动着阵阵暖流。
那种能量在体内生发，
仿佛春雨滋润着焦裂的土地，
每一个细胞都酣畅无比。
女神长长地吁出一口气。

体内沉积的无数污垢，
都随着那长叹呼出体外，
顿时她如释重负身心轻安。

奶格玛拉住母亲的手，
就像小时候的小手拉大手，
只是那小手如今也成了大手。
她默默地为母亲输送命能。
等母亲缓过神后，
她便讲述自己的寻觅。
她的叙述云淡风轻波澜不惊，
仿佛在讲述别人的故事，
那里没有惊险没有艰难，
有的只是她到地球的新鲜与好奇。
在那个世界里，
她遇到的统统都是好人，
他们无私地帮助她，照顾她，
还引导她，教育她，
给她传黄金都买不来的无上大法。

母亲欣慰中连连点头，
但看看女儿又是一阵心疼。
之前的使者都已泥牛入海，
她怎能不知路上的艰辛？
女儿这番寻觅得到了成就，
一半是信念一半也是因缘。
只要生起坚定的向道之心，
总会遇到善能量的助缘。

奶格玛告诉母亲，
此番归来是想把无上妙法教给母亲，
也想为娑萨朗尽一份心力。
母亲摇摇头露出苦涩的笑容，
她说："一切都随那造化。
能救不能救各随其缘，
众人的心性决定了共业。
当初我也倡导多发善愿，
无奈真正入耳者寥寥无几。
都在浑浑噩噩里虚耗光阴，
如今受这果报也是造化。
便是佛陀也无法改变因果，
你不要螳臂挡车强行而为。"
她还说她也想学净光明瑜伽。
她说她知道那是无上大法，
能在无常中铸就永恒。
她想在虹身消失前破执超越，
即使虹身消失无常降临，
她也会永恒于法身之中，
与女儿生生世世在一起。

她说："我因修无相定基础很好，
专注力观想力都很过硬。
请你从基础上教我做起，
我也重打锣鼓重开张。
我只想在这皮囊消失之前，
能明白真理不虚此生。"

奶格玛闻言说："善哉善哉，
随喜赞叹母亲的大愿。
只是有一言必须说明，
虽然我是您的女儿，
但传法后便成为您的师尊。
您当对我生起师尊的敬仰，
那虔诚信心是成就的基础。
切莫因关系过于亲密，
便对教法产生轻慢之心。"

女神点点头郑重神色，
说："我明白修行的规矩。
从今以后你便是我的师尊，
我当持弟子之礼待以虔敬。"

奶格玛微笑说如是如是，
今后当常常忆持此念，
说罢她摇起了手鼓，
虚空中飞来了护法神明，
他们于顷刻间造好娑萨朗净境，
这是奶格玛愿力所化，
重重七宝鲜花簇拥。

娑萨朗有三种时空，
一是眼下的娑萨朗天道，
因天福渐尽快要毁坏；
二是人间的娑萨朗胜境，

由诸多的有缘人未来建成;
三是超越的娑萨朗净境,
是超越界的美好蓝图。
奶格玛用大愿之力,
先绘好美丽的娑萨朗净境,
她牵了母亲的手进入净境。
进行了一个殊胜的授权,
教母亲冥想忿怒本尊。
这授权的加持力无比强大,
女神的虹身也光彩焕发。
天空中出现诸多瑞相,
彩云环绕仿佛八吉祥。
太阳也显出七彩的光晕,
远处飘来智慧女神的歌声。

授权后母女回到了神宫,
奶格玛把娑萨朗净境收进心轮。
她叮嘱母亲要精进观修,
如有不明之处随时问询。

不老女神领受了奶格教法,
连连礼拜中感谢师恩。
母女又说了很多贴心话儿,
手拉手眼望眼好个温馨。
之后奶格玛回到自己寝宫,
见诸物品依旧原样摆放。
虽显陈旧但并未沾染灰尘,
她明白是母亲命人日日擦拭。

想到此不禁心头一酸，
想到了几年来已物是人非，
沧桑之感涌上心头。
自己离开娑萨朗的时候，
还是个不谙世事的小姑娘，
斗转星移只是一个恍惚，
如今回来已变成觉悟者。
一幕幕经历像一片片黄叶，
她百感交集心潮澎湃。

呆望了一会平复好心绪，
她开始入定为娑萨朗祈愿。
那愿力也是星球的支撑，
当能为故乡赢得些时间。
即使这世界已接近毁灭，
奶格玛也想多延缓些时日。
一晕晕光波从心轮溢出，
流入了娑萨朗的土地。
于是地缝愈合，山川恢复，
各类灾害也得到了极大的控制。
这虽然不是长久之计，
但能解燃眉之急。

女神开始了正念冥想，
她年岁已高精力不足，
她毕生修无相定已成惯性，
再进行有相的观修实属难为。
那无相观无念观容易懒散，

需要提起警觉重新启动。
这一变不老女神很难适应，
打破了她一贯的无念之境。
以前她无念时也无烦恼，
身安然心安乐舒适安泰，
现在却需要时时动念起心。
那心念一起烦恼遂生，
长期压抑的污垢卷起海啸。
女神的心中忽然天翻地覆，
她神志散乱身体也加速衰老。

这变化出乎她的意料，
本以为忿怒尊冥想会更加高明。
怎料想身心都陷入风暴，
莫非那传说中的净光明瑜伽，
竟不如自家的无相瑜伽？
这有相的观修或许更适合人类，
因为他们心性杂乱需要形相。
自己是天人本来心无杂质，
反叫这观修弄出了烦恼。
以是故有相总是初级阶段，
那无为的心性才是瑰宝。
想来想去女神放弃了观修，
又回到无相中安然度日。

奶格玛见此情景深深惋惜，
这也是北俱芦洲的局限。
她知道母亲错解了无为，

认为无念无想便是无为。
以是故对有相瑜伽生起邪见，
不想深化观修便难得妙用。

奶格玛终于理解了佛说的八难，
佛陀将北洲无相天列为一难。
只因习惯于无相禅修便容易懈怠，
不想再提起正念就堕入懒散。

她只有对母亲连连苦笑，
说："母亲呀请您听我细说。
要知道真修行需要正念，
有正念才会升华心灵。
那无念虽舒适其实是愚痴，
就像肥猪卧在暖阳之下，
宽坦坦懒洋洋好个安康，
安康上一万年还是颗猪心。

"这无相天虽然也无烦恼，
但那只是无记和顽空。
那烦恼其实并没有根除，
它一直像皮球被压在水中。
那枝叶虽枯萎根却没断，
若遭遇顺缘便又会生发。
还记得您白发初生的时候，
所有的无相都压不住烦恼。
母亲呀您老说无为无为，
那其实只是一种无记顽空。

虽然死寂却生不起妙用，
枯木倚寒崖冷气在三冬。
真正的无为是心无执着，
无执里又能升起无穷妙用。
要想超越必须有正念，
这忿怒尊冥想是精中之精。
那诸多的形象是真理的表意，
那复杂的图像能开发潜能。

"这有点像地球人学习语言，
需要不断地积累和实践。
您要是懒懒散散一曝十寒，
就不可能精通任何一门语言。
修道同样需要训练，
需要一天天勉强自己向上攀登。
这勉强其实是一种升华，
它跟压抑和无记全不一样。
压抑是一种逃避，
无记是一种躲闪。
它们都不去正视那存在，
看似没有烦恼，其实只是一种主观的臆想。
修道是训练一种生活方式，
它需要用一生实践真理。
母亲呀，您只有真正打碎自己的过去，
才能够重铸新的辉煌。"

不老女神笑着点头，
她十分信服女儿的话语。

除了对恩师的尊崇之心，
还有对女儿无私的疼爱，
这也是一种信心的助缘。
她说："如是如是确有道理，
我发现那么多天人在修无相，
但修上万年也不离愚痴。
我也在思考这个问题，
才派你和五力士前往娑婆。
我想那一个苦乐相融的所在，
才会有真正的解脱秘密。

"虽然我不能马上适应，
但我会尽力慢慢训练。
我虽然不理解更多的要义，
但我相信女儿的目光。
因为我发现你已改变，
这改变本身就是力量。
它证明你找到了真理，
否则你也会停滞不前。
女儿呀，可叹我年老才得此胜法，
没趁着年轻时铸就辉煌。
要知道人一老能量就缺失，
那有相的观修便非常困难。
一生习惯于无念而修，
想提起正念也力不从心。
好在我有个智慧的女儿，
让我的心中欢喜无忧。"

奶格玛明白道理遂叹了口气，
母亲年岁已高观修困难，
勉强观修未必会有成就。
于是她又传给母亲相应之法，
让母亲把自己观在心轮，
一声声祈请一次次呼唤。
自己的证量就会沿着那祈请，
进入母亲心中加持她成熟心性。
凭这种加持相应也能成就，
或因信得度或破执超越。
它没有太多复杂的观修，
全凭弟子的信心和持之以恒。

女神对这种方法十分欢喜，
她本就常常思念女儿的身影。
如今更把女儿当成本尊祈请，
一句"奶格玛千诺"终日不断。
由于信心坚定很快得到效验，
女儿的智慧源源不断进入心中。
偶尔打破无念契入明空，
不老女神更加精进用功。

这一日女神叫过奶格玛，
先对她施以弟子之礼，
然后说："如今你已究竟圆满，
可否把妙法再传给族人？
我虽然年老无法观修妙法，
且看他们有没有这种胜因。"

奶格玛闻言连连点头，
说："随喜母亲，我也正有此意。
要知道我的愿力是普度有缘，
如今家园和族人大难临头，
我自当广施法雨义不容辞。
虽然我知道可能困难重重，
但也算为家乡尽一些心力。
还望母亲召集众位族人，
在这神宫里我将开坛讲法。
一是报答母亲生身大恩，
二是为族人广开解脱之门。"

女神见奶格玛愿意教授，
心中既有欣慰又有些感伤。
欣慰女儿广施法雨救度族人，
感伤自己衰老已力不从心。
她曾经也是娑萨朗的依怙，
昔日的光景一幕幕涌上心头。
如今年老体弱眼看无常逼近，
一种沧桑感在心中油然而生。
好在女儿的成就超越了自己，
她或许能成为新的女神。
只是这娑萨朗已开始崩解，
临危受命不知能否力挽狂澜。

她命人在神宫里传出消息，
说寻觅的使者已回到故乡。

她找到了永恒的光明，
可以让族人都得到救赎。
明日里便在这神宫教授，
希望大家都能前来听闻。

消息传出后娑萨朗都沸腾了，
人们在绝望中看到了希望，
又仿佛在暗夜中看到了光明。
他们提前守在宫外，
期待着神秘妙法扭转乾坤。
平生第一次组织法会，
奶格玛心里忐忑不安毫无把握。
她于当夜去会见秘密主，
秘密主闻言只是微笑，
他告诉她只管安住真心随缘而为。
还说，此妙法只能救度有缘之人，
火把只能照亮有心寻觅者。
要尊重每个人自己的选择。
也许他的选择不一定明智，
那也要随顺因缘不要勉强。
万事万物自有其规律，
尊重其规律才是智者所为。

奶格玛记下了师尊的教言，
回到了娑萨朗又安住明空。
大规模的教化需要强大的能量，
她要确保自己精神饱满能量充盈。
不知不觉中天色已破晓，

奶格玛再一次祈请师尊。
成就后她也从未中断祈请，
这才是根本中的根本。
在祈请中她看到外面熙熙攘攘，
天人们已把宫门挤得水泄不通。
他们的天身已失去了昔日的光彩，
一个个显出了灰暗与斑驳。

奶格玛和母亲一起登上祭台，
祭台建在神宫的中央，
那是娑萨朗人举办重大活动的场所。
不老女神又一阵唏嘘，
仿若时光倒流，她想起了从前。
那时也是母亲把自己带到此处，
祭台下也挤满虹身的天人。
昔日的风光历历在目，
如今却像进入了末日，
到处都是颓败的样子。
触景生情，她有些伤感了。
她强忍着不让眼泪流下，
她知道女儿的能为已远超自己，
女儿就是灵魂依怙。

见到女神和奶格玛现身，
众人立刻停止了喧闹。
女神告诉众人，
奶格玛已求到殊胜的真理，
如法观修可证悟永恒光明，

挽救娑萨朗将毁的家园。

族人听了睁大了眼睛，
纷纷露出怀疑的神情。
在各种目光的聚焦下，
奶格玛交代了教授的注意事项。
她说要传的胜法来自秘密主，
它把五个大忿怒尊合为一体。
才有诸种大力成就永恒，
还有无边的神通与方便。
她说，这是一种有相瑜伽需要观想，
它与无相瑜伽的修法大相径庭。
那无相瑜伽其实是顽空死寂，
耗尽了福报就会感召末日。
因此需要有相瑜伽打破枯寂，
让真心生出活泼泼的智慧。
心若无用便如冷水泡石头，
就算修上万年也还是愚痴。

奶格玛的话音如水入油锅，
台下的天人们开始纷纷抗议。
都说要无为无为不修有相，
都说要自然自然不去勉强，
都说那安详无念才是正道，
都说那有相瑜伽层次很低。
奶格玛心里明白，
别看他们吞天吐地似乎什么都懂，
其实都在找着各种理由不想吃苦。

他们都宁愿沉溺于安乐不愿用心，
他们甚至不去管那娑萨朗的危境，
他们只想混一天算一天不想改变，
就算这世界下一刻爆炸，
他们也只想懒散不思进取。
如今要自己观修有相瑜伽，
想想都觉得浑身提不起劲。
他们没心思战胜自己斩除懈惰，
只想找各种理由拒绝和逃避。
他们虽然赶早来到这神宫大殿，
不过以为会有什么速成的妙法。
没想到要自己当牛做马，
与其这样还不如随星球入灭，
宁可舒坦地死去也不愿受累活着。

奶格玛见状长长叹一口气，
心想难怪娑萨朗走到今日。
这种混吃等死已成为集体无意识，
天大的福报也会坐吃山空。

她知道修忿怒尊的缘起已坏，
又不忍看族人们自生自灭，
她便告诉他们简单之法——
在无执中祈请恩师，
通过祈请的力量与成就者相应。

话音刚落，台下又是一片噪杂，
天人们一个个白眼相加，

他们愤愤不平，各执一词——

"祈请不还是要起心动念，
天天祈请累都累死个人。"
"那相应也没什么神秘，
我们也在时时与无念相应。"
"当初我修行的时候，
这女娃娃还穿着开裆裤哩。"
"早知道是陈词滥调，
我才不眼巴巴地来这一趟。"
"她母亲当初就让我们发愿，
如今她又要我们祈请。
这方法无非是换汤不换药。"

他们一声高似一声，
就在他们冥顽不化的蛊惑声中，
一些升华的人堕落了。
一些坚定的人犹豫了。
一些犹豫的人放弃了。
他们的唾星终于将一些试图向上的人
也拽回到了自己的行列，
融入那庸碌的池塘。
从此，怕孤立的人也不怕孤立了，
怕吃苦的人也没机会吃苦了，
对奶格玛没信心的也不必有信心了。
他们错过了救赎的机会，
将在浑浑噩噩中死去。

想起师尊的教言，
奶格玛倍感无奈却也无悔。
自己想做的已做了，
自己认为该做的也已做了。
怕族人再造口业，
她不再说什么，一切各随因缘吧。

母女二人默默无语黯然离场。
多么滑稽的一场闹剧！
女神当年号召人们要多发大愿，
长久以来，又何曾有过丝毫改变？
都说心变即命变，
但换心何其难也——肉眼凡胎下，永远都是
人们的偏见，人们的狭隘，
人们的傲慢，人们的狂妄，
人们的自以为是，人们的自我局限，
人们的执幻为实，人们的认假成真……

不老女神却愿意时常祈请，
她把祈请作为对女儿思念的一种表达。
很快，她便产生了殊胜觉受——
那祈请连通了奶格玛的证量，
光明源源不断进入母亲的心中，
她对万物的观点渐渐改变，
智慧与慈悲都明显增盛，
无执无舍中又明明朗朗。

她希望奶格玛返回地球，

那儿正被黑暗笼罩。
红尘中有苦难容易出离，
更需要一种救赎的指引。
娑萨朗已无药可救只能随其因缘，
或许等五大力士修成了忿怒本尊，
合五位力士之力才会有转机。
但愿那时节愿力尚在。

分别的路上，一路沉默，
在脚步默默的挪移中，
她们彼此心领神会——

"去吧去吧我的孩子，
去地球上度化有缘的众生，
还有那五个转世力士。
他们也是娑萨朗的孩子，
有他们，娑萨朗就有希望。

"你永远在我心中安住，
我会祈请你给我加持——
生生世世我们不离不弃。
事实上，我也从未与你分离——
吃饭的时候，你在我的喉咙；
睡觉的时候，你在我的心间；
说话的时候，你在我的耳旁；
走路的时候，你在我的头顶；
看风景的时候，你就是我眼前的风景。
奶格玛，记住：不管你是师尊还是我的女儿，在我的心里，一切都是你，你就是一切！
不必担心娑萨朗，
你的世界里应该有更多的娑萨朗，
你是我的骄傲，也是娑萨朗的骄傲。"

拉着母亲的手，真舍不得丢。
但舍不得丢还得丢——
"我有千千万万个母亲，
而你，只是其中之一！
母亲，从我成就起，
哦，不！从我的深心大愿生起那天，
您的女儿就不仅仅是您的女儿了。
我有我的身不由己，
我也有我的心甘情愿；
我有我的孤独悲伤，
我也有我的幸福喜乐。
母亲，您好，我就好。
母亲，他们好，我才好。"

这次的告别没有撕心裂肺，
母女俩都平静而安详。
虽然也有离别的伤感，
但觉悟的光明已驱走黑暗。

第 82 曲　女难

告别母亲后，奶格玛踏上了回程。
她心中虽然泛着离别的伤感，
但她已很难说清哪里才是故土了，
在她心中，地球和娑萨朗的分量一样重。

天空淅淅沥沥下着小雨，
雨中龙母亲背着儿子飞过。
小飞龙的眼睛像黑葡萄一样，
它东张张，西望望，
一刻也不消停。
它从不担心自己会摔下去。
它知道，世上最安全的地方
便是有母亲的地方。

奶格玛看得入神了。
她已停下脚步，看着它们飞远，
这一幕温情也勾起了她的回忆。
不久之前，也曾有个小女孩
这样被母亲背着呼啸而过，
她灵丝丝笑盈盈人见人爱。
那时她还常在母亲的怀里俯瞰天下，
那天真烂漫的日子竟一去不返。
即使得到究竟觉悟，

她还是向往那份童真。
万水千山走遍，她才明白，
曾经拥有过的，才最宝贵。

这是整个人类的怪圈，
人们总在寻觅中抛弃，
又在蓦然回首时慨叹——
"此情可待成追忆，
只是当时已惘然。"
到了目的地，再观因缘，
却发现荒芜依旧，人也依旧，
一切都没有根本的改变，
一条破旧的链条拉着一辆破旧的车子。
想到娑萨朗只剩两盏灯塔，
她感到忧心忡忡，心事重重。

虽然有四个力士已经觉醒，
但他们习气浓重反复发作。
尤其威德郎又在酝酿复仇，
战争一起又要血流成河。
他和欢喜郎真是一对冤家，
他们都是帝王都想建功立业，
他们都为此找了许多借口，
什么以战止战了，
什么统一和平了。
他们自认为天命在身，
他们贪执极重，杀心极重，
需要历史的转机才能如愿度化，

并非人力刻意操控。
即使出现了度化的机缘，
从实修到究竟成就也需要时间。
目前，幻化郎在观修幻身瑜伽，
密集郎在狱中受刑，
胜乐郎相对稳定，
却也被另一种麻烦所缠缚，
让他左右跨踏，闹心不已。

奶格玛真是哭笑不得。
他们按下了葫芦浮起瓢，
没有一个让她省心。
若是只求自己解脱，
此刻她早已守着觉悟快活逍遥。
何苦找一群猴子折腾自己？
她还偏偏想在混混里培养大师。
这虽然不是绝对的痴心妄想，
但成功的道路定然崎岖。

而世人的误解和诽谤却层出不穷，
它们像泄洪之水涌向她——
他们说她并未究竟证悟；
他们说她不过欺世盗名；
他们说她以教化之名敛财；
他们说她传邪教歪理害人。
还有各种各样的说法，
人们都随了自己的心，
看到不同的奶格玛。

人心不同，众口不一，
真心利他者多被误解，
妖人却在大行其道。
因为他们深谙人性欲望，
他们总是迎合着众人，
他们不怕把饥渴的灵魂带入地狱，
他们只在乎自己的欲望能否满足。
但奶格玛就是奶格玛，
明知众生顽愚却难行能行，
她所有的言行都以此愿为根本，
即使前路坎坷，即使遭人诽谤，
即使道高一尺，魔高一丈，
她也在所不辞，无怨无悔。

再看胜乐郎，虽然没臻究竟，
但已能安住于空乐之境。
为了稳固悟境，他须在事上磨炼。
他遵师言出深山入红尘。
临行前，有一事却让他左右为难：
华曼到底是随行是留下？
带上她，多有不便，
留下她，怕有危险。
她深深眷念着他，
他也喜欢她的陪伴。
可她心中有隐隐的不安，
卢伊巴曾经的告诫犹在耳边。
华曼虽也有心修行，也有信念，
但那爱还没有达成超越，

难免时不时流露小儿女的情态。
她不奢求胜乐郎能与她朝夕相伴，
在山中朝看旭日晚看霞，
但希望至少能尽量随行，
多些陪伴的快乐，少些添乱的烦扰。
胜乐郎不忍心拒绝，
也放不下对华曼安危的挂念，
于是，他带上了她。

他和华曼的大爱之旅，初时非常幸福。
两人如胶似漆赛过天人，
整日如饮醇酒醺醺似醉。
胜乐郎很感恩命运的恩赐，
让两个有情人终成眷属。
他仿佛穿过了茫茫的黑暗，
经历了无量的寻觅的大劫。
真是踏破铁鞋上下求索，
才终于摘到了爱情的硕果。
可待到那段蜜月期一过，
生活便渐渐地露出了獠牙。

那獠牙以爱情的形式出现——
华曼出现了情执。
因她经历了妓院的百态，
这首先摧毁了她的自信，
总怀疑胜乐郎会嫌弃她。
她恨自己没有早一点选择，
那时她还有干净的身子。

接着她又怀疑胜乐郎，
怕他也像妓院里的那些嫖客。
她所有的遭遇都成了毒菌，
开始反噬她的爱情和信仰，
总觉得男人会喜新厌旧，
例外的是因为没有机会。
理性看她明白自己的怀疑很荒唐，
情感却总不能自已，
正因为她明白胜乐郎优秀，
也自然越加害怕失去。
她时时会梦到胜乐郎变心，
梦中和赤裸的女人鬼混；
还常常见到奇怪的头发，
出现在胜乐郎的肩头。
她不知那是非人在捉弄，
倒认为爱人是滥情之徒。

华曼写了一首小诗，
向虚空倾诉自己的心事——
"那情执像一把钝口的刀，
钝刀割肉最疼。
原以为已看破情感的虚幻，
却发现，自心割离不了自心。
那就忍受下去吧，
一个狠心，也能熬到云开见月明。
却发现，熬来熬去，
反而生出了更大的执着。
断不了，不能熬，何处是中道？

那就让我们相拥吧，
让那大乐把妄想挤跑。
只是，有种思念如同空气，
总也阻隔不了它的进入，
就把它解读为对信仰的思念，
期望能熔化执着的钝刀……"

带着华曼回到故乡后，
胜乐郎招来了搅天的唾星，
这虽是树欲静而风不止，
但也源于他惊世骇俗的经历——
一个国师的儿子，
因一场战争而扬名天下，
又因和公主的纠葛入狱，
在误解消除后还被轰轰烈烈地平反，
不论他是修行者还是市井平民，
他注定了此生不会默默无闻。
在他入山潜修的日子里，
人们几乎忘记了他。
而此刻，他突然出现在街心闹市，
身边还带着那独自去沙漠修行的公主。
人们所有关于他的记忆
一下子全部都复苏了。
各种议论层出不穷，
不但那正教不能容忍，
连邪教也大骂其荒唐。
在这种情况下，
他们总是比正义更一腔正气，

比君子更义愤填膺。
平日里他们也会用正义自我标榜，
并在那光鲜的旗帜下，
用歪理邪说蛊惑人心，
以广招信徒聚敛财富。
甚至以一种极端的方式，
给人类造成血流成河的灾难。
虽然他们在蝇营狗苟，
却靠出色的表演赢得了市场。

他们看上去刚正不阿大义凛然，
却是一肚子的卑鄙无耻男盗女娼。
他们痛恨真正的行者，他们知道，
在真金面前，再黄的铜也是铜。
他们紧盯着那些真正的修行者，
对方稍有疏漏，便群起而攻之。
他们到处围剿他，诽谤他，
以最无耻最轻松的伎俩，
让他身败名裂，臭名远扬。

如今，他们又以这种千篇一律的方式，
用毫无创意的手法和行径，
再次将枪口对准了胜乐郎。
他们攻击他骗财骗色，
理由当然是他带着个女子。
他们说他借炒作提高了知名度，
又说他以犀利的言辞吸引了信众，
还说他善巧地抹黑了自己一直痛恨的仇敌。

在这些流言蜚语的攻击下，
胜乐郎如履薄冰寸步难行。
人们不愿再供养他食物，
也不欢迎他进入城市。
到处都是指指戳戳的身影，
到处都是叽叽咕咕的声音，
到处都是闪闪烁烁别有意味的眼神。

胜乐郎既不能说自己双修，
也不能承认自己诈骗。
前者泄露了教法的秘密，
后者更是无稽之谈。
无上瑜伽本应隐秘而修，
若是让他人得知了消息，
就会招来干扰而无法成就。
何况就算他说自己双修，
也同样会招来很多唾星。
这种修法形式特别，
凡人很难理解其中奥秘。
他们只会随了自己的臆想，
把它作为攻击对手的杀手锏。
胜乐郎当然不会抹黑自己，
就算千夫所指也绝不妥协。
相对于究竟的智慧与慈悲，
那些唾星和污水根本不值一提，
他知道所有的污蔑很快会消失，
这一切并不值得他去在意。

他自顾自地沉默静修，
在众人的白眼中稳固智慧。
在智慧的渐趋增长中，
他终于发现了又一个悖论：
没有女人难成道业，
有了女人却易招违缘。
无论他有着怎样的名相理由，
只要有女人就会麻烦不断。
哪怕他们是双修的伴侣，
也比独身多了不少纠葛。
再加上女人天性的习气，
尤其是控制欲很难破除。

华曼也难逃这铺天盖地的污水。
人皆说，原以为公主是真的出离修行，
却原来明修栈道暗度陈仓，
终究还是傍上了胜乐郎。
也有另一拨人持相反意见，
认为公主是被胜乐郎欺骗，
有救命之恩在前，
又有成就的诱饵在后，
这才死心塌地跟随了他。

听了这些胜乐郎哭笑不得，
世俗之人的想象力之奇幻，
实在无法理喻。
让他哭笑不得的还有华曼，
她时不时会给他带来麻烦，

也会因他的清修生起情绪，
认为他嫌弃自己的过往。
好在胜乐郎将此当成调心之法，
以修忍辱之心来对治自我烦恼。

渐渐地流言像蔓延的火蛇，
已经烧到了卢伊巴身上。
说胜乐郎曾是卢伊巴的弟子，
弟子骗财骗色师父却不管教，
说明那大成就者也欺世盗名。

卢伊巴观因缘当然清楚真相，
只是要顾全大局不能多言免招祸患。
他知道胜乐郎已依止奶格玛，
从此走入正途不会出偏，
便对外放言已将胜乐郎革出师门，
以保证自己的弘法事业不受影响。

卢伊巴的弟子却不明真相，
他们将胜乐郎视为眼中钉，
甚至修诛法要清理师门。
他们在山谷里搭好火坛，
随即放出了黑色的咒子，
对胜乐郎进行恶毒的诅咒。

那些诅咒胜乐郎的师兄弟
虽然有着一样的行为，
出发点却不尽相同——

浅薄者，卖力表现吸引眼球；
心小者，丧心病狂全因嫉妒；
愚痴者，义愤填膺出于盲目；
冲动者，不辨是非却想伸张正义；
好奇者，只是为了试验诛法，
毕竟平时难有这样的机会。
虽也有人心怀顾虑，
怕滥用诛法会遭到反噬，
但见参与者众多且气壮山河，
觉得法不责众顿时壮了胆气。

无论这件事的本质如何，
俨然已变成众人的狂欢。
只要有一人提出倡议，
只要那理由冠冕堂皇，
回应者立刻会趋之若鹜。
他们甚至没去征询师尊意见，
也许是忘记也许是心照不宣，
没人希望这件事半途而废。
他们像组织一场精彩的围猎，
人人都拿了弓箭瞄准猎物，
这过程充满了刺激和满足。
他们兴高采烈地围在火堆旁，
抛撒着特制的黑色食子，
嘴里不停念诵着诛杀的咒语，
一道道恶能量便飞向胜乐郎。

胜乐郎不久便受到了影响，

他头昏虚脱，梦中有无数恶魔，
巨大的黑暗能量浓烟般涌来。
他入定观察这现象的缘由，
才发现这力量来自一种诅咒。
他已证得了拙火成就，
于是观起金刚火帐抵御黑咒。
那火帐层层叠叠密不透风，
将诸多的恶能量隔在外围。
可是华曼却性情大变，敏感易怒，
不知是因为那过往经历，
真的在她心中埋了种子，
此番被那诅咒勾起了芽儿，
还是当爱从曾经的两两相望，
到如今的朝夕相处，
便有了诸多想象不到的波折。

特别是胜乐郎专心于修行，
对华曼的爱早已进入另一种层次，
他的心中没有卿卿我我，
更不会表现出女子期待的牵绊与柔情。
可华曼没有胜乐郎那样的证境，
她还不是能够与之并立的大树，
更像是一株柔弱的藤蔓，
需要胜乐郎给她依附，让她紧密缠绕。
即使胜乐郎是棵参天巨树，
也不是华曼一个人的巨树。
更何况，胜乐郎远非巨树可比，
他终将成为朗照天下的日月。

因为深爱胜乐郎生起情执，
唤醒了她女性的吃醋记忆。
她陷入了人类的情爱魔桶，
爱到了极点便开始折腾。
她常常陷于矛盾之中，
她知道他是太阳，
但她希望他只是她一个人的太阳；
她知道他是月亮，
但她希望她是他唯一的伴月星；
她知道他是北斗星，
但她希望他只为她一个人指引方向。
任何吸引胜乐郎心思的事物，
都让她潜意识里警铃大作。
就连女信众们供养胜乐郎食物，
或是围着他求法论道，
都会使她心中泛起波动。
有时是小小的涟漪，
有时却是惊心的骇浪。
她清醒地知道，那是嫉妒。
嫉妒是女人的天性，
那背后潜藏的是占有欲和控制欲。
哪怕她根器再好，
这些毒素也十分顽固；
即使曾经贵为公主，
拥有令人羡慕的容貌与尊崇，
也仍然有得到爱人认可的需求；
即使心向修行，能吞下各种辛苦，

也咽不下嫉妒燃起的烈火。
那嫉妒源于信任的缺失，
不信任胜乐郎，也不信任自己。

在华曼的内心深处，
其实充满了对男人的不信任。
自己的父王，除了母后之外还有嫔妃，
她觉得男人绝不是专一的生物。
当年她那多如蚊蚋的爱慕者，
一见她患了龙病立即消失不见，
他们只爱她的皮囊，哪里有什么真心。
那妓院里只为求欢的男人，更是无耻，
他们眼中的女人不过是泄欲机器。
这世间，何曾有过真挚忠心的男子？
唯有胜乐郎，是她最后的希望，
他一定是那黑乌鸦群里的一点白。
他不怕她的龙病，他接受了被染污的她，
他对她一定是真心的，不是吗？
可他为何又对她不冷不热？
对那些女信众却温和可亲？

华曼的心像是缠上了一团乱麻，
她一想到胜乐郎不爱她，
便觉得日月无光，人生毫无意义。
于是她小心翼翼地寻找爱或不爱的证据，
像是用一台高倍的显微镜，
观察分析胜乐郎的一言一行，
每一个细微表情，

这样的观察分析实在太辛苦，
她终于将自己弄得筋疲力尽。
在无休止的求证中，
胜乐郎也不堪其累，苦恼无比。
因为那求证的结果，总是在变化，
她的情绪便如同坐上了过山车，
忽而高昂，忽而低落，
她不再是那个春风明月般的女子，
倒像是随时切换酷暑严冬的魔女。

胜乐郎也陷入了深深的苦恼，
他甚至产生了迷惑：
他一见钟情的华曼公主，难道原本就如此？
其实他并不讨厌她的小情绪，
甚至还为之陶醉呢——
她嗔怒的样子，她撇嘴的样子，
她娇羞的样子，她疯狂的样子。
起初，她是那么温柔体贴，
她总能绕过所有假象，
捕捉到他心灵最深处的每一份渴求，
然后全心全意地帮助他，满足他。
而现在，她的不安和嫉妒，
使得空气仿佛成了绷紧的弦，
更像是被注入了致密无形的液体，
常常让胜乐郎感到挤压和窒息。
他觉得难以相信，面对曾经的挚爱，
他竟然时时想要逃离。
他依然爱她，

但他一心只想成就道业，
爱情，也是为了修行。
他多想她如春风般淡淡地相随相伴，
不必如胶似漆，不必热火朝天，
所以，他对一切都是不冷不热。
而这不冷不热却被华曼误解为满不在乎。
他越是默默无语，
她越是苦苦追问。

从前的种种美好，
对彼此的疯狂思念，深情感恩，
虽然从未宣之于口，
却早已在心中深种。
而如今，他们更有成就道业的使命与任务，
激情也好，缠绵也罢，
绝不能成为通向信仰的障碍。
于是，胜乐郎藏起了心中的温情。
华曼既是他唯一的爱人，
更是他同修的伴侣，
他不可能和她一起堕入俗世的爱情，
这是他作为行者的宿命。
他无可选择，他必须带着她一起向上。
可现在的她却无法深切体会与理解，
动辄便对他拉下了脸。
她迫切需要抓住一份安全感，
她要确认胜乐郎爱她一如从前。
她的灵魂正经受着烈火的炙烤，
她抓不到那令她踏实的确定感，

她找不到被满足感包围的清凉，
她像个孩子，不停地要，不停地要，
她像个焦渴的旅人，总也饮不到爱的甘泉。

她的心中始终有另一个人，
那就是当年的胜乐郎。
那个不顾一切要随她去沙漠，照顾她的少年。
他勇闯毒龙岛，拼了性命为她求得良药；
他甘愿街头卖艺，为她提供修道时的饮食；
他无奈离开时的恋恋不舍；
他对她的牵挂贯穿始终……
不在一起时，反而能感受到他的不离不弃，
为何在一起后，他却变得若即若离？
他还是她当初的胜乐郎吗？
她很想将他找回来，
于是，她忍不住便要反复提起——
提起从前，从前他如何爱她，
她要他改变，变回从前。
她开始克制不住地唠唠叨叨，
一遍又一遍，不厌其烦。
她甚至还会像淘气又缺爱的孩子，
故意做点坏事以吸引他的注意。

胜乐郎知道她是在用这种形式，
确认着和自己关系的亲密。
她更想通过频繁的抱怨，
引起自己对她的注意。
她虽然明知抱怨会有负能量，

但她找不到更好的表达途径。
她一直期待着胜乐郎的回应，
期待着在自己伤心痛苦的时候，
他能给予一个温暖的拥抱。
哪怕只是几句贴心的话语，
哪怕只是真心流露的眼神，
也能让自己阴冷的灵魂，
升起阳春三月的暖意。

但不知何故，胜乐郎却总是不遂她心愿，
他不因抱怨而生气，但也没有其他的反应，
如同静立的树沉默的石。
这让华曼更加陷入心碎的折磨。
也许胜乐郎做出的是一个智者应有的回应，
而此时的华曼，却不需要这样的智者，
她只想要一个温暖热情的爱人。
一切都阴差阳错，
像是合不上拍子的两个乐器，
你弹你的调，我发我的音，
奏出了极不和谐的曲子。

当她想要迎上前去，
却碰上了他的沉默淡定；
当他回过味来想要弥补，
她却又转过身去，
留给他一个孤清的背影。
有时他也盯着那背影发呆，
心里恍恍惚惚涌动着感慨。

她一转身他又换上木然的面孔，
垂下眼帘捻动手里的念珠。

胜乐郎想起独自修行的那段时间，
他常常在观修时不能集中心念，
一不小心就见华曼浮现在眼前，
两人曾经的片段，
总是连绵不断。
那其实也是一种修行的障难。
如今，心心念念的人儿已在身边，
从表面看，得偿了自己的心愿，
可她竟然依旧是修行的考验。
这对胜乐郎而言，
无异于心中的一场雷鸣电闪，
使他在折磨中参透了爱情的真面目。

相爱的男女总渴望白头到老，
不仅如此还要加上激情永远，
却不知——
爱情并不会一直使人快乐，
所有的激情总会被岁月消磨，
一旦从渴望落实到平淡生活，
便几乎不可能久看两不厌。
更别说那爱情中的种种欲望，
总是将深爱的人紧紧捆绑，
直到无法自由呼吸恨不得逃离。

爱情的道路总是狭窄，

狭窄的道路必然通向狭隘的结局。
得善终者爱情转化为亲情，
更多的人却从此走向陌路。
胜乐郎细细观察体会，
仍看不到爱情有什么妙法能保鲜，
本有慧根的华曼，一进入爱情的套套，
尚且变得面目全非，令人惧怕，
更何况世间无数陷入情执的男女？
也许，爱情只是灵魂觉醒前必经的游戏，
不经历爱情的短暂、易变和苦痛，
怎么会寻找信仰的快乐与永恒？

有了信仰就不会再执着爱情，
那真正的实修更是要舍离恩爱，
全心全意地深入才能证果，
纵然睿智如世尊，
也要断情舍爱离家六年。
对于真正的行者而言，
世间任何事物皆不能使其停留，
那来自灵魂的呼唤，
总在提醒他迈步向前。
无论多么心爱的女子，
都是生命中的过客。
彼此皆是一场不期而至的风，
又像是飘过窗边的云，
相互给予了清凉，
可以有热望，有不舍，
却终究无法挽留。

其实女子爱上行者是一场灾难,
因为行者注定无法回应爱情。
但行者爱上一个女子更是灾难,
因为所有的道业都会被情爱烧尽。
信仰和爱情总是这样奇怪,
它们是相爱相杀的一对组合。
不懂爱情无法真正明白信仰,
懂了爱情又障碍信仰的进程。

真爱和信仰都超越了时空,
都是与另一个存在融为一体。
那一声声祈请也是一声声思念,
那一次次相应也是一次次缠绵,
想到本尊就进入了明空,
想到爱人也温暖了自己。
真爱是无条件地为对方付出,
没有任何索求与目的。
信仰是无缘大慈同体大悲,
它比那真爱的范围更广更深。
那爱情犹如生命的美酒,
信仰就像灵魂的甘露。
一个会醉了自己,
一个会清凉众生。
可惜人心只有一个瓶子,
装下了美酒就装不下甘露。
因此在修行的某个阶段,
必须倒空瓶子才能承接法乳。

舍恩爱离欲望方可实现超越，
超越之后才终于懂得了大爱。
胜乐郎虽然和华曼在共同修行，
但他本质上还是在经历着女难。
从前只觉爱而不得是烦恼，
现在方知折腾不断才是真正的考验。
他越来越明白卢伊巴当年的劝诫，
但他并不后悔自己的选择。
他已经将身心全部交给了信仰，
在感情上愈发表现出麻木，
终日沉浸于自己的境界。
他很想暂时与华曼分开一段时间，
避免引发两人之间更大的风暴。
于是，他独自躲入一处山洞静修。

华曼起初难以接受他的这一举动，
这无异于对她的情感抛弃。
她伤心无比，悲中带怒。
为何他已变成如此这般狠心？
为何过去的深情一去不复返？
当真是因为他一心系于修行？
还是以此宣示对她的厌弃？
她六神无主，只想快点将他找回。
她来到胜乐郎所在的山洞门口，
一声声哀痛地哭泣，
倾诉自己心中的痛苦，
并反省自己的错误。
胜乐郎听了心中十分不忍，

迅疾原谅了华曼，回到她身边。

可这次和好，并没有解决根本的问题。
华曼心中那个巨大的黑洞还在，
它还想要吞下无数的爱与温情，
它时不时便会释放出怀疑与不安，
她的状态没有得到根本改善。
胜乐郎心中担忧不已，
即使仅仅出于责任，他也无法放下她，
何况她曾是他心中的挚爱。
他担忧没有办法化解，
也许确有那诅咒的力量作祟，
邪恶的外力搅动了内心习气。
他也担忧再这样折腾下去，
他和华曼的感情便会消散。
他不忍心将她抛下不管。
只要华曼稍微心生悔意，
想要为他做出改变，
他便立即包容原谅她。
虽然胜乐郎被不断地折磨，
但内心也并未感到焦灼。
他清醒于每一个当下，
知道这些因缘的后果。
但他也坚定地明白真理，
这世上的万物都在变化。
任何事物都不会永恒，
它们眨眼之间就换了状态。
华曼的情绪也是无常，

仿佛空谷回声并无实质。
发现了诸行无常的真相，
自然从它们的控制中解脱。
当你不在乎情绪的时候，
情绪就无法伤害你。
虽然它会障碍胜乐郎的自由，
但已无法影响他的心性。

他已经知道了自己的宿命，
明白了命运对自己的考验。
一个人只有经历了女难，
对人性才有正确的把握。
也只有看透了爱情的痛苦与虚幻，
才会生起真正的出离之心。
目前华曼虽成了调心道具，
但胜乐郎仍时时做出离的打算。
华曼心中也经历着风暴，
她十分厌恶现在的自己，
她也很想断了执着，
里面有太多的占有欲，
黑暗得连自己也不想看。
她的心在痛哭不已——
"亲爱的，你要救我！
我不过是中了爱情的魔咒：
明明爱着，却总要折腾；
明明想呵护，却总在摧残；
明明要分担，却总是添麻烦。
我中了爱情的魔咒，就再也不能自由。

"而你给我的天堂多么美好。
我不过是怕失去。亲爱的，
眼看着她们对你倾慕不已，
我无法按捺我心头的不安。
尽管我知道，她们有着众生的相．
可我更在乎，她们那张狐媚的皮……

"是的。我激烈的态度让你无语，
那漫天的痛裹了我也裹了你。
我想看破放下，我想超越升华，
我更想就这样算了吧。
那命运给的痛已经太多，
而你给的爱，也已经够多。
可我还是忍不住纵容自己，
走向更极端的爱与更偏执的贪。
自从沦陷于那无人的荒漠，
亲爱的，宿命和悲伤就为我
堆起了一座五指山。
你老说到命运，
可提起命运，我还不能完全释然！
它将我深深宠爱，又将我狠狠抛弃。
它让我见识了繁华三千，
也让我领略了肮脏不堪。
它于我是盛宴，更是流放，
虽仍是青春的韶华，
我的心境却早零落成塞北秋色。
从此，纵是如何高贵纯净，

都无法忽略尘垢中的浸染。

"我成了走不出命运荒漠的一个怨妇,
可是亲爱的,你还是要救我!
只有你的爱,是瓦解它唯一的药。
因为只有你懂我的言不由衷,
懂我的口是心非,
懂我的身不由己,
懂我的种种坏情绪……"

第三十乐章

幻化郎已开始清净幻身的修行。一日，造化系统突然响起警报，一个来自异度空间的魔盒，莫名出现，已在欢喜郎手中。随之而来的还有久未谋面的故人——造化仙人。这一切的背后，究竟有何玄机？

第 83 曲　清净幻身

奶格玛开始给幻化郎教授清净幻身，
她在他的身前挂了一面明镜，
明镜中显出了本尊的身相，
诸相栩栩诸境粲然。
奶格玛还告诉幻化郎：
"你要把自己观成师尊，
他是你灵魂和人格的标杆，
那是你向往的目的地。
你要专注而修不能散乱，
长此以往，
就会睁眼闭眼皆是师尊，
皆栩栩于前亦栩栩于心。
从此你便是那镜中的师尊。
进而观世上诸相皆师尊幻化，
绚丽诸色无不是师尊妙容，
纷繁诸景皆师尊游戏神通，
悦耳诸音皆师尊的清净咒声。
当这种观修坚定而无动摇，
便是生起次第的清净幻身。"

因为天生有超强的观想能力，
又有后来参悟造化的心得，
幻化郎在这一次第的修习中

毫无障碍，得心应手，
他每次观修都清晰无比一目了然，
他的成就非常迅速，
不多久便能安住七天七夜。

尽管如此，他还想精益求精。
他反复锤炼其中的每一步，
连最微小的细节都不放过，
力求要把所缘境观到极致。

在奶格玛的教导下，
幻化郎像是换了个人，
他开始变得谦卑稳重，从容自若。
奶格玛见幻化郎进步飞快，
又现身传以下一步教授。
她让他放松身心安坐于座上，
安然于心寂觉醒于当下。
不追忆过去亦不念未来，
不散乱不昏沉专注那明空。
久久行之会气入中脉，
对世间的分别心随之寂灭，
继而出现死亡时的觉受。
在无云晴空的觉境里，师尊显现，
明如水中之月，清如镜中之影。
虽如梦如幻却不执着梦幻，
坦然安住于明空之心。

然后奶格玛告诉幻化郎：

"你的心如明镜照天照地,
同时在体会观察中祈请,
诸世相就会成炎阳下的霜花,
你的心就清净成朗然的水晶。

"那时,深信语言如空谷回音,
深信真言即自然之声。
心动如阳焰观为大乐,
诸显为大乐恒久守持。

"你的身若水泡是本尊幻身,
宛若彩虹却承载真理。
光明朗然历历于心,
行住坐卧皆不离法性。

"世上所有语言本质是空谷回音,
它同样于幻化中承载真理。
安住于显空一体的觉性,
把现象和本质融为一体。

"你的念头像阳光下玻璃的反光,
虽有幻变但清净不可毁辱。
光朗朗远离了一切污垢,
心就像如梦如幻的宝镜。

"当知所有的现象都是幻化,
那实有的东西只是假有。
世人的感知如若梦幻,

深悉于实相才有殊胜目光。"

幻化郎领受了奶格玛的法教，
但在具体实修时，
他遇到了多重困难。
第一难便是那七支坐法。
那是七种要求的标准坐法，
起初他还不觉得艰难，
反正是坐着，坐就是了。
他按师尊的要求盘了腿。
没多久，他的双腿就麻了，
紧接着就木了。
但他仍在坚持，他一定要坚持。
时间一分一秒地挪移，
那腿又开始疼了，越疼越烈。
他感觉双腿都要断了，
强烈的剧痛使他汗如雨下，
他已无法生起入定的明空。
他一分一秒地煎熬，
那感觉就像坐上了刑具。
他的心中腾起焦急的热浪，
他想疾速成就，偏偏欲速则不达。
白天他无法入定，
夜晚他不能深眠，
在这种恶性循环下，
他变得萎靡不振憔悴不堪。

他开始祈请师尊，

他想师尊定会循声救苦，
让他脱离这苦海。
可任他如何呼唤，如何虔诚，
他的祈请都是如石沉大海，
那些痛苦一点都没有减少，
它们甚至在与时俱增。

幻化郎聪明绝顶智商超群，
而这恰恰是他的另一个障碍。
那敏捷的大脑过于灵活，
稍有风吹草动便思谋权衡，
那造作的逻辑总遮蔽心光。
这时，他又开始怀疑师尊。

其实修行需要坦然任运，
安住真心远离分别一门深入。
只有彻底打碎机心的牢笼，
才能释放本具的智慧光明。
但幻化郎不明此真相，
总会用小聪明来衡量大智慧，
用小机心来揣测大成功。
当他发现小小的心愿没得到满足，
便开始怀疑智慧的效用——
智慧的加持连简单的伤痛都不能解决，
如何能让人达成终极解脱超越三界？

若非因为清楚奶格玛的证量，
他还要怀疑师尊是不是骗子。

屡屡祈请毫无回应，
那疼痛之处也依旧难熬。
就像有人用锤子砸碎了骨头，
剧烈的痛感如火星四溅，
于刹那之间弥漫了他的全身，
他很想找个借口停止修炼。

第二重障碍是他的心浮气躁，
他总想在短时间内达成目标。
他有着太多的急功近利，
总是思考收益目的或意义，
很少会用纯粹之心去做事。
他下意识运行着机心的程序，
聪明反被聪明误。

有无碍神通的奶格玛，
对幻化郎的情况了如指掌。
明白这是他必经的磨难，
首先要克服机心与浮躁。
都说师父领进门修行在个人，
过度依赖师尊便异化了信仰。
奶格玛就故意冷落他，
这也是另一种良苦用心。

真正的好钢需要千锤百炼，
无论何种境况都不忘初心。
他具备强悍的自我成长意识，
他不需要师尊时时搀扶。

更需要超强的自我反省能力。
在幻化郎的修行中，
最初奶格玛也会随缘而为，
明显直接地指出他的错误，
但幻化郎由于个性中的执着，
总是很难做到警醒。
他虽然表面上谦虚，
骨子里却仍是猖狂的自负。
他总会把问题归咎于外界，
而不能时时刻刻做到自省。

于是他只能被烦恼纠缠——
那腿疼带来肉体的折磨，
心生疑惑引发心灵的烦恼，
它们两面夹击，让他身心难安。
他甚至开始怀疑修行的意义。
信心一退觉受也消失，
如同被推倒的多米诺骨牌，
连锁反应导致更大的退转，
他重新陷入焦虑的牢笼。
那焦虑仿佛顺崖而下的滚石，
念头们一个一个接踵而至，
一个念头就是一个怀疑的理由，
它们在他心里盘根错节。

信仰的地基一旦崩坏，
所有的修行都没了意义。
怀疑绑着他的心坠向了深渊，

他不相信有救赎的可能。
他像个无家可归的游魂，
心中涌出一阵阵凄凉和伤感。

他停止了所有的观修，
之前的证量也一去不返。
一切都像是一场梦魇，
从此奶格玛也不再现身。

那是幻化郎最黑暗的一段日子，
他整日里被怀疑与信任撕扯。
他僵硬木然看似行尸走肉，
但他整日在家左手降魔右手伏虎，
内心时时陷入激烈的搏斗。

怀疑吧，怀疑有无数个理由。
奶格玛的一个眼神一句话，
他都能解读出别有用心的意味。

信任吧，信任没有任何理由。
所有既定的理由都被怀疑打破，
唯有毫无理由的信任才坚不可摧。

就这样，他始终小心谨慎如履薄冰，
不敢把自己全部交出。
他自小父母双亡，
他在流浪中遭受了无数的呵斥和冷眼，
也用自己的冷眼去看世道人心的变化无常。

他从小就缺乏安全感，
他怎么能够毫无理由地去信任他人？

他必须依靠信仰才能得到救赎，
可唯一的依怙他却无法净信。
他的信仰就像蛀满虫洞的大坝，
怎能与烦恼的洪灾抗衡？
他虽然不再观修幻观瑜伽，
却从未停止对奶格玛的关注。

而不再现身指教的奶格玛，
也从未停止自己的度众。
她在法界里四方游走广结善缘，
幻化郎的系统也随之更新着讯息。
她的言论，她的行为，
她所度之人……
有关于她的一切的一切，
他都不放过蛛丝马迹。

初期，他想从那动态里分析评估，
后来他发现其中的正能量。
再后来他已经懒得论证，
他知道怎样论证都没有结果。

所谓的结果只是一堆苍白的符号，
他可以随了心意作任何解读。
怀疑的眼光总能看到无数破绽，
信任的心灵则会感受到大善之美。

终于他生出了一个念头：
与其在怀疑中坐以待毙，
不如在怀疑中尝试探索。
于是他重启了幻身瑜伽，
一点点找回从前的感觉。

那感觉若有若无好个缥缈，
远没有当初虔信时浓烈。
但闲着也是闲着聊胜于无，
权当修身养性锻炼身体。

于是他边看信息边观修，
不知不觉接受着熏染，
信仰也在废墟中逐步重建。
这一切，奶格玛了如指掌。

时光如梭眨眼数月已过，
幻化郎的疼痛也无影无踪。
即便没有师尊的加持，
时间也是最好的灵药。
那痛说起来也怪，
发作的时候抽筋拔骨，
消失的时候不动声色，
随着伤痛而起的怀疑，
也在渐渐地淡化。

幻化郎没有去刻意对治，

时光自然会把情绪冲走。
无常就是这样有趣，
无论好坏都难以永存。

只是身体的伤病数月就好，
心里的阴影却经久不散。
虽然幻化郎渐渐地回归，
但他始终找不回净信。

幸好他日日看着奶格玛的言行，
渐渐地建立了自省的意识。
在一次对内心的观察里，
他发现了自己的急功近利，
也发现了自己异化了信仰，
想通过信仰谋取各种福利，
而忘记了原本走向信仰的初衷。

一旦欲望得不到满足，
他便对信仰对象产生怀疑。
那腿疼仅仅是触发的契机，
它暴露出他内心深藏的污垢。

想明白此处他流出了眼泪，
终于发现最根本的问题。
他从陷入再到走出这魔桶，
时间已过去一年有余。

但也不能说这是一段弯路，

弯路有时也是成长的资粮。
而过快地枝繁叶茂，
往往是一种虚假繁荣。
根基不稳者难成大器，
遇到风吹雨打就会轰然倒塌。

幻化郎回顾这迷失的一年，
不由自主心中百感交集。
虽然信心退失，
他停止了训练有相瑜伽，
但幸运的是他并未停止关注师尊。
接触那信息也是在接受文化熏染，
不知不觉中正能量就进入了内心。
待时光将怀疑的灰尘吹散，
智慧的种子又会重新萌芽。
也所幸遇到的是奶格玛师尊，
她总会在法界中发出声音。
是故才能接到她不断的消息，
犹如阳光绵绵密密前后相续。

幻化郎重建了信心与信仰，
经过打碎后的建立更加坚固。
他从骨髓里流出了泪水，
在虔诚忏悔中祈请师尊。

此刻无论师尊是否出现，
都不会影响自己的信心。
他放下了心头最重的包袱，

用轻松的身心精进观修。

由于心态放正了位置，
他很快就生起了相应证量。
于明空中显现了娑萨朗净境，
虽如梦如幻却历历分明。
他不执着也不压抑安住本有智慧，
把红尘诸事引入那幻城。
于是幻身里也产生相应景象，
那俗事在净境中也清净无染。
世出世间相溶于一味，
遂产生无分别的智慧。
奶格玛观因缘再次现身，
幻化郎忽见师尊惊喜万分，
内心炸出一片巨大的空白，
他不由自主痛哭不已。
他边哭边礼拜，
心中啸卷着各种情绪，
忏悔，感恩，欢喜……
万千感慨一涌而上，
那种来自灵魂深处的力量，
让他在师尊面前毫无保留。

奶格玛欣慰地笑了。
她走上前去扶起了他。
她知道所有的道理他已明白，
因为自省，他也走出了魔桶。

幻化郎止住哭泣安住于明空，
奶格玛的教法潺潺而来——

"幻化郎你当净心谛听，
我再传你纯净幻身修法。
它是超越智慧的精要，
你只要修成了纯净幻身，
解脱就如囊中取物。

"要常观本尊恒久远离世俗，
常诵真言远离红尘俗声，
常安住真心远离纷繁妄念，
幻身才能从真静中生起。

"生起远离外相的无为之心不能执着，
常修宝瓶气关闭诸窍之漏，
妄心融于空乐贪执从此消融。
身居静处常常祈请师尊，
身口意都无我净心供养。

"明白万象是游戏心生超越，
得到加持会破除各种障碍，
生命的地水火风渐渐消散，
于是会出现殊胜的情景。
瞧，那地大入水大消融，你看到了烟雾，
那水大入火大阳焰熏熏，
那火大入风大萤火出现，
风大入心时有朗然灯光。

还有那月亮，还有那太阳，
还有那静寂，还有那无云晴空。
接着以上诸景逆序重现，
就会出现幻化的忿怒尊。

"此幻身超越了微尘法性，
精气神成就的百看不厌。
相好庄严如镜中影像，
它超越了有，超越了无，
也超越了非有非无。
它是一种殊胜的产物，
像泥潭中升华的超越莲花。

"瞧呀，那幻身的月亮已升起，
它是本有的纯净智慧。
没有世俗的一丝污染，
它像彩虹那样炫然无质，
十方三界能自由出入。

"它需要你精修拙火，
它需要你无我净信，
时光中打熬出超越的自我，
成就另一个完美的自己。

"犹如万千光芒源于太阳，
犹如万千河流源于雪峰。
那本尊形象虽有差异，
皆源于奶格玛师尊的功德。

诸瓶子虽然有方有圆，
其颜色也可能有青有红。
但瓶瓶相倾承接的法乳，
却源于奶格玛师尊的心中。

"多祈请奶格玛慈悲摄受，
多祈请奶格玛大恩垂青。
明空之境定出现幻身，
它纯净朗然栩栩如生。

"无论你受教于哪位师尊，
都视为奶格玛无别无分。
融五智一味于明空之境，
'奶格玛千诺'不离汝心。

"当知奶格玛师尊是功德之源，
祈师一遍胜过持咒万千。
若师尊的功德加持，
苦修上万年亦难成功。

"'奶格玛千诺'是殊胜明咒，
一咒代万咒不离汝心。
这才是要中之要的殊胜教授，
不明此便是那愚痴之人。"

幻化郎终于明白了幻身法要，
他用自己的感悟做了总结：
不净幻身观一切显现均为幻化，

有为法观幻化世界都是师尊。
无为法安住于明空之中，
纯净幻身是超越后的报身。

他更明白了那一年魔桶的意义，
没有纯粹的信仰之心便无法深入。
即便师尊开示了纯净幻身法要，
也会因为心中的污垢无疾而终。

这段灵魂的拷炼洗去了杂质，
建立了自律自强和自省。
打好了成就大厦的地基，
才能在无常中建立永恒。

奶格玛传以幻身教授，
幻化郎善加修习闭关专修。
他虽然想一门深入成就幻身，
奈何树欲静而风不止，
平静的水面下有暗流在涌动。

第 84 曲　魔盒

这一日幻化郎正在观修，
他的造化系统忽然响个不停。
这是他设置的预警程序，
每有大事便会提前报警。

幻化郎观修得十分投入，
他物我两忘，人境俱泯，
突然被这刺耳的警报声打断，
他下意识地产生了愠怒，
但愠怒的同时他也生了警觉。
他开始观察自己的念头。
他觉得自己的修行还欠火候，
还需要借事多多调心。

师尊常说空性不是觉受，
而是遇到事情时的智慧。
要想成就，必须在事上打磨，
通过纷纭万象来检验证悟。
现在只是警报打断了禅乐，
自己的心中就出现烦恼。
说明虽然有了一点证量，
但智慧的程序还没成为本能。

幻化郎打开系统的荧幕，
看到人间出现了一个魔盒。
没人知道它来自何方，
仿佛它是本初就有。
它依附于人类的欲望，
它的威力非比寻常。
它能让人类失去理智，
进而触发广场效应。
它能使人群像雪崩一样失去控制，
并身不由己地借势滚落，
让世界陷入无尽的疯狂。

它造成的祸乱大小不一，
随着使用者的意图而定。
小到哄抢物资群体骚乱，
大到国民运动种族清洗。
最精通使用魔盒的，
是那些发动世界大战的魔王。
他们的士兵经过魔盒催眠后，
就会忠心耿耿勇猛无畏，
手里明明举着屠杀的刀子，
心中却飘着光荣与圣战的旗帜。
鲜血使他们兴奋，
屠杀使他们疯狂，
无论对方是谁，
他们都会抡起大刀向对方砍去。
他们不是魔，
却像魔一样疯狂，

为世界涂抹出无数的血腥。
他们不是画家，却有他们自己的画笔，
在世界的每寸土地上，
泼洒下血与泪的画卷。

开启魔盒的密码是一首四部曲：
第一曲目标高远，扩张野心；
第二曲煽动欲望，蛊惑人心；
第三曲复制病毒，广泛传播；
第四曲引导作战，实操实练。
经过这四个步骤的启动，
魔盒就会发出强大的魔力。
那信号波能直入人心，落地生根，
勾出人们心中的恶魔，
再长出无数的魔子魔孙，
那些魔子魔孙会众志成城
万众一心前赴后继，
遮蔽众生的主体意识。
众生就会失去意志与觉醒，
皆成为群盲和傀儡，
随了那操纵者的指令，
如蝗虫般到处横行。

四部曲循序渐进，步步为营，
它严密的操作指令让魔盒威力无穷，
它像是一个核心的发射器。
每个人心中都有接收频率，
最终共同组成强大的魔军。

根据历史的经验，
每当它在人间出现，
必会引发巨大的灾难。
所有的野心家都会疯狂，
为争夺魔盒而血流成河。
然而魔盒的争夺只是开始，
更残酷的是，
随即人类便会被战争吞噬，
令三界十方不得安宁。

幻化郎感到后背直冒冷汗，
他用系统预演了结局，
那情形惨不忍睹，
目之所及哀鸿遍野，
赤地千里毫无人烟。

幻化郎再看那魔盒的归属，
发现它已经被欢喜郎捷足先登。
只见他拿着魔盒反复摩挲，
又放在明亮处细细观赏。
那魔盒做工精致巧夺天工，
果然是人间的稀世珍宝。
他得意忘形，爱不释手。
更因为它功能奇特，力大无比，
能帮助自己完成宏图霸业。
所以他将魔盒视为国之重器，
重金聘请二十一位行者日夜加持。

他们都是一代成就者，
各有其绝活功力非凡。

威德郎得知后寝食难安，
他怕欢喜郎强于自己，
更怕那魔盒会煽动人心，
不光壮大了敌人的力量，
还会削弱自家的根本。

威德郎第一次感到了恐惧，
这让他自己都无法理解。
当初被困山中他也毫不畏惧，
心中充满我自横刀向天笑的豪情，
大丈夫为国而死重如泰山，
他的心中早已战胜了死亡。
而此刻却隐隐不安怯意生起，
可见那魔盒确实非同寻常。

他日夜兼程，勤修不怠。
一边主修威德瑜伽，
集聚自己的事业能量，
一边派部下抢夺魔盒，
好东西人人想要，他岂能甘心错过？

而欢喜郎却对此早有防备。
他用魔盒做诱饵设下埋伏，
威德郎的兵马成了瓮中之鳖，
一次又一次有去无还。

魔盒让人间乌烟瘴气乱象丛生。
终于也惊动了天庭。
天帝派出了诸多耳目，
修罗王也参与其中，
六道中所有力量都已介入，
他们争先恐后，各显身手，
为了争夺那一个魔盒，
他们都成了追逐血腥的鲨鱼。

善神希望善者获胜，
恶神希望恶者逞强。
他们都想扶植自己的势力，
都想铲除异己扩大地盘。
一时间整个法界风起云涌，
到处涌动着诡谲的能量。
就像暴雨前的阴云密布，
一旦爆发便会三界大乱。

幻化郎看到这严重危机，
他想到自己依止的意义。
当初对奶格玛发下誓愿，
要效仿师尊利益众生。
如今人类陷入巨大危难，
自己岂能袖手旁观？
多希望世上少一些战争，
让天下苍生能安享天年。
于是他打开造化系统，

想修改程序力挽狂澜。
却发现事情纷繁复杂，
一团乱麻中竟无从下手。

只见那里人事颠倒，表里不一。
自认为善的，观其心念却是恶人；
自认为恶的，观其言行却是圣贤。
大恶人被人们歌功颂德，
大圣贤却可能遗臭万年。
更多人却是善恶交织好坏参半。
有时他们是高尚的，
有时他们又是无耻的；
有时他们是良善的；
有时他们又是凶恶的。
幻化郎越看越糊涂，越看越迷茫，
他不知道自己的这双手该帮助哪边，
他摇摇头，耸耸肩，
只能静观其变。

奶格玛也收到了异常的讯息，
她安住于明空之境，
观察那宇宙的细微运行。
她发现有一个巨大的危机，
已笼罩了人间的天空。

那危机的起始正是欢喜郎，
他的野心已疯狂膨胀。
上回一战他大获全胜，

歼灭了威德郎的主力。
因为顾忌四周环伺的敌人，
他放了威德郎纵虎归山，
而如今，他运用了三种高超的手段，
消除了盟友贡保对自己的威胁——
他用掺沙子的方式
将亲信混入对方阵营，
让他们搞破坏闹分歧，
让敌人同室操戈生起内讧；
他再用挖墙脚的方式，
对敌人釜底抽薪，
并用名利财色笼络人心，
他变敌为友为我所用；
接着他以扔石头的方式，
逐个排除，清理门户，
他集中自己的优势力量，
将那些异己者各个击破。

以前分散的诸路人马，
已统一在欢喜郎的周围。
连华曼的国家也被消灭，
国土并入了欢喜国的版图。
她的家族已遭屠戮，
覆巢之下已无完卵。
其他不听话者已全部消灭，
欢喜国也成了铁板一块。
他的疆域扩大物产增盛，
他的军队精锐强壮如虎如狼，

他的装备新型精微无人能敌，
在世界大格局下，
只有威德郎还能勉强算个对手。

欢喜郎再开动宣传机器，
按四个步骤催眠百姓。
于是国中群情高涨斗志激昂，
人们疯狂地崇拜国王。
国王是神，国王是天帝，
百姓都变成毫无意识的棋子，
随时等待出征的命令。

欢喜郎不愧是政治天才，
他看到诸种因缘已经成熟，
于是召集了诸路兵马，
举办了一次盛大的庆典，
确立了他的霸主地位。

庆典结束的当天晚上，
他还带上一壶酒去了皇陵。
他去祭奠自己的父王，
他想拿现在的功业告慰父王在天之灵。

回想当初的情形他长叹一声，
那懦弱与善良已恍如隔世。
如今他终于理解了父王的苦心，
倘若没有那极端的逼迫，
又怎能有这般的宏图霸业。

如今的领土已占大半天下，
国内民心凝聚，周边群雄顺服。
"且把这壶美酒祭奠父王，
您在九泉之下足慰英魂。
请父王再看孩儿风流豪迈，
将四海归一成就千古帝王。"

回程时又经过了若兰的坟茔，
他驻足片刻却一言未发。
曾经刻骨的儿女情长终成岁月的一粒尘埃。
多少疼痛，多少难忘，多少泪水，
都比不得经年后的一声慨叹。
这也是他对另类命运的祭奠。

欢喜郎扫清了所有的障碍，
终于把目光转向了威德郎。
他要进行最后的较量。
多年的筹备只为这一战，
只要灭了威德郎，
他就能一统天下成就霸业。
他将缔造前无古人的功勋，
他的名字必将流芳百世，
成为人类历史上的恒星。
这种野心成了他的噩梦，
让他从此失去了理性。
为了实现他的梦想，
他费尽心机不择手段。

欢喜郎的蜕变成了历史之谜，

他本具天使般的心肠，

他崇尚和平儒雅安详，

却在一夜间秉性大变，

从仁善者蜕变为战争狂。

对此人们众说纷纭莫衷一是，

不管是命运的遭遇，

还是魔王的入窍；

不管是其父的借尸还魂，

还是自身的业力显现，

都只是一种不确定的说法。

欢喜郎就是欢喜郎——

他的个人修养无懈可击，

他虽食肉，却有着圣徒般的自律，

他不好女色不信谗言，

他闻鸡起舞励精图治，

他言出必行从不失信，

他明察秋毫赏罚分明。

他有着无与伦比的人格魅力。

人们对他的评说也各种各样，

高尚的圣徒，道貌岸然的伪君子，

残虐的暴君，武功盖世的千古一帝，

欢喜郎对这些评价一律嗤之以鼻，

他觉得没人真正懂得自己。

那些书生的见解十分幼稚，

真正的自己是一种天命。

有人天生就要做盖世英雄，

那是本能而不是人为的标签。
任何学者的研究都是废话，
只有懂得天命者才懂得自己。

奶格玛却明白诸种因缘，
她知道众生面临的劫难。
无论帝王有怎样的理由，
只要发动战争便会祸及百姓。
那即将来临的大战必将为祸惨烈，
数以千万计的人将面临死亡。
人间多的是哭泣的父母妻儿，
法界中将增加无数的冤魂野鬼。

于是她悲心大发决定介入，
也知道难改变大事因缘。
但不管人力能否回天，
尽人事听天命尽力而为。

回想这一路真是沧桑。
从她开始寻觅的那天起，
就不断目睹着战争的残酷。
无论是天上还是人间，
时时就会卷起血雨腥风。
那时，她就在思考和追问：
战争与杀戮的根源到底是什么？
她思考到最后，
发现是心灵的程序出现了问题。

她从幻化郎身上看到了希望，
因为他能巧夺天工控制造化。
她想利用幻化郎的能为，
让他尽量完善本初的程序。
让不和谐的趋于和谐，
让兽性的趋于神性。
把那祸乱的种子连根拔起，
再以善能弥补诸多的漏洞。

事不宜迟，
奶格玛立刻找到了幻化郎。
她把她的想法告诉了弟子。
幻化郎也正想为众生做事，
师尊的指示让他更加坚定。
于是幻化郎安住于自己的境界，
再次进入了造化系统。
他尝试着修改那本初程序，
让它能变得更加合理。
却发现源代码无法更改，
无论他如何用心设计，
植入的程序都会自动消失。

他又想修改欢喜郎的程序，
让世界免于这一场劫难，
却发现那程序也异常庞大，
有诸多的因缘牵涉其中。
那涌动的暗能量如同飓风，
把欢喜郎的心吹向深渊。

自己的力量却如风中烛火，
很难胜过恶缘滋生的飓风。

他还发现许多应用程序，
都有无数的乱码和漏洞。
他有着超人的心算能力，
但他明白自己穷其一生，
既无法删净那乱码，
也难以弥补那漏洞。
那是他无法把控的大数据，
它们对应着铺天盖地的欲望之心。
他只能植入一些有益的代码，
让它们慢慢地进行自我复制。
这就像在漆黑的荒原上，
点燃了一个个火堆。
虽然那火堆显得星星点点，
但光明总能穿透黑暗带来希望。

只是那黑暗漫无边际，
永远不知道哪里才是尽头。
幻化郎虽然没有放弃，
但也有着诸多的无奈。
就像一个孩子在大海边，
看到满沙滩亿万条挣扎的小鱼。
他知道救不了所有的小鱼，
但他仍在一条条地捡拾着，
一条条扔向大海。
对全体虽然力不从心，

对个体却能救其生命。
这便是菩萨度众的意义，
明知结果却依旧难行能行。

幻化郎看清了这种无奈，
仍然决定穷尽全力一试。
他将奶格玛赋予他的精神，
编成了自动复制的代码。
那一个个代码裂变式复制，
自动涌向了那些漏洞，
所到之处都溢出清凉，
在黑暗中闪烁着光明。
只是它们的力量微乎其微，
像一股股清泉渗入了沙漠。

奶格玛看出传统程序的局限，
建议幻化郎借鉴魔盒的原理，
进行善能量的复制与传播。
它们有类似的启动过程，
只是根本的目的不同。
恶能量把人引入欲望和疯狂，
给这个世界带来无穷灾难；
善能量却会把人引入安详和善良，
让这个世界更加和谐美好。
两者的根本目的不同，
内容和结果当然会大相径庭。
但那启动的过程和方法可以相同，
善能量也可以像病毒那样复制与传播。

奶格玛进一步解释道，
善能量的启动也有几个步骤：
先是培养太阳般的程序，
为众生展示光明的愿景，
唤醒人们心中的良知和向往；
再把善能量加以改造，
变成与时俱进的大善文化；
第三进行裂变式的传播，
最后就会有一个个光明群体，
他们在黑暗中抱团发光。
那时世间的邪风虽然到处肆虐，
却再也吹不灭这智慧的光明。

前者是广度的范围覆盖，
把善文化变成群体意识。
后者是深度的心性训练，
让智慧光明能传递传承。
更重要的是方式的与时俱进，
没有固定的形式和局限。
世界需要怎样的名相，
就把那光明装入相应的容器。
它们像云朵一样随缘变化，
又像空气一样无孔不入。
既能贴合人类的当下生活，
又能实现生命的终极超越。

幻化郎按这个建议做出修改，

那光明的力量果然骤增。
虽然和黑暗相比，它身单力薄，
但蔓延的苗头也势不可挡。

第 85 曲　造化仙人

幻化郎又发现一个奇怪现象，
在某个所在有一种吸力，
像是有张无形的大口，
能将诸多能量全部吞没，
而且只吸不呼，只入不出。
它还能吸入一些代码，
将其变成它自己的防火墙。
它的周围具有强大的场能，
幻化郎无论植入什么程序，
都无声无息如同泥牛入海。
他研究了半天也看不出端倪，
在好奇心的驱动下，
幻化郎决定亲自前往勘查。

他按照奶格玛的教授，
在明空中生起了清净幻身。
这是心气造就的另一个身子，
它能随心所欲进入任何时空，
于瞬息之间横跨千里。
沿着那磁场提供的讯号，
幻化郎来到了一个荒原，
那里寸草不生人烟不至，
整个天地都是一片死寂。

但死寂中却有能量在暗涌。
空中飘浮着无数微型探测器，
它们既可以防范有形的敌人，
也可以探测无形的生命。
这机器以暗物质形式出现，
肉眼凡胎看不清真相，
它发出的能量也是无形的，
但在无形无象中却有势能，
它能左右诸多的世间事物。
幻化郎觉得很是蹊跷，
这些设备都是未来的科技，
不知为何会出现在这里。

此时的幻化郎专注力极强，
他可以控制自己的心念。
他的清净幻身细致精微，
再高明的探测器也无法觉察。

在一种莫名熟悉的气息里，
幻化郎仔细查看着每一处，
他发现此处的地形与构造
像极了当初他在山上的实验室，
那是古代与未来的完美结合。
他一边走，一边思索，
忽然他停住了前行的脚步，
他感到空气发出了振动。
一些物体正在临近，
一些能量开始逼近，

轰隆隆的声音如同雷霆。
大地颤抖，山丘战栗。
他沿着声音的来源望去，
只见是排山倒海的战车，
它们黑压压的一片，
许多人正在训练。
再看，那战车的装备极为先进，
竟融合了未来的高科技。

幻化郎吃惊不小，
这世上莫非还有个幻化郎，
他通晓造化的玄机，
还能把未来科技引入当下？
又或者遭遇了外星人，
他们在这里建造了基地？
抑或是自己进入了未来？
——他是幻身成就者，
当然能超越时空来去自如。

继续向前，继续探索，
他看到了荒原上的一间木屋，
那儿有密集的信号波动。
木屋像是一个发光体，
正放射出一轮轮的光晕，
光中显示的讯号
充满着诸种能量。

一团光开始了匀速挪移，

他蹑手蹑脚，轻轻悄悄地向木屋走去。
不要呼吸，不要任何声响，
他终于靠近了木屋。
他发现那里戒备森严，
除了人间的兵丁之外，
还有无数的护法神在守护。
这里的设计者显然精通修行，
所有的防范都堪称一流。
幸好自己修成了清净幻身，
寻常的世间神灵难窥真容。

幻化郎更加好奇了。
这基地到底出自何人之手？
他是干什么的？
他想干什么？
诸多问题盘旋在幻化郎的脑海中。
他一闪念便进了木屋。
只见一个道人正在打坐，
他稳若泰山，道骨仙风。
他像一个发光体一样，
悠悠地散发出一晕晕光。

屋里密布着各种设备，
俨然是另一套造化系统。
见有人闯入，
那道人忽然长叹一口气，
他脸上露出诡秘的笑容。
他说，我已经等你很久了，

可惜这里没有待客的美食。

哦，多么熟悉的声音！
幻化郎的脑海中，
立即浮现出若干年前的那个黄昏——
他被一个喜欢恶作剧的老头戏弄，
又被老头当作忘年交一样款待。
而他，在拿了老头的人皮书之后一走了之，
从此，他们天各一方相忘于江湖。
而此刻，老头就在眼前，
只是他不再疯癫，
他庄严肃穆俨然一得道高人。
幻化郎想，他能看到自己的幻身，
说明他的道行非同一般。
这心气所成的身子，
非修成幻身者难以窥见，
它看似无形却有功能，
人类的肉眼看不到这微观。
过去他一直不知，
原来造化仙人的修为竟这么高。

原来如此！幻化郎连连咋舌。
难怪他会感觉到熟悉，
也难怪这木屋的风格与他的实验室相若。
人皮古书本是老头珍藏，
当年因为自己实在喜欢，
也因为被一种说不清的力量裹挟，
他鬼使神差地做了小偷。

想到此，他不禁脸上发烧。
仙人待己犹如慈父，
而自己却窃他所爱，
此非君子所为啊，
为此他心中也一直愧疚。
此地相见，在他意料之外，
他用颤颤的声音问候了仙人。

造化仙人呵呵一笑：
"没想到离开短短几年，
你竟然能够修成幻身。
想来你定然遇到了高人，
也不枉我对你一片用心。
那年你盗取了造化真经，
让我心疼了很多年，
但我明白这是定数，
此地再见，说明我们还有大缘。

"如今，人心不古世风日下，
战争的硝烟不曾停息。
我想委托你去面见威德郎，
让他早日弃械投降，
不然这一场浩劫无法避免，
人类又会遭受血腥。
瞧那遍天的杀气已如密布的乌云，
一旦爆发就会生灵涂炭。

"目前我正在此处行法，

我已修成了诛业成就，
威德郎便是我诛杀的对象，
这也是另一种救世的方法。
我看透了人类历史的规律，
乱世与盛世总是交替出现。
这诸多的群雄并立之时，
也便是战乱四起之日。
只要有一位盖世英雄一统天下，
就会救万民于水火。
多年来我一直在寻找能担此任的人，
我不管他姓张姓王，
也不管他是男是女。
他是大器我就助他，
他鼠肚鸡肠我爱莫能助。
在历史的滔滔进程中，
我只是充当一种助缘，
让人类早日进入太平盛世。

"那欢喜郎天纵奇才英明无伦，
他是真正的圣主明君，
他必然要一统天下，
这是不可阻挡的历史车轮。
我帮他造出未来的战车，
又调用宇宙中的暗能。
发掘出魔盒为他所用，
以此来推动天下的太平。
时下他已扫平四方群雄，
只剩下几个挡车的螳螂。

那威德郎虽是最大的石头，
也不可能阻挡历史滚滚的车轮。
只要他识相地早点投降，
就少流很多无谓的鲜血。"

幻化郎听后眉头紧皱——
没想到造化仙人也牵涉其中。
这一场灾难好像很难幸免，
这仙人的行为分明是火上浇油。
更何况他还启用了魔盒，
那可是地狱之门的钥匙。

幻化郎说："您老本是世外高人，
为何管这种红尘琐事？
您超出红尘逍遥物外，
怎能介入人间的纠纷？"

造化仙人大笑三声，
说："我的任务便是介入，
没有介入我有何意义？
我代表的就是造化本身。
三界之中各有势力，
天帝魔王只是其中之一。
造化才是宇宙的根本程序，
万事万物都是它的体现。
我便是要维护这种秩序，
换句话说我是天道的警察。
那人间的诸多恩怨，

那天上的诸多是非，
原本就是造化的游戏。
顺我者昌逆我者亡，
万物都要服从这规律。

"世间大势分久必合合久必分，
战争总是与和平交错，
生存总是和死亡相争。
那纷纷扰扰皆是戏呀，
都是我造化仙人的剧本。

"虽然上天有好生之德，
但杀伐也是一种选择。
你不瞧世上的诸多杂乱，
像无序的细胞一样繁衍。
当一种无序达到极致，
就需要进行格式化处理，
彻底净化那些冗杂的乱码，
世间万物才能恢复平衡。
这有点像将来人类的治疗癌症，
对付细胞的无序繁殖需用化疗和放疗，
先猛力杀伐无序的增生细胞，
让各种力量达成平衡，
阴阳相调才能和谐。
我造化仙人便顺应这规律，
把逆天而行者一一清除。

"你之所以能明白造化的奥妙，

其实也是我的心思使然。
你跟我有神秘的因缘，
我才让你洞悉宇宙的真相。
若是你放下心中的杂碎，
我们可以合力玩那造化游戏。"

说话间，造化仙人投来睥睨的目光，
有些期待，又有些漫不经心。
他端起茶杯轻轻抿了一口，
又跷起二郎腿故作轻松。
他等待着故人接受自己的建议。
但幻化郎已依止了奶格玛，
他没有回应仙人的邀请。
他想，若是早几年仙人提及此事，
他也许会有另一种选择，
这世上的安排实在说不清，
因缘的流转一如水的流动。

又想到奶格玛交托的任务还没有头绪，
不知如何通过改动程序来阻止灾难，
他轻轻地叹了口气，
这个领域他还没找到窍诀，
虽然忙忙碌碌却收效甚微。
突然他灵机一动：何不请教造化仙人，
问询如何才能介入造化的运行？

仙人呵呵一笑手指天空，
说："天空是我的棋盘，

星辰是我的棋子。
你看来无序杂乱，
我却能随心挪移。
我的挪移并非随意胡为，
也依托心灵的程序。"
说完他振臂一挥，
手指在空中猛然一划，
那星辰便如被点将的兵士，
重新排列重新组合，
整个星空真的成了一个棋盘。
每颗星辰都是一粒棋子，
它们都在静候主人的调兵遣将。

仙人说："你瞧那欢喜郎的地盘，
已占据了大半个星空。
你再看他的生机出口，
简直拥有无穷的潜能。
你再看那威德郎的势能，
明显已呈下滑的趋势。
这其实是人类共同的命运，
不仅仅是他们各人的因缘。
那些有着大能的个体命运，
更掌控着人类共同的命运。
大事因缘不会因个人的意志而转移。
那是众生的共业，
也是世界的规律。"

正说着，他的手指泛出白光，

道道惊心，他再次指向天空。
星星们宛如接受到指令，
立即自动自发积极回应，
它们像是提前商量好似的，
各走各路，井然有序。
这时节真的像在下棋，
那棋子可随心所欲地移动。

幻化郎恍然有悟。
有趣有趣真是有趣！
他想到了自己的故事，
他是在观想中完成那些程序的。
当他进入那造化系统，
也会看到相似的画面。
他只消用"心笔"进行涂改，
上面的镜像便会随之而变。

造化仙人展示一番后，
连连打起了呵欠，
他说想去开说威德郎也行，
要是不想去劝说也没关系，
那也是他的造化。
事情的结局早已注定，
人力只是尽心而已，
真是谋事在人成事在天，
就像大河滚滚东流。
那谋事只是起灭的水泡，
大河的走向没人能改。

万物的生灭自有其规律。
人类的力量极其有限，
挣脱不了成住坏空的大网。

幻化郎闻言若有所思，
他问仙人这样更改造化，
天帝魔王难道不会追杀？
造化仙人哈哈大笑，
说："我与你有本质的不同。
他们不但不会加害于我，
还要敬我三分。
我代表的是一切造化的力量，
魔王天帝也归属其中。
他们的系统只是造化的副程序，
如果违背了规则还要受罚。
而你只是用小伎俩盗取造化，
本身既无威势也无德能。
就像修行者如果没有传承，
人们就不会认可他的身份。
在世人眼中，他就是欺世盗名之徒。
这样的人当然要被清除。"

造化仙人顿了一下，
他知道幻化郎不会与他合作，
此时问他也只是在偷师而已。
他叹了口气无奈地说：
"去吧去吧造化小子，
我对你真是又爱又恨。

明知道你是个造化之贼，
我却仍是对你青眼相加。
这是我的宿命也是你的造化。
我知道你已成了大器，
将来定会超越于我。
好好珍惜眼前的一切，
切记不要被现象欺骗，
它只是生生灭灭的游戏，
要在游戏中完成最好的自己。"

幻化郎看到仙人的眼神，
一丝落寞，几点期许，
末了还闪过一丝嫉妒。
他能理解他。
但他更清楚奶格玛的能为，
她已经超越了造化的控制。
所有的程序都无法操纵她，
她自能随缘示现任何境界。

造化仙人是自己的长辈，
更是生命中的一位恩师。
老人曾在他最迷惘的时候，
给过他最暖心的情谊。
这种情谊超越身份，超越年龄，
但它就是不能超越缘分本身。

从前的一幕幕又浮上心头，
那老顽童的形象活灵活现。

想到此他对仙人深深作揖，
却看到仙人也正在沉思。
应该也是想到了过去，
那段无忧无虑的时光。
如今使命在身各为其主，
再也无法回到轻松的当初。

仙人拍拍幻化郎的肩膀，
又露出了标志性的笑容。
这一笑把幻化郎的眼泪催下，
他哽咽着和仙人再次别离。

第三十一乐章

宇宙程序在幻化郎面前揭开了神秘的面纱，而他却无法像女娲补天那样，修改后台程序，是什么样的黑暗力量在阻挠他？那二十一位念诵不停的行者，又是什么来头？

第 86 曲　补天

幻化郎告别造化仙人，踏上了归途。
一路上他唏嘘不已，
他想真是造化弄人。
当年嬉皮笑脸的老顽童，
如今已成为不苟言笑的国师。
那高人的气息荡然无存，
如同天上远去的白云。
那无家可归的流浪儿
却盗得天机，还修成了幻身。
将来会怎样，自己是否
也会像供台上的佛像，
一脸肃穆一脸道貌岸然，
总是扮出一副绝对真理的样子，
接受信众的虔诚朝拜，
他不好说。
但他不喜欢那样。
他想，即使那是慈悲的另类表达，
也定然是另一种冰冷，
不食人间烟火总是乏味无趣，
幻化郎喜欢自由自在无拘无束。
曾经他最爱耍嘴皮开玩笑，
可是随着他的成长，
他发现玩笑没有意义——

不过是巧舌卖弄罢了。
不过是哗众取宠罢了。
声声笑语里渗透的总是阵阵无聊。

如今，在恩师的教导下，
他那智慧的目光仿佛明镜，
在它深邃犀利丝丝入微的扫视下，
任何人间的快乐此刻都显出无趣。
如同那美女的雪肤冰肌，
在显微镜下也是藏污纳垢。
这样的修行虽能穿透假象，
也因为看破显得寡淡无味。

幻化郎看到了一条既定的轨迹，
发现真相，慈悲度众，解脱生死，
这条路线似乎过于单调与乏味。
他不喜欢这样，
他希望这条修行的路上有清风明月，
有阳春白雪，还有一颗鲜活的心，
可以感受一切的幸福和痛苦，
寂寥和欢欣，笑语和眼泪。
也许那样会不太好受，
但就像地摊上的小吃，
不一定卫生却也别有风味。

只是现在，他体会不到鲜活，
他的世界里只有枯燥的观修，
观鼻子，观眼睛，观法器，

观日月，观火焰，观水滴，
而这一切观修只为破执。
他还要把一切真实的乐趣，
看成不真实的泡影，
把一切真实的事物，
看成是因缘的聚合，
最终都被当成垃圾逐一扫去。
他不知这样日日重复的意义，
也不知这样的人生有何乐趣，
那了不起的造化仙人，
虽然能夺天地之功，
却也失去了孩童般的逍遥与自在。
这样想着，他忽然发现自己的心念又跑远了，
他摇摇头回到了当下。

他知道自己心里有匹妄想主义的马，
它能信马由缰，就能南辕北辙；
它能一日千里，就能失了前蹄。
它越猖狂，离证悟就越遥远。
他知道在遇到明师后，
最好的修行是做低头拉车的驴，
而不是做抬头看路的拉车人。
他想只要虔诚了心意与师尊相应，
所有的问题都会迎刃而解。
那过多的思虑不过是
渔夫撒出的诱饵，是魔王派来的心腹。

幻化郎回到了零磁空间，

安住于自性中祈请师尊。
在明空之心的光明境里，
他给恩师讲了此行的过程。
奶格玛笑了，
那笑意味深长，
那笑若有所思，
她在造化仙人的启发下，
让幻化郎观想那本初程序。
她叫他试着修补造化的缺陷，
她想从根本上解除危机。

幻化郎一听心生怯意，
他认为自己不具备这能力，
他还认为不应该去擅动天机，
改变宇宙本有的轨迹。
稍为改动一下程序，
假如几个小小补丁，
也许不会引起注意，
若是改动根本，必会引来追杀。
那天帝魔王的追杀刚过去不久，
恐惧的记忆让他心有余悸。
但他想到这是师尊的指令，
他必须无条件地服从实施。
那战争的血腥和人性的丑陋，
也一直是六道众生的顽疾。
若能从基因里改善，
也是利益众生的大事。
他日日发愿要利众度众，

此刻机会来临又怎能退缩？
他决定放下个人安危，
按师尊的建议全力一搏。

就是在这个变化上，
幻化郎发现了自己的进步。
因为从小生活的颠沛，
也因为缺爱，他对周围的一切
都怀有一种天生的恐惧，
那种不安全感如影随形，
他怀疑一切，也揣测一切，
每遇事情，他总要反复权衡反复思量。
自依止奶格玛后，
他的灵魂在多次淬炼下大死大生。
他终于看清了所有污浊的根源，
他开始脱离原来的行为轨迹，
虽然那习气如附骨之疽，
他还没有彻底清除，
但他已经不会再受它们的欺骗。

幻化郎安住于幻身之境，
提起警觉开始观察。
他看到了一个造化之屏，
它宏大、辽阔，如无云晴空。
他将自己的思维波调入无为之境，
于无为之中祈请聆听。
忽然有声音传来，
说不清它来自何方，

也说不清它是远是近，
只有一种穿透的感觉，
自虚空的更虚空处传进了幻化郎的耳朵。
声音说他是造化主，
他可以应允幻化郎进入程序。

这程序由十大主尊护持，
东方的主尊是帝释天，
南方的主尊是寻香主，
西方由水神主管，
夜叉主宰北方之城，
东南方由火神主管，
西南方的主管是起尸主，
东北方的首领是鬼王，
西北方的主管是风神，
梵天主管上方程序，
下方是地神的领地。

这十大主尊见到幻化郎，
都露出无比狰狞的面孔。
他们的职责是守护天机，
怎容这无名小儿随意进入。
其中几位更将幻化郎视为宿敌，
他们曾下令通缉他追杀他，
此刻这妄为之徒竟送上门来，
他们二话不说便亮出了兵器。
他们的兵器闻所未闻，
诸神的形象也奇形怪状。

幻化郎胆战心惊吓得屁滚尿流。

他的脑中一片空白。

于这空白中，他再次升起一丝灵光，

以警觉之眼应对万象。

由于他平日的精进训练，

已将观修铸成本能程序。

他立刻坦然放松安住幻身，

把众神的显现观为泡影。

那些兵刃砍到幻化郎时，

如同砍在一道道幻影上。

虽有显现但是毫无实质，

兵刃的力道也纷纷落空。

一时间众神无可奈何，

他们牢牢守护着后台的入口。

那后台的程序因有防火墙，

便是清净幻身也无法突破。

幻化郎无法接近入口，

双方互不相让陷入僵持，

彼此眼观四处耳听八方，

都想找出对方的破绽。

正在这时，奶格玛现于空中。

万道霞光如万万道剑光，

它们从奶格玛的虹身绽放，

顿时闪耀了整个天地。

奶格玛对众神微微一笑，

向他们道一声仙福无边。

她说："这幻化郎是我弟子，奉我命而来，

希望多行方便不要为难。
此行只为消除世间的劫难，
若能成功则可开万世太平。
那无边的功德都回向给诸位，
我奶格玛在此谢过各位天尊。"
这十大主尊各有名望威势，
见到奶格玛却心生敬畏。
这一番言语更是礼敬有加，
令他们听来十分舒畅。
他们也纷纷对奶格玛回礼，
他们虔诚地顶礼，虔诚地供养，
最后允许了幻化郎进入后台程序。

幻化郎结了相应的手印，
他浑厚的男音诵起一个神秘的咒语。
本初的宇宙系统缓缓打开，
一如繁星密布的夜空。
这比先前的内容更为复杂，
看似杂乱却井然有序。
他知道自己打开了根本后台，
这是万事万物最初的程序。
他发现和眼前的后台相比，
从前进入的程序都在表层。
真正的核心需要修为证境，
更需要传承的认可与加持。
前者是个体的心性智慧，
后者代表了一种合法性，
名正方能言顺，

言顺才可畅通，
合法才能进入法界核心。
想想这前后之别，
幻化郎自嘲地笑了。
曾经他是黑客，是小偷，
他盗取天机；
现在他是救世主，是义士，
他是世界的排雷英雄。
曾经他招来的是杀身之祸，
现在他得到的却是尊重和恭让。
一切，依靠的都是师尊的威德势能。
同样的事，不同的际遇，
天上地下如云泥之别啊。

幻化郎一边察看，
一边在心中感到万分庆幸——
要不是师尊，
他如何能放下个人成见执行命令？
要不是师尊，
他如何能有此胜因进入核心系统？
他对师尊的感恩无以言表，
他只想完成使命，救度众生。

之后他回头查看程序，
他安住于明空生起洞见。
忽然一阵金光从脑中闪过，
他额头长出了第三只眼。
幻化郎心中大喜过望，

他知道这是三世的慧眼。
因为进入了后台的核心，
也因为遵循了师尊的指示，
诸种因缘一时齐备，
那出世间的慧眼便自然显发。
此时他已对万象历历明晰，
如同眼盲了百年忽然复明。
世界在他眼中也变了样子，
无须观修就能直接看到真相。

幻化郎伸出了心灵的手指，
在那心空中移动着星星。
那星象和程序重新组合，
图案开始变得次序分明。
他想修复宇宙本初的缺陷，
减少罪恶和战争的成分。
他想让正能量成为主流，
他想让智慧布满虚空。
只是那漏洞不听命令，
刚刚补好又撕开裂缝。
幻化郎手忙脚乱应接不暇，
那程序却东墙补好西墙又倒。
幻化郎见此情景怒喝一声，
念动咒语再结了分身手印。
只见他又化出三个幻身，
四身同时修补那四方虚空。

他忽然想到了神话传说，

那女娲补天定然也是如此。
那"补天"之说很是有趣，
它其实是在补本初程序。

在幻化郎的努力下，
诸星象转移引起了蝴蝶效应。
一片片的星体重新排列，
它们错落有致井然有序。

还有一些神秘的星象，
并不走幻化郎预期的程序。
它们被一种强力所左右，
无论他使出多大的念力，
也如剑刺水般动不了分毫。
这也许是成就者的星体，
像奶格玛一样，
跳出了五行就脱离了程序。

此外还有更大的麻烦，
幻化郎改好的星体总是反弹。
需要用念力牢牢按住，
念力一松立刻就恢复原位。
如此一来幻化郎好个疲惫，
即便他能分身也不敌大势。
就像双手托举着一座大山，
源源不断耗费着他的命能。

然而有限的力量总会耗尽，

幻化郎支撑了片刻就已虚脱。
再看那星象又回复原状，
眼前仍是乱糟糟一团混沌。
自己拼尽全力，却收效甚微，
他能移动的只是微少的个体，
他与他们有着宿世的因缘。
有关系有缘分他才能改变，
无关系无缘分难起作用。
通过这一番程序的改动，
他终于理解了一个道理：
世尊难度无缘之人，
火炬只能点亮寻觅者的心。

他回头再看那造化星空，
发现又产生了神秘的现象。
星象转移引起的蝴蝶效应，
并没有如幻化郎预期的顺利，
势态发生了骤然变化，
有一股大力突然介入，
显然是出自人为的操控，
却不知那操控者究竟是谁。
它像是一种物质力量，
却也有着精神的特质。
它直接作用于众生的欲望，
人类的意识随之发生异化。
恶势力显得更加猖獗，
战争的代码开始疯狂复制。

幻化郎苦笑一声好个无奈，
心说："我耗尽了所有心血，
只能改善个别星体的程序。
那外力从众生的欲望入手，
竟如风卷残云般所向披靡。
我是一个一个地救赎，
他是一片一片地毁灭。
看来那众生确实难以升华，
永远是动物性强于神性。"

他还看到千年后的世界，
那鼓吹欲望的信息铺天盖地，
承载善文化的书籍却寥若晨星。
这也符合那些星象的趋势，
堕落总是比升华市场更大。
他把这现象告诉了奶格玛，
奶格玛安住明空仔细观察，
发现有一种魔力正在诞生，
那股势力像涌动的潮汐，
一波紧似一波席卷而来，
它源于一个神秘的魔盒。

奶格玛也觉得这现象异常，
再启动无碍的慧眼深入查看。
她发现有人正在加持魔盒，
能亿万倍地增盛那魔力。
他们还在诵一种黑经，
若是诵满了四十九天，

那魔盒的力量就不可阻挡。
它能燃起欲望的大火，
能毁坏整个欲界程序。
若是诵满第二个四十九天，
它就能毁坏色界程序。
那时，天道将会受损，魔界增盛。
若是诵满第三个四十九天，
无色界众生也不得安宁。
那时节三界永无宁日，
六道将成为欲望的火炉。

奶格玛看到一个隐秘之处，
那里有二十一个行者正在行功。
他们是造化仙人请来的助缘，
想帮助造化仙人达成救度。
其中一人被魔王替换，
他跟大家一起念诵黑经，
其他行者却并不知情。
三个四十九天圆满之日，
他的舌头就会化为利剑。
它将伸缩如闪电威力无比，
能杀尽三界所有的众生。

第 87 曲　念黑经咒的行者

奶格玛发现形势越来越严峻，
几乎到了刻不容缓的地步。
而那魔盒一旦被开启，
整个三界都将充满血雨腥风。
她开始仔细观察那些行者，
她想找到他们的破绽，阻止事态发展。

她发现那些行者并非坏人，
他们也有着各自的理念。
他们同造化仙人一样，
也希望通过统一实现和平。
他们的说法义正词严合情合理，
但那样只能达成暂时的和平。
和平的根本还在于改变世道人心，
只要人类的贪欲还在，
和平的小船随时可能被掀翻。

历史上这样的例子数不胜数，
分久必合合久必分已成惯性。
人类如同抛向天空的石子，
只能凭着本能的惯性运行。
所以智者从不提倡战争，
无论理由是正义还是邪恶。

他们只强调那救心之法，
无争斗之心自然无争斗之行。

奶格玛也想从初始的程序补起，
可人类的欲望与生俱来，
在面对选择的时候，
朝三暮四的并非只有猴子。
那天性的欲望极其顽固，
世人多不想真正地超越。

这二十一个行者也是如此，
他们看问题浅尝辄止浮光掠影，
并未看透事物的本质。
但是他们各有因缘，
更有着无与伦比的功能。
每一个行者都能架海擎天，
他们上应着天罡下合着地煞，
有着二十一种主宰众生的能力：
能主宰懒惰痛苦贪婪和愚痴；
能主宰仇恨灾难战乱和瘟疫；
能主宰违缘疾病爱悦和财富；
能主宰安乐烦恼破戒和暴力；
能主宰执着毒害和无明；
能役使非人鬼道和黑暗势力。
他们有着强大而深厚的功力，
能与各种能力相应。
此刻，他们正各司其职，
调动着相应的能量，

想一起增盛魔盒的力量——
黑经的诵读声响起来了。
黑咒的持咒声响起来了。
"邪恶之魔出来吧,
那些在人心中潜藏的、暗伏的、
隐秘的、酣睡的小伙伴统统出来吧!
我们一起合力,将敌人消灭!
我们一起共享这缤纷的花花世界!"

他们的声音铿锵有力掷地有声,
他们的愿力广如苍穹厚如大地,
听呀!他们在祈祷着太平盛世,
他们还唱着进行曲积蓄着力量,
他们说和平的世界藏在刀剑之中,
他们说只有采用以暴制暴,
才是达成统一的出路。

他们不懂和谐其实不需要战争,
和谐只需要遵循万物的规律。
他们错以为征服才是统一的前奏,于是
征服他人,征服土地,
征服自然,征服一切。
在他们的嘴里,
自己有吞天吐地的能为,
他们顺天而生,
他们是阿修罗派来的使者。

以战止战就像抱薪救火,

只会火上浇油生灵涂炭。
那样的救火即使能压灭表面的火焰，
也不过是掩耳盗铃自欺欺人。
那压着的火星终究会燎原，
只要人性的欲望和无明还在，
一得机缘它们就会复燃。

更有为私欲而战的魔王，
他们打着高尚正义的旗号，
替天行道，铲除暴虐，
所以那造化的星空才会极度混乱，
混乱的星象对应着混乱的人心。

因此仅有神通异能无法救世，
仅会令众生在苦难中越陷越深。
只有证得智慧再生起慈悲，
才能真正达成救赎。

这些行者正用善良之心，
把世界推向更大的灾难。
幻化郎想到使用诛法，
他想强行阻止这场浩劫。

奶格玛皱皱眉说："不可不可，
这样的思路也是暴力，
它不过是消灭了现象，
还会带来更大的祸患。"
她还说，那些行者本是自然的载体，

他们就像是一个个杯子。
每个人都承载了一种能量，
那能量法界本来就有，更有它自己的规律。

"若是你杀度了其中一个，
那种能量就会四处流溢，
像洪水那样危害众生。
那行者也会变成殉道者，
瞬息之间成为圣徒。
因为所谓的圣徒，
不一定有圣徒的德行，
但人们如果都把他当成圣徒，
他就有了圣徒的功德。
一如那些突然登上帝位的凡人，
虽然不一定能力超群，
但只要登上帝位，
就有了皇帝的威势。

"这就是世间的真理：
你究竟如何只是内因，
外因是世人认为你如何。
当全天下都认为你是帝王时，
你就有了帝王之尊。"

幻化郎点点头若有所悟，
他还想到这句话的另一面：
当世人都认为他是恶魔时，
即便他是圣人也会被烧死。

这给自己今后的度众敲了警钟，
除了内在的修证之外，
度众还需要世界的认可。
切不可因大智而忽略小节。

再反省以往总怀游戏之心，
他还美其名曰真性情。
他开一些不着边际的玩笑，
也享受着放浪形骸的愉悦。
他知道，这样虽然也能过得快活，
但若要度众则纯属妄想。
众生不管你的内证智慧，
众生需要的只是圣贤形象。
若是举止轻佻言语浅薄，
即便有再高深的觉悟，
也会成为世人眼中的笑柄。
君不见那些疯行瑜伽士，
常常被人当成一堆垃圾。
或许他一生也能度化几人，
但必定不如世尊功德巍巍。

幻化郎告诫自己，
从此后他当谨言慎行如履薄冰，
除了提升自己的内证功德，
他还要警惕对治轻浮的习气。
幻化郎又想到一个问题，
为何那些行者在世时默默无闻，

被杀害后才会成为圣徒?

奶格玛笑了——
她说,一个人为他的梦想付出生命,
他本身就是一种榜样。
媒体会宣传,众人会喧谈,
他承载的精神会被广为传颂。
一个人想要达到相对不朽,
其精神必须超越肉体的存在。
无论是正是邪都是这样,
比如世尊舍身饲虎的故事,
比如战斗中牺牲的英雄。
虽然后者是另一种杀手,
但他仍会因牺牲而被人传颂。
这种精神将鼓舞着后代前赴后继。
经过一代代传颂一代代效仿,
他本人到底怎样,有着怎样的境界,
都已无关紧要,
他已经成了一种精神的符号,甚至一个信仰。
它会创造更大的力量,
影响比事迹更为深广。

那诵经者也已将生死置之度外,
他们知道生命不生不灭,
人们所认为的死亡,
不过是换了种存在的形态。
若是有一个行者殉难,
其功德会圆满一个四十九日。

要是有三个行者殉难成圣徒，
魔王就会大大缩短铸剑周期。
幻化郎闻言大挠头皮，
眼看这些行者助纣为虐，
他却束手无策无计可施，
心里就像爬了上万只蚂蚁般地难受。

奶格玛看着他微微而笑，
说："这二十一个行者非善非恶，
他们只是自然能力的载体，
遇恶缘就会成为大恶，
遇善缘亦能成就善业。
这有点像世上的水源，
洪水浸天时众生受难，
灌溉农田则是众生之福。
行者的善星是二十一女神，
她们能让诸恶恼转化为菩提。
如果他们受到女神的影响，
就会把能力用于救世。

"那些女神的功德事业，
听我为你一一解说——
奋迅女神加持极为迅速，
她从莲花中绽放清净的本性。
她像黑夜中的闪电，
她的智慧可于瞬间照亮万法真相。

"白色女神能延长寿命，

她的脸庞像秋天的满月。
她于威光粲然中降下甘露，
慧眼观照着六道众生。

"金色女神能满足诸愿，
她于布施精进中难行能行。
她能精修禅定消除痛苦，
能增长智慧福德与寿命。

"顶髻女神持长寿宝瓶，
瓶中盛满了无死甘露。
她能灭尽众生的贪嗔违缘，
亦能战胜一切魔军。

"作明女神摄受三界众生，
她于无缘空性中发出智悲之声，
她的妙音传遍三界，
她能摄受一切邪魔，
亦能消除众生的贪心。

"大威德女神让诸神驯服，
像火神风神鬼王等。
她能消除地震水火等灾难，
将一切灾祸都消灭于无形。

"此外尚有十五尊女神，
能消除一切恶缘和仇敌：
胜伏他方女神收摄魔子魔孙，

大怖救度女神除一切怨仇，
三宝严女神护一切众生，
欢悦威德女神伏群魔之心，
解厄女神能消除贫穷困厄，
月相冠冕女神助人们往生，
烈焰女神能调伏野蛮暴力，
颦眉女神能遣除灾难烦恼，
安乐柔善女神消一切重罪，
明觉吽女神赐予智慧德能，
震撼三界女神遣除怨敌恐怖，
灭毒女神让身心远离毒害，
天王所敬女神能消解纷争，
消疫女神消除瘟疫疾病，
具光女神圆满一切事业。

"只有女神能净化这些行者，
只是现在机缘未到，
我们只有多发善心和善愿，
让二十一个智慧女神能循声救苦。
当她们齐心协力之时，
也便是二十一行者弃恶从善之刻。

"当然还有另一种因缘，
你可以安住在明空之中，
安住于无执观想恩师，
她金身庄严犹如丽日。
你于爱悦中持诵'奶格玛千诺'，
享受那当下的解脱甘露。

当你达成了无执无我，
你便能化身为二十一个智慧女神，
你可以随心意达成救赎，
你可以以慈悲应对万物，
你可以成就无量的功能，
你会同时具足二十一种能力。
你在爱悦中祈请之时，
用所缘心关注相应的女神，
观其发出相应的能量，
其外显是白红蓝黄四种功德，
白光四射可消除灾难，
黄光内收可用于增益，
红光扩散可达成怀柔，
蓝光如轮射可以杀度。
你便能调动二十一个智慧女神，
成就你想成就的无上功德。
你观想我化为相应女神，
也无须诵其相应的咒语，
一句'奶格玛千诺'是斩邪利剑，
可斩断无穷无尽的魔障。
未来会借雪漠的如椽大笔，
公开这一法界的秘密，
也等于公布了相应的法要，
有缘者只要能生起大信，
就可以用此法解除困厄。"

幻化郎当下就学会此法，
只是没生起十足的信心。

虽然恩师有无量的功德，
但那二十一行者实在太凶。
他觉得自己像毛毛的细雨，
不一定能浇熄熊熊火焰山，
以是念想生起障碍，
虽然能增盛一些善行，
但不能达成根本的救赎。

奶格玛深深叹一口气。
她知道一切都是无常，
战争也好，和平也好，
贫穷也好，富有也好，
疾病也好，健康也好，
生来也好，死去也好。
万事万物不过是无常之心，
用无常之行为，
换得一些无常的结果。

这些无常堆积着无常，
从根源到现象砌成谎言。
犹如梦幻之沙堆出梦幻之城，
众生却在幻城里认假为真。
他们上演着一幕幕悲欢离合，
将心沉溺于喜怒哀乐。
更因那贪嗔痴造下恶业，
犹如一团互相噬咬的毒蛇。
他们也会感觉到痛苦，
但他们不思考痛苦之因。

他们稀里糊涂地活着，
又稀里糊涂地死去。
他们的痛苦也许会消失，
但消失一个会迎来另一个，
他们的喜悦也会出现，
短暂的存在后又归于痛苦。
都说欲望是堕落之因，
堕与不堕也是无常。
众生也是无常的组合，
一堆念头，几把骨头，
念头和血肉总是生生灭灭，
即便自己不去救赎，
他们的苦难也会消失。
那苦难也总在起起灭灭，
也源于那念头如同潮汐。
自己所谓的根本救赎，
无非是在这幻化的世界中，
尽尽自己的一份心力。
菩提心便是明知虚幻，
却想建立不朽的灯塔；
明知万物终归无常，
却想建立永恒和不朽；
明知是梦中沙粒堆出的世界，
却想让这幻境充满幸福。
这当是一种明白的悲哀，
却又何尝不是一种活着的喜悦？

第三十二乐章

　　幻化郎以幻身潜入城堡，却见到了一幕幕惊人的景象。更令他惊异的是，魔盒竟被威德郎轻而易举地截获。他总觉得哪里不对劲……

第 88 曲　黑城堡

经过一段时间的修习，
幻化郎已熟谙了幻身，
他能于瞬息之间调出那幻身，
为他的做事带来很多便利。
此刻，他正在用智慧警觉之心作为导引，
正沿着那魔力信号一路前行。

他的胸中一腔正气，那里
贯穿着一股强烈的使命感，
它使他激情澎湃热血沸腾，
他认为自己在担当大事因缘。
从前他像老鼠一样东躲西藏，
如今却承担着众生的安危。
这当然是师尊和传承的恩德，
但彻底升华了自己的人生。
有时候选择比努力更加重要，
平台的高度决定了生命的价值。
如同那造化仙人的理论，
大趋势下人力只是水泡。
而奶格玛的德能已成汪洋，
只需顺流而下便可融入其中。
即使妄念干扰，退转心滋生，
只要心不远离很快就会提升。

个人的障碍是天上的浓雾，
而加持的力量是风卷残云，
行者不是为信仰做事，
而是打开自己，
毫无保留地融入师尊。

和着内心祈请的声音，
幻化郎的幻身独自前行。
在沙漠深处的黑戈壁，
他看到了一座黑城堡。
那便是魔力之源的所在。
而此刻，那黑色的咒力
正一波一波从里面涌出。
它扩向四周无限远处，
荡出了一圈复一圈的黑暗涟漪。

那城堡大门紧闭好个神秘，
到处都是带刺的防御工事。
城墙上的士兵正在巡逻警戒，
他们目光炯炯如天神般威严。
忽然之间，城门敞开了，
只见一队人马像洪水一样涌出，
他们穿着铁甲手握兵器，
呼啸着散向四处。
他们有着最敏捷的身手和速度，
瞬息之间如烟尘般消失。

幻化郎天性多疑，

他四处打量着察看着，
他有着狐狸的狡猾和狼的智慧，
多年的逃亡生涯，
已养成了他谨小慎微的习惯。
每次行动，他都会反复勘察反复斟酌，
没有绝对把握，从不贸然行动。
在周围都巡视过之后，
他才发现这原来是一个军事基地。
他想，一定要留神，
这里定然暗藏危险机关重重。

他又看到了无数的感应器，
它们密密麻麻地排列着，
比蚂蚁还多比群星还亮，
看似无序却井然有序。
还有许多护法神暗中守卫。
为了防备神灵中潜藏的高人，
他在外围做了一番测试，
确保对方看不到自己的幻身，
才小心翼翼进入了城堡。
第一层城堡冰天雪地。
那里奇寒无比，狂风怒吼，
鹅毛般的雪花铺天盖地，
而四周空旷寂寥兮兮，
只有空中飘着的种子字。
那是一个巨大的梵文字母，
它以结界的方式保护着城堡。

他在第一层里仔细搜寻，
发现了很多暗藏的机关。
有对付人类的毒箭，
也有降伏灵体的符咒，
它们的设计精湛巧妙。
幻化郎心思极为缜密，
他暗暗记下了机关布局，

幻化郎进入城堡第二层，
他感到气温骤升炎热异常。
空中飘浮的是另一个种子字，
它代表一种杀伐之能。
这里的警卫护法比第一层更多，
四处传来嗡嗡的经声。
他沿着咒音的来源寻找，
看到一个古朴的大厅。
那大厅的四周挂满黑布，
黑布上的符文闪着光芒，
从那光芒的力度上，
幻化郎感到一股强烈的能量。
正思谋间忽然眼前剧亮，
有一个灵体被符文刺伤。
它暴露了真身被护法抓获。

幻化郎见状大惊失色，
周围的警戒想来非常严密，
那落网的，也许是另一个探秘者。
为了确定自己的安全系数，

他先结手印分出幻身试探。
见分身触网完全无恙，
他才进入那诡异的大厅。

大厅里有许多行者，
他们全身裹着黑衣正在诵经。
他们的声音里渗透着巨大的魔力，
一入大厅，幻化郎就像
被罩在发出巨响的大钟里。
又沉又闷的感觉裹住了他，
而那嗡嗡声犹如带刺的罗网，
将他上下里外罩了个结实。

一、二、三、四……
那行者确有二十一人。
他想起师尊说过有魔王混入其中，
便一一打量，想找出哪一个是魔王，
但那一张张肃穆的面孔，
却让他感觉每一个都是，
每一个又都不是。
于是他记下了他们的样貌特征。
他印象最深的是一个巫师模样的人，
那人披头散发目光凛冽，
似乎还看了他一眼，
却像是漫不经心地扫视。

到处都是诡异的气息，
到处都是魔性的能量，

幻化郎觉得那种气场与他格格不入。
他的身体被一晕晕黑波冲击,
就像纯净的虚空出现沙暴。
他需要时时稳住心神,
清净幻身需要明空定境。

忽然之间，他听到
有宏大的海螺声响起,
第三层城堡门被打开,
一辆战车缓缓驶出。
上面装满各种武器。
那战车的声音无比沉闷,
大地也随之抖动不已。
幻化郎发现战车也带着魔力,
激荡出一波波黑色的光晕。
他于专注中提起观察,
他想找到那魔力的根源。
却发现其来源无限复杂,
有点像熬好的中药,
诸种药材混杂在一起,
你中有我，我中有你,
已无法分清明确的成分。
但有一点却可以确定,
就是它在增盛人心中的欲望。
它将诸多欲望吸纳在一起,
于是产生了可怕的魔力。

战车停在了大厅门口,

那些黑行者一起进入战车。
嗡嗡的诵经声似乎也长了脚，
跟随着它们的主人移入战车。

眼见它驶出城堡进入了戈壁，
幻化郎决定放弃探查第三层。
他想先探寻战车的秘密，
这也许是事物的关键之钥。
随后他的心念一动，
那无形的幻身便潜入车内，
而车内的人却浑然不觉，
这便是幻身的神奇之用。
只有证得幻身的大修行人，
才能看到别人的幻身。
而那些黑行者虽有功力，
却尚未证得幻身之能。
幻化郎在他们身边窥视，
他们却无法发现玄机。
他可以看见他们的每一根发丝，
而他们视他却同空气。

突然，幻化郎看到了魔盒。
这让他内心一阵激动，
只见它嵌以黄金之壳，
黑色的光波不断激荡。
持咒的行者也放出黑光，
一晕晕进入魔盒之中。
以是故那魔盒魔力大增，

与强大的暗能量达成共振。

他们虽然看不到幻身，
但口中的咒语好个可怕。
这杀伐之咒有无穷念力，
一起涌向那空色之身。
这让幻化郎十分不适，
像浮木被一波波大浪卷起，
又像黄叶在飓风中飘荡。
于是他观察了战车的构造，
再看过行者和魔盒的细节，
随后便转动心念出了战车。

出来后他顿感轻松，
仿佛窒息了许久终遇清风。
他放松了被扰乱的心念，
飘在战车的上空随车同行。

只见那战车一路前行，
直达欢喜国都。
魔盒仍发出一晕晕光波。
沿途只要它出现的地方，
都会激起相应的大波。
有点像飓风掠过竹园，
有点像巨舰驶过静水，
有点像猛虎越过丛林，
总能激起神秘的骚动。

幻化郎见识了魔盒的威力，
那感觉真是惊心动魄。
他开始研究魔盒的能量，
试图找到其中的破绽。
就像黑客破解系统的密码，
只要有漏洞便能乘虚而入。
只是那种能量纷繁复杂，
并且源源不断时时得到补充。
幻化郎一筹莫展，
只能尾随着静观其变。

那战车驶入了一处峡谷，
却见一块大石挡住了去路。
突然，又一块大石滚落而下，
堵住了退路让它无处可逃。
"冲啊！""杀啊！"
伴着冲杀声出现了一队士兵，
他们从山上冲了下来，
威德国的旗帜在风中猎猎作响。
他们举着刀枪呐喊齐吼，
如密集的蚁群般拥向战车。
而那战斗力超强的战车，
此刻却成了困兽，
无法进退，不能突围，
任凭敌人自上而下地冲锋。

敌军一步步靠近，
形势越来越严峻。

千钧一发之际，
护卫的士兵下车迎战。
刀与刀在碰撞，剑与剑在激荡，
火光四射，鲜血喷涌，
声声惨叫回荡在空谷深处。
而诸行者安之若素依然持咒，
仿佛外面的厮杀与他们无关。
他们的咒力毫不散乱，
一晕晕光波不断涌向魔盒。

一场杀伐之后归于寂静，
诸兵士都成了破头野鬼。
在威德郎的精心谋划下，
终于截获了战车和魔盒，
虽然伤亡惨重，
活着的却在欢呼雀跃。

幻化郎忽然如堕梦中，
他仿佛发现了另一种玄机——
这一切似乎没发生在现实，
而是发生在另一个时空。
无论那魔盒还是人马，
无论那抢夺还是血腥，
似乎都是在秘境中进行，
仿佛有另一套程序在运行。
因为这其中的许多武器，
超越了所处的时代。
这一点让他产生怀疑，

认为自己进入了一种秘境。

幻化郎顺着这发现深入观察，
竟然又发现多重时空。
阳世上所有的表象，
都有对应的阴性系统，
这有点像平行的宇宙，
每一个宇宙中都有你本人。
世上诸多的现象背后，
都有很多隐性程序在运行。
他之前看到的许多现象，
也许正发生在另一个时空，
因幻身具足了无碍的天眼，
他才看到暗物质暗能量运行。

他正在推测的时候，
程序又有了新的进展——
敌人已经闯进战车，
冰冷的军刀架在了行者们的脖子上。
行者们面不改色淡定从容，
嗡嗡的诵经声始终未断。
即使那声音放出天大的能量，
也惊动不了麻木的敌人。

威德军中没人能开动这新型战车，
欢喜国的驾驶员也已经自尽。
威德军将领便问行者有没有人会开车，
行者们却自顾诵经无人回应。

从厮杀开始到现在被俘，
他们从没有抬一下眼皮。
威德军将领恼羞成怒，
抽出战刀刺向一个行者。
眼见那刀尖切入了皮肉，
一滴滴鲜血顺着刀刃流出。

幻化郎见状大吃一惊，
他知道死一个行者就要闯下大祸。
却见那刀子忽然停下，
威德国将领也知道分寸。
中刀的行者仿佛毫无知觉，
依旧木然着面孔专注诵经。

见此状那将领长叹一声，
说看来他们也只会念经。
只好命人牵来了战马，
先清理巨石再拉动战车。
二十匹战马一起发力，
才拖动了战车滚滚前行。

幻化郎一路尾随着战车，
他觉得此事充满蹊跷。
欢喜郎怎会如此大意？
如此重宝竟让威德国轻松截获？

战车在战马的拉动之下，
一路烟尘进入威德国。

在一座坚固的城堡里，
他们取出了缴获的魔盒。
他们是一群训练有素的精锐，
见到宝物，他们一脸淡定。
只见几个战士护着魔盒疾行，
此外并没发出任何声音。
那二十一位行者，
也被押入一个空旷的大厅。
诸行者虽然遭此变故，
却没有一点慌乱的表情。
他们闭目垂首仍旧诵咒，
并不曾中断这黑咒之声。

幻化郎终于明白了魔盒的蹊跷，
它忽然释放出诡异的能量。
一股股诡异的黑色的能量波，
从那魔盒中缕缕散出。
它能增盛人心的欲望，
同时榨取人的安乐与理性，
因此接近它的人都会丧失理性，
迅速被卷入欲望的大波。
瞧那魔盒附近的战士，
他们脸上的表情果然已明显变化。
有的皱眉有的瞪眼，
心中显然产生了巨大的波动。

幻化郎自己也受到了感染，
心中涌动起欲望的波涛。

他忽然不想做清修的行者，
想去干一番天大的事业，
让自己拥有伟大的帝国，
让自己拥有成山的金银，
让自己拥有无数绝色的女子，
让自己拥有无边无际的掌声。
他还想要名垂千古的不朽，
想要役使众生的大能。
也想拥有诸圣尊的智慧境界，
汲取五大精华延命长生。
此外还有诸多的欲望，
像大浪一波波卷向心中。
幻化郎觉得非常可怕，
他已成就了幻观，
明知道世上一切皆是幻化，
如露如电如梦幻泡影，
寻常事很难让他生起执着，
没想到这魔力竟如此强大，
连他也差一点把持不住。

他马上离开了这座城堡，
一闪念就回到自家躯体。
心中还翻涌刚才的力道，
那欲望的念头如同余震。
他想入定清理这些垃圾，
却几次被妄念带出明空。
反复多次才渐渐平定，
终于恢复了清净之心。

他向奶格玛汇报了详情，
神色中仍是心有余悸。
奶格玛听了淡淡一笑，
说那魔力只是一种外缘。
要是没有贪心的内因，
它绝不会有如此威力。

这一说让幻化郎脸色发烧，
他知道那是他潜伏的欲望。
以前它们像皮球被压入水中，
现在却弹上了半空。
他问自己已证得清净幻身，
那欲望为何还如此强大？

奶格玛说："这便是众生本性，
它一半是天使，一半是魔鬼，
兼具着人性和兽性。
它更是一种五毒的容器。
诸多的男子皆想成为帝王，
诸多的女子也想永驻青春。
此外还有许多别的欲望，
有的外显有的潜伏心中。
无论它有着怎样的外相，
总能把内心搅个天翻地覆。
哪怕是爱情也同样如此，
只要有了机缘的撩动，
控制欲就会向上升腾。

"你看那华曼公主的变化，
初时她也明白修行的道理，
却渐渐地随着情欲而沉沦，
以至于反反复复地折腾，
总想在爱情中占有对方。
那爱往往伴着占有欲，
会对他人产生挤压。
于是一个想索取一个想逃离，
直到折腾得两败俱伤。

"这些日子我一直在观察，
我有了很多新的发现。
人类的贪欲总是接二连三。
当你满足了一个欲望，
另一个欲望立即就会滋生。
它一次比一次强大，
也一次比一次汹涌。
直到完全淹没了理智，
神性便会从此退出舞台。
那时人心完全被兽性占据，
就会引发彻底的毁灭。
这便是天帝想叫谁灭亡，
必然会先让他疯狂。

"无论是政治还是爱情，
无论出世还是入世，
都很难逃脱这个魔咒。

我观察了无数的人心，
很少有人能超越这限制。
这便是盛极必衰的原因，
也正是人类痛苦的根源。

"那魔盒正是依托欲望而生，
也是借欲望发挥作用。
它能煽动人心的贪婪，
再用愤怒之火烧光理性。
这时人群就会失去控制，
罪恶像火山岩浆四处流溢。"

幻化郎闻言仔细观察，
发现这现象很有意思。
欲望仿佛涌动的泉水，
总是咕咚外冒无穷无尽。
即便修行时也是如此，
证得了初地还想二地。
初期这欲望会生大力，
行者得此大力而精进。
如果后来放不下欲望，
就会形成执着障碍道行。
必须证得觉悟再放下觉悟，
才会证得那永恒净光。
自己离这一步还有距离，
还要用正念时时观照。
奶格玛知道幻化郎所想，
说欲望并非绝对的负能。

它其实仅仅是一种力量，
也就像是一把双刃剑。
众生把欲望当成主人，
像飞翔的鸟儿锁入笼中。
圣人启动了无为之心，
驾驭欲望便产生妙用。
很多对世界有益的贡献，
最初的动力也来自欲望。
那时的欲望已换了身份，
它的新名字叫作愿力。

因此那些行者非善非恶，
端看他们遇到怎样的机缘。
跟上魔王就会毁灭世界，
追随女神则会普度众生。
但愿他们能早日离恶趋善，
一起发愿来利益苍生。

第 89 曲　巡游

缴获魔盒的捷报传入王宫，

威德郎欣喜万分，

他当即下令大宴群臣犒劳三军。

自从上次大败之后，

他禁止了所有娱乐。

除了修炼威德瑜伽，

他卧薪尝胆招兵买马，

他知耻后勇奋发图强。

现在截获了盖世异宝，

他想大肆庆贺以鼓舞士气，

他招来美姬载歌载舞，

在欢歌笑语中大醉如泥。

在醉梦中，他励精图治，

天下归一好个太平盛世。

所有的百姓都安居乐业，

威德郎大名也光照千古。

他还修成了世尊般的智慧，

成为三界中无上的至尊。

次日威德郎去看那魔盒。

万丈长的霞光拉长了他的影子。

威德郎知道，这场不大的战争

在他的戎马一生中，

有着里程碑的意义。
他随行的侍卫仅百十余人，
除了必备的武器车马，
没有华丽的装饰，
也没有奏响的鼓乐。
为了备战，威德郎一切从简。
为了备战，威德郎开源节流。
他发誓将用敌人的鲜血一洗前耻。

队伍临近城堡时，
百姓都拥出城外迎接他们。
他们手拿花环，锣鼓喧天，
用自己最奴仆的心，
迎接着自己最尊贵的王。
他们热血沸腾群情激昂，
一场场狂吼响彻云霄，
所有人都激动而兴奋，
抛头颅洒热血一片忠心，
上刀山下火海在所不辞。
他们深爱着他们的领袖，
就如同向日葵爱着太阳。
威德郎是他们的太阳——
他在哪里，他们的目光就在哪里；
他要复仇，没有人会倡导和平；
他喊冲锋，没有人能够后退半步；
他喊牺牲，没有人敢怕死贪生。

此刻，他们的脸上充满狂热，

他们的欢呼声好像海啸。
他们齐喊万岁万万岁，
他们愿意为他奉献性命！
整个场面疯狂而混乱，
那是沸腾的火山，
也是咆哮的海水。

威德郎看到众人如此激昂，
他的心中豪情勃发。
他走出战车骑上汗血宝马，
向他的子民挥手点头致意，
这又引发了阵阵山呼海啸。
如此疯狂的百姓，
如此混乱的场面，
威德郎怕继续巡视会失控，
他双腿一夹，整个人就飞起来了。
他那生死与共的好兄弟，
是多么善解人意！
它陪他千里走单骑。
它陪他势不可挡所向披靡。
此刻它正驮着他，将一切疯狂扔在身后，
那疯狂像一波波潮水拍上城墙逐渐归于寂灭。

迎驾的将军早已等候在外，
见到了威德郎三叩九拜。
他的脸上写满荣耀和自豪，
这次的战功令他无比骄傲。

威德郎见了将军哈哈大笑，
他带来了丰厚的赏赐。
黄金千两连同良田地契，
华美的豪宅一起奖励功臣。

参加战斗者个个有赏，
赏金赏银赏财宝。
一时间城堡里欢呼声又起，
谢恩声万岁声响彻天地。

威德郎在将军的引导下，
见到了魔盒和诸行者。
他绕着魔盒踱步三圈，
仿佛享受着人间至味。
他嗯嗯作声频频点头，
满脸的欣喜洋洋自得。
他对那行者也颇感兴趣，
出言询问却没人回应。
威德郎知道他们是一群空心人，
他们目中无人昂然不动，
他们眼里只有空的万物，
念经时，他们更是唯我独尊。
他们如此傲慢，他却不计较。
他知道这是对魔盒的加持，
对于这些刀架脖子上不眨眼的人，
他是佩服的，赞赏的，
他们定力超群愿心博大。
他还特意吩咐要好好照看这些行者。

威德郎神采奕奕精神焕发,
毛孔里都渗出了雄才大略。
奶格玛的叮嘱已远到九霄云外。
他的清净心也被欲望遮蔽,
他虽然也修威德瑜伽,
其目的还是想得到大力。
他想拥有一种出世间的助力,
帮自己实现世间的野心。
那根本目的已发生了变异,
他却迷入其中而不自知。

参观了魔盒与战车之后,
威德郎发表了重要讲话。
他号召大家要积极备战,
要枕戈待旦切莫松懈。
他说:"欢喜郎狼子野心,
亡我之贼心始终不死。
在我国边境上陈兵百万,
一直寻找侵略的机会。
他们装备精良武器先进,
硬拼硬打会损耗极大。
他们重装重甲机动性却差,
不能灵活机动左右逢源,
而我骑兵呼啸来去游刃有余,
我们要诱敌深入各个击破,
将敌人消灭在运动战中。
只要扬长避短战术得当,

我们定能取得最后胜利。"

众将士听到指示山呼万岁,
"国王英明!国王万岁!"
一阵阵欢呼直入云霄。
他们热血沸腾激情如火,
他们都涨红了脸,
誓要将欢喜小儿生吞活剥。

威德郎回宫趁热打铁,
他再一次发出全国动员令。
举国上下无不回应,
四方都响起备战的号角。
各家各户都抽出兵丁,
老幼妇孺也充作杂役随行。

除了有国家的正规军,
他们还组织了预备役和民兵。
这一番大规模动员之后,
威德国已是全民皆兵。
要是欢喜国敌人胆敢侵犯,
就把他们淹死在全民战争的汪洋之中。

威德郎还下达了命令,
连同魔盒和诸多行者,
将随自己巡游全国。
命令一出,众将欢呼,
只有一人提议大战在即,

国王应坐守王宫运筹帷幄。

威德郎听后摇头否定。
危难时分，要与百姓共呼吸，
大战在即，要与将士共存亡。
高昂的斗志需要国王来支撑，
杀敌的决心需要国王来坚定。
越是国家遇到危难之时，
越要激发国民的高昂斗志。
国王的巡视有巨大力量，
可以让举国上下团结一心。

一番筹备，几番思量，
巡视队伍出发了。
他们装载着魔盒，
拉着二十一位行者，
国王带头，向全国挺进。
那些行者只管持诵黑经，
并不管魔盒已换了主人。

所到之处皆是山呼海啸，
激起一波波疯狂的巨浪。
国人都陷入狂热之中，
到处都是仇恨的火焰。
他们完全失去了理智，
仿佛一群躁动的僵尸。
到处都是搅天的杀声，
到处都是游行的人群。

国家的一切都服务于军队，
百姓已失去个体意识。
大家都勒紧了肚皮，
疯狂地制造杀人武器。

威德郎看到这番景象震惊不已。
他时时感到一种后怕，
幸亏自己截获了魔盒，
否则后果真是不堪设想。
你看这种疯狂劲头前所未有，
仿佛燎起滔天的火焰。
百姓们的眼中都充满狂热，
仿佛恶魔进入怒狮的身体。
他开始感到一阵阵担忧，
若是局面失控将天下大乱。
这种力量像喷涌的火山，
稍有偏差就会烧毁自己。

奶格玛静处观物动，
她一直在观察着整个事态。
她看到魔盒散发的全是血光，
那鲜红吸光了人们的理性。
它激荡起欲望的巨涛，
那力量可以毁灭世界，
覆巢之下不会有完卵。
她让幻化郎紧盯着魔盒，
寻找机会消除这场劫难。

幻化郎也震惊于魔盒的威力，
以幻身紧随威德军周游各地。
他一边寻找魔盒的破绽，
一边在心里祈请恩师。
魔盒的能量极度强大，
时不时就能点燃幻化郎的欲望，
有时它们只是星星，
有时却是火把，
幻化郎必须时时警觉时时祈请。
在面对魔盒掀起的欲望之波时，
只有"奶格玛千诺"才能平息。

某一夜幻化郎夜观星象，
发现威德军前方气息异常。
一股血气笼罩着那处兵营，
显示出不同的势力将汇聚于此。
这样的兵营各地都有，
军人管理着周边的百姓。
因为权力产生了腐败，
军人时时骚扰平民搜刮民财。
但威德郎却睁一眼闭一眼放任自流，
百姓们只能忍气吞声。
他们没有反抗的力量，
他们必须回应国家的号召。
军人都在舍命保家卫国，
自己的损失权当是慰问。
百姓的善良助长了兵痞们的猖狂，
他们知道自己在提着脑袋吃饭，

他们知道随时可能身首异处，
他们从不想明天的事，
他们只想及时行乐。

这一幕勾起幻化郎的悲伤，
战火曾给他留下痛苦的回忆。
在无数个失眠的夜里，
他总会在无光的黑暗里想起过去。
硝烟，枪炮，哭喊，
四肢横飞、血肉模糊的场面……
它们诉说着他的悲痛，孤独，
诉说着对父母的悼念。
战争夺去了他温暖的家、慈爱的双亲，
战争还毁灭了他童年的幸福。
而此刻又见到相同的场景，
浓浓的苦涩化为流不出的眼泪，
从灵魂深处涌出，又凝结在心头。
原来那伤痕看似已经愈合，
其实只是潜伏到更深的地方。
一旦遇到外界的刺激，
就会从心底泛出阵阵疼痛。
他发自肺腑地怜悯那些百姓，
对他们的遭遇感同身受。
他发愿一定救民于水火，
让那悲剧在人间绝迹。

有时记忆如同一团乱麻，
抽出一个头就无休无止。

幻化郎又祈请了好一会，
才平复了回忆带来的痛苦。
再看那队伍已进入兵营，
威德郎也在其中巡视。
幻化郎不敢有丝毫大意，
紧紧跟随威德郎一同进入。

兵营里也是激情澎湃，
高呼万岁的声音直冲云霄。
威德郎进行了鼓励和动员，
又把战利品在兵营中展示。
不断有兵士赶来观赏，
他们一到那魔盒旁边，
便热血沸腾不可一世。
他们心中燃起狂热的火焰，
仿佛瘾君子的毒瘾发作。

第三十三乐章

威德郎果然中计，不可一世的他，竟至于成为欢喜郎的俘虏。谁知因祸得福，奶格玛倾心教授他梦境观修，这次能使他真正改变心性么？

第 90 曲　被俘

这一日大量军队外出巡逻，
只留了部分卫士守护王宫。
突然兵营中拥出了欢喜国的军人，
他们密密麻麻像流动的蚂蚁。
他们声震山岳气吞江河，
以迅雷不及掩耳之势直奔威德郎。
一时间，威德国的王宫内
满是兵刃的撞击与厮杀，
惨叫声如水沸腾顿时血流成河。

对于敌人的这次突然而至，
人们的说法莫衷一是。
有人说是魔盒打开了时空裂缝，
他们是从时空裂缝中拥进来的；
也有人说他们挖通了地道，
依托地道潜行而来。

此时威德郎正在观赏魔盒，
他听闻消息大惊失色。
他刚要转身发号施令，
却见二十一个行者蜂拥而上，
将毫无戒备的他五花大绑。
可怜威德郎一世英雄，

竟在关键时刻如此失策。
只当他们是虔诚修行的行者，
从未将他们放在心上。
从被俘到巡展，
他们眼不外观身不动摇只知道念经，
即使刀架在脖子上，
也毫无惧色咒声不断，
他们分明就是持咒的机器，
而此刻，他们摇身一变，
个个身手不凡，
竟不费吹灰之力就擒获了威德国王。

欢喜军把威德郎牢牢捆住，
然后给他们的国师发了信号，
那信号也是用脑波传送，
造化仙人在另一边接收。
原来这是一场精心的谋划，
欢喜郎故意让威德郎截获魔盒，
将计就计给他致命一击。
那魔盒能发出定位讯息，
还可以传送周边的情况。
在造化仙人的指引下，
欢喜郎隔空指挥军队进行突袭。
他们本想搞一个斩首行动，
杀威德军一个措手不及。
这样可避免更多人伤亡，
早一点结束战争完成统一，
但最后还是决定留下威德郎的性命。

幻化郎看到这里恍然大悟，
当初他便觉得十分蹊跷。
对那国之重宝的守护怎能如此大意，
原来还暗藏着这般巧计。
他真是佩服造化仙人的用心，
老人既想用强硬的手段制胜，
又要想方设法减少伤亡。
虽然他的见地与自己不同，
但只要能利众就应当随喜。
威德郎被俘也是一难，
如果他被杀就会坏了大事。
想到这里他顿时冷汗直冒，
他立刻把目光投向威德郎。

威德郎由高高在上的国王，
转眼间成为狼狈的囚徒。
欢喜军与他是多年宿敌，
他们百般戏弄口出秽言，
他们如同狂欢的野狗，
围住一头落难的狮子。
他们虽然兴奋地吠叫个不停，
终是掩不住内心阵阵发虚。
他们不敢看他的眼睛，
那是两道箭一般的寒光，
只一对视，就足以令人胆战心惊。
这份不怒而威的威能，
激起了他们强烈的愤怒，

他们就用更加尖刻而疯狂的方式回报他。

虽然遭到意外变故,
威德郎却不失王者之气。
他一脸凛然临危不惧,
他根本不屑与小人纠缠。
他只是觉得这种交手实在窝囊,
空有盖世神勇却无处施展。
他喜欢面对面冲锋厮杀。
那种酣畅方显出豪气冲天。
他叫士兵们给欢喜郎传话,
他说有本事就布阵厮杀,
偷鸡摸狗的卑鄙把戏,
只会让人不齿贻笑大方。
他任由那些士兵呵斥辱骂,
不言不语只顾闭目养神。
他的心中却在暗暗反思——
这一番被俘十分蹊跷。
那欢喜国军人从何而来?
他又想,如今沦落至此,
还不如当初自焚而死。
自己一世英名天下无敌,
却被宵小之辈暗算俘获。
此刻虎落平阳被犬欺,
唯一能自主的只有尊严,
宁被碎尸万段绝不屈服。
他要留给世人一个英雄的传说,
绝不当苟且偷生的蝼蚁。

威德郎又想到自己的修行，
遇到奶格玛恩师却并未珍惜。
虽也勤修那金刚教法，
却并不具备相应的能力。

想到死亡他更是窝火，
满腔豪情正要征服天下，
却莫名其妙在阴沟里翻船，
即使死去他也永不瞑目。

幻化郎发现了威德郎的问题，
他把教法当成世间的工具，
在执着的泥潭里越陷越深。
上次自尽前尚有悔悟之心，
这次竟然只剩贪恋和愤怒。
他还想保全那虚幻的名声，
丝毫没想到修行的意义。
他的心已被功利和欲望填满，
再也装不进智慧的程序。
自己也经历过这种魔桶，
但执着却远不如这般严重。
原来事业越大越难以转化，
名闻利养真的会障碍修行。

他把这些现象汇报给奶格玛，
奶格玛叹口气默然无语。
她当然清楚威德郎的问题，

她对一切变故了如指掌。
她知道威德郎还要走些弯路，
眼下的局面却发生了突变。
造化仙人的计谋十分巧妙，
可未必能救万民于水火。

听到威德郎被俘的消息，
欢喜郎仰天大笑乐不可支，
自己离那统一的梦想，
如今只剩下咫尺之遥。
随后他又皱眉恢复了冷静——
怎样处理威德郎是个难题。
他知道，经过魔盒的不断煽动，
威德国成了待爆的火山，
它已蓄满力量一触即发，
一点火星就可能引起爆炸。
如今国王被俘，
他们会像岩浆般疯狂反扑，
即便群龙无首也会席卷天下。
虽然自己的军力靡坚不摧，
但只要开战还是会有伤亡，
这不符合利益的最大化。
如何打好威德郎这张牌，
成为他思考的主要问题。

自遇奶格玛之后，
欢喜郎也有了另外的想法，
它们像云后的太阳隐隐约约——

一旦自己赢得整个世界，
今后的生命又该何去何从？
这个问题让他心生不安，
他仿佛看到人生的尽头。
之前一心只想建功立业雄霸天下，
这个梦想支撑他废寝忘食励精图治。
朝着这个方向不断砥砺奋进，
生命才充满动力才有价值。
可要是全世界都收入囊中，
他将失去向上追求的目标。
只能穿着人间至尊的外衣，
任由世人把自己推上神台。
这就像围棋国手没有对手，
只能独上高峰月下长啸，
四顾无人形影相吊。
从今往后只能扛着这躯体，
一天天消磨时光走向死亡。
那将是另一种行尸走肉。

死亡是一个巨大的黑洞，
疯狂吞噬着所有的意义。
那无边的疆土又换了帝王，
那金银财宝也流到他处。
就算能名垂青史为后世敬仰，
也只是历史书中的一点印迹。

他忽然发现当下的虚幻，
但很快又息灭了这个念头。

那凌云之志尚未得酬，
看破红尘就是种危险。
他功利的程序依旧强大，
会删除阻碍"成功"的想法。
于是欢喜郎心中常常交战，
用有为的梦想屠杀无为的追求。

他看着自己那匹思绪的野马，
它走走停停，奔驰或是回望，
整整一个时辰，他让它随了性子驰骋，
直到尽兴了才拽它回到现实。
虽然擒获了威德郎，
但孤军在敌国唯恐夜长梦多。
欢喜郎谨慎思量周密谋划——
上上之策当然是劝降，
兵不血刃而统一天下；
扣押人质作为中策，
边战边谈让敌国投鼠忌器；
直接杀害以绝后患此为下策，
于混乱之中攻取威德国。
他决定首先劝降。

欢喜郎深知威德郎心高气傲，
寻常人等很难胜过他的谋略。
他常常以财物赏赐群臣，
用情感笼络人心，
他还洞悉人性的秘密，
说话时语言犀利直击要害。

劝降的使者也一定要智勇双全，
否则，很容易被他策反，
那所有一切会功亏一篑。
思来想去，他决定亲自出马。
只有帝王才最懂得帝王。

此方案一出众人皆惊，
自家国王怎能深入虎穴？
虽然魔盒能产生时空裂缝，
但只能把人投送到魔盒所在之处。
这种投送只是单向运输，
回程时必须穿越敌境。
这就存在巨大的风险，
稍有闪失后果不堪设想。

欢喜郎却一意孤行，
他已想好周密的计划。
这计划的关键在于时间，
自古不入虎穴焉得虎子，
为胜利他甘愿孤身涉险。
众人的劝阻反倒增了他豪气，
他暗自庆幸没选他们去劝降。
这种畏首畏尾的胆魄，
又怎能是威德郎的对手。
欢喜郎力排众议定下方案，
随即去找造化仙人。
他让仙人施法开启时空裂缝，
送他入敌国亲自劝降。

仙人遵命把他带入密室，
让他踏上一个闪光的平台，
启动了开关电光流动，
欢喜郎只感到一阵晕眩，
再睁眼时已在威德国兵营。

周围的士兵见国王现身，
立刻瞠目结舌激动万分，
欢喜郎压压手示意安静，
让他们把自己带到威德郎的营房。

威德郎见到欢喜郎略显意外，
一回过神就怒睁了牛眼破口大骂：
"欢喜小儿你用这般伎俩，
阴险卑鄙让人不齿！
有种在战阵上厮杀胜我，
光明正大才算一代英雄！"

欢喜郎闻言并不恼火，
他说："识时务者为俊杰，
你当好好考虑。
自古得道多助失道寡助，
如今诸多的因缘都在支持我，
我们的胜利是大势所趋，
你的失败则是天意难违。
你逆天行事凶残暴虐，
惹得人神共愤众叛亲离。

无数人内心已弃暗投明，
他们也渴望和平统一。
只要你能顺应天道归降于我，
并号令刀枪入库马放南山，
我保你封王封侯尊荣一世。"

威德郎气极败坏猛啐一声——
"你无须假仁假义来欺骗我！
一个杀父之贼，
一个忘恩负义的白眼狼，
一个连亲生父亲都能痛下杀手的逆子小人，
哪有什么诚信可言？
我真后悔当初没砍了你的头！
是你父亲下跪才饶你一命，
你却将他杀死，
你是比狼还狠比虎还恶的畜生！
而我是堂堂正正的英雄，
我一世英名怎能让卑鄙小厮辱没？
我宁折不弯宁死不屈！
堂堂威德国雄师百万，
我相信他们定会替我报仇！"
他顿了一下然后一字一句地说：
"我要是归降你这杀父之贼，
祖宗也会从供台上羞得掉落。"

这番话击中了欢喜郎的痛点。
有两件事一直是他心头的创伤，
一是父亲下跪救自己性命；

二是自己杀死父亲登基称王。
平时他都不敢回想往事，
稍一触及便会痛彻心扉。
许多个夜晚都陷入梦魇，
父亲那双惊恐的眼睛，
总能让他惶恐不安。
他努力想要忘记这事，
而威德郎却毫不识趣，
死到临头还如此猖狂，
偏要哪壶不开提哪壶，
直戳得欢喜郎恼羞成怒。

仇恨的火焰又开始爆燃。
他只想把仇人碎尸万段，
生食其肉再挫骨扬灰——
"残暴不仁的逆贼，
我好心劝你不是为自己，
是想少死千百万百姓。
杀敌一千自损八百，
战事一起定然会血流成河生灵涂炭。
既然你执迷不悟死不悔改，
我就索性将你一刀两断。
那新仇旧恨也一并了结，
我提了你人头好祭拜父王。"

说着号令士兵将他斩首，
那黑衣巫师却上前劝阻。
他说："大王请先息怒切莫心急，

留一点时间容他考虑。
趁此期间，我们也班师回国，
这地方毕竟是敌国境内，
避免夜长梦多再生变故。
只要我们有这逆贼在手，
敌人就会投鼠忌器。
等回到国中安置妥当，
要是他花岗岩脑袋仍不开窍，
我们再公审之后将其处决，
让军民共同目睹这盛况，
也好振奋我们的士气。"

欢喜郎一听暗自心惊，
自己行事怎能如此冲动，
若非那黑衣巫师提醒，
差一点就坏了国家大事。
于是他强忍住心中喷涌而出的火焰，
发令将威德郎装入车中。
他一想到父王曾向他下跪，
就不由得怒气充满胸膛。
又想到父亲待自己的好处，
泪水顿时在脸上流淌。
他强忍着情绪保持冷静，
做出了撤退的计划安排。
把兵营的俘虏全部杀光，
再埋入地下清除痕迹。
自家换上敌人的衣装，
乔装成威德军低调行进。

临行前伪造了威德郎命令，
说带所有士兵先行离开。
再盖上威德郎的玉玺，
确保短时间内不露破绽。

这一行精锐马上起程，
往国境方向疾驰而去。
威德郎被捆绑在车上，
口中被塞了一团麻布。
车的四周有布幔遮挡，
外面看很难发现端倪。
周围仍是二十一人，
却已从咒士变成了武士，
个个都是绝顶高手，
便是威德郎有插翅之能，
也难以逃脱他们之手。
欢喜郎又叫众武士听令：
要是遇到威德军来救援，
可以先斩后奏以绝后患。

押送威德郎一行数日，
也遇到几股零星的武装。
果然如欢喜郎事先预料，
他们并不知国王已被俘，
也不关注欢喜郎的队伍。
这样的行军到处都是，
见面都懒得打个招呼。

眼看一日日接近边境，
最终的局势也渐渐明朗。
欢喜郎又想到那个问题：
天下一统后该何去何从？
一旦完成夙愿平定天下，
失去了追求就会陷入空虚。
而且看到威德郎又想到父王，
那痛心的往事再次浮现。
经过了诸多的大事考验，
欢喜郎心性也发生了变化，
先前的仁心开始重现，
像那重又浮出水面的皮球。
他也会时时想到母后和若兰，
也会时不时痛彻心扉，
虽然他那时是被父王所逼，
但如今他也理解了父亲的心意。
自从他登基当了国王，
屁股也开始决定脑袋。
许多事情他身不由己，
总是要为整个国家着想。

每一次想到那往事，
他总是会陷入惆怅。
他怀念儿时的诗意，
也怀念过去的时光。
国力虽然越来越强，
但他却时时空虚怅然。

威德郎已成囊中之物，
欢喜郎放松了他绷紧的神经。
他感到身心愉悦如沐春风，
仿佛疲劳了一天泡入温泉。
他没有启动那功利的程序，
去删除内心自由的遐想。
他想给灵魂放个短假，
任由思绪越走越远。

他多想父王仍活在世上，
多想听听母亲的歌谣，
多想见到那个可爱的女子，
多想只身一人到那沙漠之中，
躺在沙上观星星望月亮。
但这一切都成了梦境，
他只有在梦中才能见到爹娘。
他多想永远生活在梦中，
但天一放亮就会变回国王。

他知道身边有环伺的强敌，
一张张大口充满欲望，
一双双眼睛泛着红光，
他们都盯着那王位和财富。
他只消稍一打盹，
就可能尸骨无存。
他一日日的紧张难以排解，
他一日日的焦虑无法释怀。
他找不到一个人倾诉心事，

他只能关上灵魂的大门。
他像独上高峰的吟者，
四顾无人只听到风声。

更可怕的是他明明看到死亡和无常，
却紧抓着建功立业的念想。
明知道生命只是个水泡，
明知道一切都会成云烟，
他却仍像磨道里的驴子，
身不由己地转过一圈又一圈。
虽然他也鼓足干劲备战，
想一统天下成就千秋大业，
但身心俱疲早已厌倦，
又无法停下命运的战车。

他一直想找个其他的理由，
也一直在等待别一种机缘，
他希望能重新编写命运的剧本，
能重新进行生命的构建，
无论对个人还是对世界，
都能创造真正的价值。

所以他也不想杀威德郎，
他知道冤冤相报何时了。
今儿个你因胜利而欢笑，
明儿个就会因失败而沮丧。
今日你杀了人家的父亲，
明天就会叫你血债血偿。

欢喜郎知道这种事永无止境，
会成为一个永恒的魔咒。

如果命运赐予他重来的机会，
他可能会继续寻觅和平之光，
而不会如此穷兵黩武，
给百姓带来沉重的苦难。
虽然国家在战争中日益强大，
但自己从未感到真正的快乐。
现在抓住了威德郎这魁首，
说不定从此后杜绝了劫难。
他心中暗暗定下了基调，
这一次尽量不战而屈人之兵。

忽然一阵冷风灌进了脖子，
欢喜郎浑身打了个激灵。
刚才他放松了警惕胡思乱想，
才发现心中潜伏了太多情绪。
那压抑的念想如同地下的劫火，
稍有机会就在灵魂深处爆燃。
那梦想啊意义啊都缥缈虚幻，
当务之急要先平安回还。
于是他紧了紧衣领绷起面孔，
又恢复成冷漠无情的国王。

第91曲　解救

幻化郎见此变故及时汇报，
奶格玛观因缘皱眉不语。
威德郎一旦被带入欢喜国，
必然面临死亡的结局。
他性情刚烈宁折不弯，
定然会与欢喜郎再生冲撞。
欢喜郎虽产生了一点善念，
但那善念如火苗闪烁，
建功立业的野心却像飓风，
他难免会被裹挟行杀戮之事。
何况大势已非个人意志左右，
群情激愤下威德郎难逃一死。

于是她让幻化郎想方设法，
搭救威德郎从押送中逃脱。
幻化郎遵照师尊的指示，
安住于明空修改了程序。
他把未来的沙尘暴提前，
于是天象异变，狂风骤起。
大片乌云席卷而来，
云中似有神龙呼啸。
沙随风飞遮蔽了太阳，
散成片旋成柱腾空冲天。

六道妖魔在空中飞舞，
犹如在肆意宣泄地狂欢。

欢喜军对这景象惊骇不已，
前方仿佛筑起一道沙墙。
又像铺天盖地的海啸，
随着强劲的风力迎面撞来。
那沙砾打在脸上划开血口，
狂风把人也吹得趔趔趄趄。
战马受惊吓纷纷嘶鸣，
抬起身躯甩脱背上的辎重。
欢喜军仿佛海啸中的木筏，
随着那滔天巨浪忽隐忽现。
他们本想围抱着抵御风沙，
但欢喜郎眼看已到边境，
不想再出现任何闪失，
于是下令顶着风沙继续前行。
士兵只好用胳膊遮住眼睛，
向前倾斜了身躯艰难行进。
那狂风裹着黄沙掀起大波，
无数欢喜兵被卷入风中。

幻化郎趁乱潜入车内，
解开捆绑威德郎的绳索。
风沙搅卷诸武士犹如瞎子，
昏惨惨似大厦已倾。
他们集中了心念走稳脚步，
才能在风沙中艰难前行。

更没人发现威德郎异常，
呼啸的沙暴塞满耳朵和眼睛。

幻化郎附在威德郎耳边，
说："奶格玛恩师派我来救你。"
威德郎听到恩师名号，
眼前一亮问："她在哪儿？"
幻化郎说："你跟我走。"
就牵着他的手下了车，
他们躲在沙漠中的洼处。
欢喜国诸武士并不知情，
仍在风沙中艰难前行，
渐渐便歪歪倒倒地消失了背影。

威德郎能听到幻化郎声音，
却看不到幻化郎的幻身。
但他知道这是奶格玛的使者，
必然有特殊的神通异能。
此时形势紧迫不宜多问，
当务之急先赶往安全之处。
又想到师尊连续两次相救，
心中生起强烈的感恩之情。
他想今后必将妙法推行天下，
把师尊的事业变成燎原大火。
于是他顶礼三次以谢师恩，
马上赶往近处的兵营。

幻化郎一路紧随着威德郎，

到了威德国的军事重镇。
那值守的将军见国王出现，
身形狼狈也没带随从，
便以为自己辖区出了意外，
吓得面如土色浑身发抖。
威德郎摆摆手没怪罪将军，
只是命他做好警戒防范敌人。
然后摆上了丰盛的宴席，
叫一声："仙人感谢你救命之恩，
能否请仙人行方便显露真身，
我也好命人画像广为供奉。"

幻化郎闻言暗暗发笑，
这威德郎竟要给他供奉香火。
有心想开个玩笑戏耍一番，
又想到师尊教诫他不可轻浮。
于是收起了肤浅的习气，
告诉威德郎自己是个幻身。
还说他也是奶格玛的弟子，
应该算是同门兄弟。
这幻身无形无质却有功能，
寻常人看不到这空色之身。

威德郎一听很感兴趣，
他也想修成这样的幻身，
只是他的动机依旧没变——
想用幻身作为世间的工具。

幻化郎知道他心中所想，
觉得这也是一次度化机缘，
于是叫他去向奶格玛求法，
看师尊是否赐他幻身教授。

威德郎本想亲自前去求法，
但这番被俘让他心有余悸。
如今大战在即四处都是险情，
自己是国王还需稳妥为上。

于是威德郎派出了使者，
随幻化郎一起前往秘境。
见到了奶格玛说明来意，
又供养了师尊五百两黄金，
以及八种罕见的珠宝。
奶格玛观因缘同意了请求，
随同使者一起来到国都。

威德郎见到师尊连连礼拜，
他想痛哭但忍住了冲动。
他仍然在乎国王的形象，
还没有全然地放下自己。
奶格玛当然清楚他的问题，
只是微微而笑并不点明。
心性需随着修行慢慢熏染，
揠苗助长常常会适得其反。

威德郎请奶格玛坐上法位，

自己先顶礼三次以谢师恩，
再进行更加丰盛的供养。
他谈了这一次凶险的遭遇，
再汇报了自家的修行进程，
却唯独没反思核心的问题，
不知自己把信仰当成了工具。
他还没看到方向的扭曲，
只想学习更神奇的妙法，
他说他想学习幻身教授，
望恩师能够进行授权，
奶格玛说这需要闭关专修，
问："你可愿舍弃江山王位，
随我去深山中清修苦行？"
威德郎闻言沉吟不语。
他学幻身本是为统一天下，
如今要放下王位才能修学，
在他看来是一种本末倒置。

很多人修行也是如此，
本来便是为谋取各种福利。
如果要他放下贪恋的事物，
便会在内心产生抗拒。
他们即便有了明师和机会，
也会因这种心态而失之交臂。

奶格玛知道他心中所想，
叹口气说："其实也不必勉强。
你可以先学习梦境修法，

来对治贪心的顽固习气。
你虽然苦修威德瑜伽，
但因为执实难以契入。
目前有相瑜伽也没成就，
更需要梦观智慧的滋养。
那威德瑜伽是无上妙法，
成就之后便有无穷大力。
你不要轻视教法见异思迁，
无论哪种教法都要一门深入。"

威德郎感觉自己恍然大悟，
其实他并没真正地明白。
他认为没成就有相瑜伽，
是因为缺乏梦观的辅助。
他依旧在教法形式上着力，
也依旧把教法当成工具。

有时候人就是如此奇怪，
无论如何点化都原地踏步。
只因那种心性没有改变，
看世界始终是原来的视角。
命运因此陷入单向循环，
沿着惯性的轨迹周而复始。

真正的升华是超越自我，
对万事万物有智慧的解读。
那是一种心灵的程序，
运行之后才能改变命运。

威德郎现在听不懂这程序，
奶格玛也没有反复啰唆。
她有自己的度化策略，
对时机的把控十分重要。
她明白欢喜郎的心事，
也知道造化仙人的设计。
她也不希望发生战争，
不想让诸多的生灵涂炭。
欢喜郎虽然尚未依止，
但他的心性已开始转化。
虽然他因杀父心性大变，
但偏执之势已经消减。
倒是威德郎嗔心过重，
一直想复仇崇尚暴力。
若是能将他的心调伏柔软，
便能把干戈化为玉帛。

威德郎错在执幻为实，
这也是他的天性使然。
执幻为实是一种大病，
需要梦观成就法来救度，
明白世间一切皆是梦境，
看破虚幻无常方能入道。
以是故她应威德郎之请，
为其传授梦观修法，
此外并没多说什么道理，
道理会在熏染中自然发芽。

奶格玛露出粲然的微笑，
让威德郎恍然在梦里。
"梦也醒也其实是一味，
心与空性也是一体。
当你熟悉了控梦之法，
就会明白空觉也源于自心。
梦中的你也源于意识，
它由习气熏染而成，
它的本质亦是幻身，
是物质与精神合一的产物。

"本有生命能量，在诸脉中运行，
便出现六道的幻景。
心炁到头顶便梦到善道，
心炁到心下面会梦到恶道，
心炁到密轮会梦到黑暗，
心炁运行决定着梦境所现。

"这世界本来就是梦境，
执着的无明唤醒了分别心。
让我们看到美物欣喜不已，
看到丑恶便嗤鼻厌离，
使我们的心时而迷乱时而无明，
那轮回涅槃才随之而生。

"若是想修好梦境瑜伽，
第一要忏悔恢复戒行，

第二笃诚中祈祷师尊，
第三要施舍财物断除贪心，
第四要独居远离人群。

"虽有梦境却总是遗忘，
要多修宝瓶气警觉放松，
在专注中追忆梦中的年华，
让梦中的时光再次降临。
若是修习中不曾做梦，
要恒常祈祷不可懈怠。

"若是在梦中没有智慧，
要虔信师尊时时祈请，
白天观想自己游行梦中，
一切优劣幻变都像幻术。
若生迷乱则精进忏悔，
生起无垢的清净之心。

"睡眠时以狮子睡姿右侧而卧，
专注于喉间的红色小球，
大如芥子朗若水晶，
祈祷今晚能守持梦境。

"冥想那红色小球缓慢转动，
再专注于快转昼夜不分。
或冥想喉轮有金刚弯刀，
将自己的妄想斩为碎尘。
冥想翻转自己的身里身外，

五脏六腑像璎珞一般。

"如此冥想天长日久，
对世界视如虚幻梦境。
看破无常便不再执实，
守持心的清明虔诚祈请。"

威德郎领受教法欢喜无比，
他五体投地顶礼师尊。
回到寝宫便虔诚祈请。
他想今夜一定会有灵验，
他亲爱的菩萨母亲，
一定会赐吉祥的梦给他。
却不料整整一夜，
他辗转反侧，竟然失眠，
那右卧的睡姿何其煎熬，
怎敌过昔日的随心所欲？

师尊说这叫狮子睡姿，
他感觉就像被捆住的病驴。
脑袋涨闷欲裂，四肢酥麻不适。
威德郎开始有些动摇。
他想继续坚持，
但又担心会影响次日的精气神，
而那些朝廷的奏章，
就像小山一样堆在他的眼前。
它们向他投来哈巴狗望主人的眼神，
于无言中呼唤着主人的垂青。

威德郎想明天处理完要务，
再打熬睡姿观修梦境。
于是一个九十度的翻身，
他回到了原来的姿势，
这一下犹如解开绳索，
身舒展心安然好个自在。
堂堂的威德之王在天地之间，
不用挥毫，就写了一个"大"字。
紧接着，他的鼾声、呼噜声响起，
与蚊虫的嗡嗡声开始一起合奏欢畅的交响曲。

次日一早，晨星未落，
威德郎便投入繁忙的国事之中。
黄昏时分，他忽然发现，
太阳居然还有双隐形的翅膀，
只一瞬间，它就能从东飞到西。
晚上就寝时，又摆好了狮子睡姿，
左是难受，右是酸痛，
他又以同样的理由，再次仁慈了自己。

日出日落，一晃数月。
威德郎的梦观毫无进展。
初时他每晚还会应付，
摆好右侧卧姿能坚持片刻，
就将那实践演变成回忆。
他舍不得让那酸痛折磨自己，
最后终于放弃了这个修法。
在舒服的睡姿中，

他也会有梦境产生，
但在梦中他无知无觉，
心随着幻境喜怒哀乐，
醒后也没察觉有何不妥。
自己三十多年向来如此，
他知道梦境只是生理现象，
即便不能认知也无伤大雅。

就像一些行者求法时热情高涨，
一看到成就者的示现，
他们的狂热像点燃的炮仗。
而到真正实修时，
冲天热情便开始降温。
枯燥，乏味，毫无生趣，
没有想象的那种神奇，
也不能使自己心想事成。
甚至还有痛苦的煎熬，
于是激情顿失热情不再，
甚至他们还会怀疑修法，
放弃了这富贵的传承重返乞丐迷途。
即使应付着观修，
也只是有其形而无其实。
在冠冕堂皇的理由下，
他们堕落得心安理得。
他们多么希望能够一步登天，
一伸手就能摘下星星。
终于在年复一年中，
他的皱纹滋生身体衰老，

修行半生却毫无受用。
这是人生的最大遗憾，
如同入宝山却空手而归。

真正的修行从来不是情绪，
它需要爆发出灵魂的势能。
再用这强悍之力持之以恒，
专注一点经年累月地打熬。
只有用耐心和汗水浇灌慧根，
才能开出超越的花朵。

威德郎依旧沉溺于功业，
他已把梦观法抛到了脑后。
他一直在修威德瑜伽，
他超强的观修力和定力
与大威德磁场容易共振，
他对事业的功利心
促使他越来越勇猛。
只是他的勇猛使他执幻为实，
只有大能却没有大慧。

奶格玛看到这里连连摇头，
她一直在等威德郎悔转的机缘。
本想用梦观法使他破执，
但心不改变妙法难起作用。
由于威德郎过于执着，
他目光紧盯着事业功名。
他眼中的信仰和出世智慧，

都要服务于他的野心。
如果某样事物对事业无益，
他就会毫不犹豫地抛弃。

威德郎就这样沉沦不觉，
他继续号召全民备战。
因为对忿怒本尊的执实，
感性渐渐烧光了理性。
他常看到忿怒尊发出指令，
让他去建功立业马踏敌国。
于是他变得更加狂躁与凶残，
体内总有一股大力激荡，
感觉自己就是那救世主，
能劈山裂石挥剑成河。
还有一种灼热和躁动，
让他只想征战大行杀戮。
群臣看出他已走火入魔，
都惧怕他的暴戾不敢靠近。

终于在一次观修中，
"本尊"让他进攻欢喜国，
他不知道那是气脉走偏的征兆，
反而对此深信不疑。
虽然他居于劣势，
内心却激荡着万丈豪情。
他放弃了诱敌深入的策略，
号称要在战争中占据主动。
他说自己是天命所归，

已到收复天下的时候。
还号召国中的健儿都提刀上马，
随他同去建盖世奇功。

号令一出举国沸腾，
二十万大军压上边境。
威德郎本来想倾全国之力，
但坚信士兵能以一当十，
于是只调动了部分兵力，
他要万马踏平欢喜国国都。
士兵们喊着激昂的口号，
口号伴随着杂沓的脚步一路向前。
士兵们也被威德郎传染，
一个个都效仿着国王，
就像一群嗜血的僵尸，
只剩下冲锋厮杀的本能。

欢喜郎闻讯严阵以待。
他诧异于威德郎的荒唐行径，
你看他兵源贫乏装备不精，
却一意孤行要以卵击石，
不知却是何故？
欢喜郎怕他其中有诈，
遂命巫师查看因由。
巫师笑道："不必多虑，
威德郎已魔入心窍。
他因修忿怒尊执幻为实，
失去了理性陷入极端。

此时的进攻是以卵击石，
正是大王统一的机会。
这也是造化的大势所趋，
他静，是等死；
他动，是找死。
个人怎能抵挡历史的车轮？"

欢喜郎闻言苦笑连连，
他的心中生出复杂的情绪。
几十万生命将于瞬息间灭亡，
曾经叱咤风云的英雄
也逃不过最终的一命呜呼。
他深知此战的结局。
这不过是一场独角戏，
而上演的却是历史的悲剧。
千百年来，人类世界
总在上演这样的故事——
头颅满天飞，
鲜血遍地流，
血腥必然把天空遮蔽……
他内心的善根又探出触角，
一下下勾动冰冷的灵魂。

面对威德郎，
欢喜郎总有一种别样的情愫——
他为他唏嘘，也为他感动。
他是他宿世的仇敌，
也是他灵魂的知己。

他总能从他的作风中，
感受到一种熟悉的气息。
从统领三军到君临天下，
从慷慨陈词到一个无言的眼神，
他总能在他身上捕捉到让自己
心灵颤动的讯息。

真的不能否认，只有威德郎
才是名副其实的英雄，
是智勇双全的汉子，
是文韬武略的一代明王。
尽管如此，他人生的剧情，
终逃不过悲凉的落幕。
欢喜郎产生了浓浓的伤感，
那是兔死狐悲的同体之情。
还有从此天下无敌手的孤独。
他并未因天下在握而兴奋，
反倒发现万物皆如云烟。
即便如威德郎叱咤一时，
也难以躲过无常的大网。
如果没有全新的意义注入生命，
自己也只是另一个威德郎。

欢喜郎怀着复杂的心情，
独自走上哨塔瞭望远方。
夕阳染红了半个天空，
又缓缓沉向苍茫的大漠。
晚风拂动寂寥的旗帜，

这是在擦拭谁的泪眼？
他听到一阵牧笛声响起，
那是战士在思念家园。
他想，几天后这里将血漫天地，
此时的宁静更如同梦幻。
眼前又闪过从前的往事，
一个个场景一张张面容……
他忽然打了几个冷战，
却不知到底是风寒还是心寒。
他紧了紧身上的披风，
与沉重的暮色融为一体。

尽管战争的结果已然明了，
欢喜郎还是做了周密安排。
他生性谨慎细致稳重，
将所有风险尽可能排除。
他还制定了招降政策，
投降的敌兵一律优待，
他想尽可能地减少伤亡。

战争的经过毫无悬念，
一切都如事先的推演。
欢喜郎虽欲行仁德之策，
无奈威德郎已丧心病狂。
他指挥士兵猛打猛冲，
除了莽汉之勇，并无半点章法。
欢喜郎利用武器和策略，
一片片收割敌人的头颅。

威德军如惊涛拍上巨石，
虽粉身碎骨却义无反顾。
后来，欢喜郎心生厌倦不再反攻，
无奈威德军不知进取，
仿佛铁了心要为国捐躯，
人人前仆后继视死如归。

见此状欢喜郎阵阵心痛，
那善念的涌动更加猛烈。
两军厮杀时他冷酷无情，
单方的屠戮却悲伤无奈，
他不忍再看威德军惨状，
摇摇头皱起眉返回大营。

这一场激战进行了三天三夜，
战场上已堆满威德兵的尸体。
那些尸体飘出无数冤魂，
在空中游荡像鹅毛大雪。
他们纷纷拥挤着推搡着，
瞪大了一双双迷茫的眼睛。
他们在那如山的残肢中，
本能地寻觅自己的居所。
他们还想钻进破裂的皮囊，
向老天再借上五百年寿命。
他们有太多未了的心愿，
命运却永远关上了大门。
清醒后的他们厉声哭号，
那哀伤让死神也潸然泪下。

威德郎对战况毫无觉知，
他还在狂吼着冲锋陷阵。
半晌不见士兵回应上前，
回过头发现已四面空空。
再看遍地都是自家兵将的尸体，
层层叠叠像炉中的灰烬。
这场景如同一记重锤，
直砸得威德郎心肺俱碎。
那个瞬间他脑中一片空白，
浑身麻酥酥像被闪电击中。
他狂热的火焰也渐渐熄灭，
灵魂里刮起阵阵寒风。

顿时，他双手捧脸双膝跪地，
欲哭无泪中张大了嘴巴，
却连半点声音也发不出来。
他的脑中卷动着一波波海啸，
眼前的世界也转个不停。
他的灵魂仿佛经历了炼狱，
从炽热里拔出又浸入寒冰。
那无数尸体也突然复活，
把他变成泥土肆意踩踏。

那江山和社稷终成为泡影，
满腔的壮志也化作烟云。
他用最后的力气抽刀自尽，
却被几个欢喜军扑倒在地。

虎落平阳，奈何奈何，
一代枭雄，终成囚徒。

威德郎任由处置闭目不语，
他仿佛掉入巨大的梦魇。
眼前晃动着敌人的身影，
耳中听到敌人的声音，
身体被敌人捆绑得疼痛，
但这一切似乎与自己无关。
他变成了一堆行尸走肉，
被敌兵呵斥着押往大营。

在欢喜郎的大本营里，
两个宿敌近距离重逢，
欢喜郎静静地看着威德郎，
威德郎双眼木然而空洞。
他们彼此都没有说话，
却仿佛说了千言万语。
倒是旁边的侍卫气势汹汹，
他狗仗人势让威德郎下跪。
他尽情地卖弄尽情地表现，
拔了牙的老虎人尽可欺。
欢喜郎摆摆手叫停了侍卫，
又命人将威德郎收押。

随着关牢门的那声巨响，
他沉重地吁出一口长气。
心中忽而木木然一片空白，

忽而又乱纷纷像狂风暴雨。
他好像想了很多事情，
又好像什么都没想过。
他在牢房里呆坐如木雕，
三天三夜未曾挪动分毫。

数日后的一个晴朗夜晚，
一声霹雳突然在夜空炸起。
那个瞬间威德郎猛然一惊，
心中也炸开了一条缝隙。
像浓稠的黑暗里亮起闪电，
他恍然惊觉这是一个梦境。
这一场梦好个真实，
分明是真实发生的故事。
那梦中的岁月竟如此漫长，
分明就是真实的人生。

第三十四乐章

　　他的事业心总是强大，他的自我总是顽固，他的贪执的硬壳总是坚硬，要经过多少次的忏悔、反复、变异和教训，才能看清这幻象，才能洗净这心灵？

第 92 曲　如幻

威德郎的境遇，
终于让他生起了感悟。
他发现眼前的一切皆如同梦幻。
短暂的一生也不过是记忆，
那江山和王权更是无常的孩子。
他的身体变成了气泡。
他内心的念头瞬息万变，
他找不到存在的丝毫证据。

他对世界的认知发生了剧变，
他不再把世界当作实有的事物。
他感觉一切都是南柯一梦，
所有的经历不过是泡影。
此刻，他终于记起了师尊
也想起了教法。
那梦观之精要重又显现在眼前。
什么江山，什么社稷，
什么一统天下，此刻
都远成了天边缥缈的云。
没有了功业的执着，
他便轻易地发现了智慧真理。
威德郎苦修了数日，
就能够忆持梦境。

他做到了梦中知梦，
那里的一切宛如一幅幅
清晰的工笔画。
奶格玛进入他的梦中，
进一步教授梦境光明——

"当你能掌握你的梦境，
当知它是业力所生。
对喜悦之境别生贪着，
对恐惧之境不起畏心。
你将有为无为融为一体，
用殊胜的眼光来观照世情。

"梦中亦不失光明之心，
在白昼也像是游行于梦境。
梦时醒时皆是幻化游戏，
你不再有对死亡的恐惧。

"当你远离了妄执的意识，
一心专注于梦中所现，
修习梦境如虹如幻，
就能在梦中也安住空性。

"你可以前往诸净境闻法，
或是跟诸多的大成就者谈心。
虽然你能随心前往诸多圣境，
你仍要在梦中了知其为虚幻。

"你动员你全部的身心，
进行如下的祈请：
'恩师呀，我想守持梦境，
在梦中成就幻变之身。'

"若是你梦中不能如愿，
你要恒常地勤修训练。
久久而习方所欲随心，
清净地修炼才能相应，

"虚妄分别由偏执污染，
平等一味中幻变身形。
白天要专注于美丽的净相，
虔信中生起强烈的希求。
晚上就能亲见和证悟，
日月之光芒亦能去捕捉。

"要是想梦中前往净土，
观想你就是师尊，
你梦中趋往上方高处，
那儿有密严刹土庄严无比。

"白昼间你再三如是观修，
夜专注喉轮的白色种子，
不离渴望地屡屡祈请，
梦中你将会如愿以偿。"

威德郎闻教言信受奉行，

他先用奇珍异宝供养了师尊。
他已知那财物也属梦幻，
即便供养后也不减不增。

只因这"自己"已融于大海，
他仿佛浪花与大海已成一体。
自身和财物皆无常幻变，
本来都是法界短暂的因缘。

因此虽然供养了财物，
那只是缘起和信心的体现。
究竟看如梦中物供梦中人，
这一切事物皆不离幻变。

奶格玛欣慰道"随喜随喜"，
她还说相较于无常的供养，
她更赞赏他的见地。
他已发现了真正的宝藏，
千万要守好这份觉悟。
随后她化为虹光，
于刹那间消融回到了秘境。

威德郎回忆梦观的教诫，
按理解他划分为六个步骤：
一是能梦中知梦，
二是能忆持内容，
三是幻变和增加，
四是前往娑萨朗净境，

五是空行秘境的礼节，
六是究竟看诸圣即心。
这六个关键环环相扣，
威德郎按要求如量观修。

他成功地完成了前面两步，
第三步如鸿沟他难以逾越。
师尊在时，有临在场能，
那种强大的波会磁化他内心的魔。
那时，他心入明空智慧显发。
师尊走了，他的习气
也如原上草一一复活。
功标青史一统江山的帝王大梦，
再次爬上来俘获了他的心。

而这个帝王大梦与禅修梦观的教诫
总是相悖。它们争来斗去各不相让。
一个执实，一个却虚幻。
它们是水与火，是冰与炭；
它们还是上帝和撒旦；
它们是一对天生的冤家。

威德郎心中像卷起了海啸，
他的灵魂被这种分裂撕扯着纠缠。
师尊的教言不仅仅是声音，
更是一种程序的传递。
当奶格玛和他说话的时候，
智慧程序已落地生根。

此时那程序在心中运行，
却遇到了习气的乌云遮天蔽日。

这样的情形幻化郎也曾亲历，
他因思考依止的意义昏睡了三天。
三天后程序扫清了习气，
内心才如雨后的天空。

如今威德郎也开始翻腾。
他常不睡觉，
他暴躁易怒，
他总爱没完没了地大发雷霆。
闭关的饮食稍不顺心，
他就想砍下厨师的头颅。
他还瞪着血红的眼睛，
在关房里踱来踱去。
他时而拿起大刀一阵狂挥，
时而把经书撕成纷飞的蝴蝶。
他还叫来宠爱的嫔妃，
想用肉欲的欢乐
驱赶一切烦躁的心魔。
可见到美人他又兴致索然，
仿佛那是绫罗绸缎包裹的尸体。
他莫名地愤怒，莫名地暴跳，
还像困兽一样狂叫。
想到看破虚幻就气血翻涌，
那痛苦让他不能自已。
它不断深入，一点点深入；

它不断搅动，一点点搅动。
他甚至还想自尽以求得解脱。
常想拿一把匕首插入心脏。
整整三天三夜，他未曾合眼，
他躺下起来，起来躺下，
像狂躁症病人一样心神不宁。
几天下来，他的胡须变成了凌乱的蓬草，
他的脸上交织着躁动和疲惫。
第四天，他终于崩溃了。
只听嘭的一声，便栽倒在地上。

陛下！陛下！
护关的侍者发现了。
他们连滚带爬大呼小叫。
他们扑上前来想扶起国王。
却听到一阵均匀的呼噜——
多么舒缓安详的声音！
像小儿饱乳，
也像文火上熬牛头。

威德郎昏天黑地一通大睡，
再睁眼时已忘了身在何处。
脑中忽然失去所有的记忆，
瞳孔也用了片刻才恢复聚焦。

渐渐地，一点灵明复苏了，
若隐若现如雾霭中的晨星。
紧接着晨星也被赶下了树梢。

天地不再朦胧，那一片光明
正万丈照耀，遍及世界。
他恢复了所有记忆和意识，
他感到内心无比轻灵。
又感觉自己满身都是异臭，
仿佛在污泥里浸了千年。
他叫过侍者准备沐浴。

侍者闻言满脸欢喜，
告诉威德郎他已睡了整整七天七夜，
他的昏睡让群臣担忧不已，
他们奔走相告，不知如何是好。
本想请御医就治，
却被奶格玛恩师制止。

威德郎好生奇怪，
他觉得只不过歇息了片刻，
不料是七天七夜，
更听到师尊曾经来过，
错过了见面他懊悔不已。
他连连责怪侍者没有唤醒他，
侍者说："恩师叮嘱不可打扰，
还说此刻您正在净化心灵，
完成后会装入全新的系统。"

威德郎闻言沉默不语，
师尊的关怀让他感恩不已。
此时的他已脱胎换骨，

身心空明似通透的水晶。
那沉重的肢体也仿佛气泡，
功利的念头如同浮云。
他安住于轻盈中好个快活，
感觉连呼吸都充满了自由。
他卸掉了功利程序的负重，
犹如那雄鹰冲上了天空。

一阵强烈的情感涌上心头，
他号啕大哭着连连礼拜。
感恩师尊给了他无上教法，
让他在烈火中实现了新生。

第 93 曲　变异

奶格玛看到威德郎的忏悔，
知道他开始反省过去的毛病。
于是她再传心法，
教他在梦中能引动风心——

"你现在已能控制梦境，
你可以前往那智慧圣地，
你看到那智慧女神美丽无比，
还有毛骨悚然的可怕尸林，
青山绿水环绕着圣地。

"你看到了无数的护方龙神和罗刹，
红宝石无量宫性相齐备。
智慧女神眷属云集，
她身着曼妙的诸饰。
具神变金刚歌和优美的舞蹈，
赐予你无上无漏的安乐。

"你要生起无垢的信仰，
在定中供养祈祷得到授权，
进而同忿怒尊交流经验，
还有那无量无数的训谕。
忿怒尊赐予你超越智慧，

还有那诸种安乐之乐音，
你自然获得了圆满的体悟。

"就这样你不舍昼夜精进修习，
便可随时前往二十四空行圣地，
参加如海的忿怒尊海会，
获得殊胜的智慧大能。

"白天入定观修以上净相，
睡眠中强烈希求同样入梦。
你右耳下有六角形法基，
莲花上有明咒字如珊瑚，
要明白诸净境不离心性。
无须去心外寻觅净境，
五方净境就在你的心中，
它们都是自性的幻体。

"当知你的住所即是净境，
你自己便是忿怒主尊，
你住宅卧室便是庄严祭坛，
众百姓就是你海洋般的眷属。

"你要生起信心精进观修，
修炼梦境幻变无任何滞碍。
长时观修中汇聚眷属，
以心光照净境使有情成佛。

"白昼夜间皆如是精进，

觉醒和入梦都达成一味，
幻变光充满浩瀚的法界，
这便是珍贵的净光明宝盒，
无量成就于所有时空，
身心安然皆不离净境。"

威德郎受法后精进观修，
那悟境节节提升犹如春笋。
因为心中启动了智慧程序，
他对世界的解读也产生了改变。
观念的改变导致行为改变。
他的国策渐趋利他平和，
他知道事业和生命皆如梦幻，
他要在教法中升华灵魂。
于是他在国事上无为而治，
让万物自然发展不再折腾。
威德郎把心力集中于修行，
期望能得到无上的觉悟。
可是这又产生另一种执着，
那过强的目的性成了障碍。

他总想得到伟大的成就，
成为叱咤风云的千古第一。
他不知道这是事业心的变种，
也是一种强烈的功利心。
它成了他的呼吸，他的血液，
是他与生俱来的生命基因。

有时候它是他前进的动力，
是他成功的催化剂；
有时候它又是他精神的桎梏，
是阻碍他成长的牢笼。
他甚至还想超越奶格玛师尊，
在出世间法上也空前绝后。

他的功利心从世间的事业，
终于转向出世间的觉悟。
本质却同是烦恼和欲望，
可威德郎自己并未察觉，
他只认定他的悲心大愿，
目标高远才能成就斐然。
这所谓的大愿使他陷入烦恼，
又因执着产生了种种魔障。
他开始忌妒师兄们的成就，
还想把师尊据为己有。

每当想到幻化郎的幻身，
每当想到胜乐郎的空乐，
每当想到密集郎的智慧，
他的内心就酸溜溜五味杂陈。
他下意识地想去干扰他们，
他还想得到师尊的独门秘笈。
最好能把所有教法据为己有，
从此让三界众生奉若神明。

他把成就当成自我的勋章，

把教法当作自我的工具。
他那超越师尊的志向，
也是征服天下的另一种变异。

威德郎自我意识的独立性，
消减了融入磁场的可能，
很长一段时间里，他毫无长进。
他就像一块坚冰漂浮在海上，
它自己不融化，就只能一直漂浮着。
他虽然依止了奶格玛，
进入了奶格玛传承体系，
但由于自我的强大，
他不能达成究竟的超越。
若是控制不好内心的妄念，
他会排挤更优秀的同门。

他总想把天上的太阳
放进自家的后院，
他还试图把全人类的宝藏，
变成满足私欲的工具。
他刚愎自用自以为是，
虽有着大心大愿的遮羞布，
大爱无边还不贪财色，
但所有一切不过是
为了强大他的自我。

威德郎做惯了帝王自命不凡，
他总是下意识地唯我独尊。
那种舍我其谁的英雄心理，

让他总想去阻碍证量比他高的师兄。
可他终究战胜了自己，
他知道不能破坏金刚戒律。
但超越师尊登顶法界的想法，
他却认为合情合理天经地义。

奶格玛知道威德郎的心性，
但她并未现身指正。
她想让威德郎学会自省，
犹如当初对幻化郎的调伏。

她把幻化郎叫到身边，
让他观察威德郎的状态，
然后指出威德郎的问题，
看能否改动他内心的程序。

在幻化郎的系统中，
奶格玛的传承像一个巨大的能量场。
每个弟子都是一个粒子，
只有完全放下自我融入其中，
才能产生频率的共振，
才能让智慧波源源不断熏染身心，
在昼里夜间，让智慧持续增盛。
在传统的瑜伽中这叫相应，
只要不远离就不会退转。

威德郎想取代师尊的念头，
就是影响那共振的杂波。
弟子的心中只能祈请恩师，

犹如行星只能围绕恒星。
如果行星想超越恒星，
便会脱离系统的轨道。
即便弟子成为宗师，
依旧要把师尊奉为依怙，
发愿生生世世依止师尊，
永远不背弃自己的誓言。
只有赤子之心才能相应，
才能得到深入的悟境。

弟子与师尊本为一体，
就像大海和浪花的显现。
凡夫以分别心产生二元对立，
因此难以打破无明的隔阂。

对治时首先要树立警觉，
犹如给内心装上监控。
习气的小偷一旦进入，
立刻报警予以驱逐。
祈请就是监控的电源，
恒常祈请会越来越灵敏。
那习气也就渐渐地减少，
直到心如纯净的天空。

幻化郎尝试修改威德郎的程序，
却发现那程序极其坚固。
帝王的意识在心中盘根错节，
需要经年累月地反复清洗。

第 94 曲　噩梦

威德郎精进修了数日，
可他总是噩梦连连，
一场场一幕幕血雨腥风，
更有诸多可怕的景象，
破坏了他内心的安宁。
奶格玛再教以对治之法——

"若梦中出现火水与深渊，
你可以专修改变梦境。
你就想梦中之火烧不了你，
梦中之水也淹不了谁。
或睡时观想烈火罩身，
内烈火外烈火火光熊熊。
智慧的大火烧毁恶境，
或将其沉入无量的深宫。
要恒常检讨自己的心识：
我何必执幻为实认假成真？

威德郎按师尊教言依法而修，
却总是入不了甚深的睡眠。
他祈请师尊加持忆念暗夜，
将心识安住于脐轮，
很快他就进入了梦中。

他梦到欢喜郎在书房中挑灯夜读，
只是这梦境时断时续。
威德郎便安住于心轮，
将梦中的场景一次次复原。
他开始巡游欢喜郎军营，
他仿佛能看到对方的军情。

他牢记师尊所言：
"任意改变梦境均如愿以偿，
以梦中修炼诸神变为道。
消除了散失异品和障碍，
即出现幻身三昧梦境。

若久修仍不能守持梦境，
则继续积集修道的资粮。
除了断除对世间的贪着，
更要猛烈地祈祷师尊。"

威德郎将白天诸象视为梦境，
结合猛厉火幻身教授。
修炼本尊身如梦如幻，
将其他一切都融入空性。
迷乱消失于觉悟之中，
转为真实的光明道用。

他梦中已有了诸多变化，
梦中也能入空性三昧，
境及能所的迷乱已消清。

已悟到真实的无执明空，
再将梦境纳入光明无须别修，
梦与光明双运生起了无垢清净。
他知道身心皆处在大梦境中，
无明眠压抑着本然光明。
无始的习气滋长了迷乱，
因迷惑而做了诸多迷梦。

他梦中已能化现出净境，
只是醒来后复归于旧习。
分别心还有梦与非梦，
无明的习气遮蔽了光明。

奶格玛谆谆教导他：
"你要谙熟教诫十分精进，
不沾染懒惰懈怠之污垢。
应全面地消除颠倒之念，
按梦修之法对治身心。

"现证真实义的机缘已到，
要修持甚深秘诀不能懒散。
昼夜要全部精进地修持，
成就昼夜无别的幻变三昧。

"胜义梦境是真正的大梦境，
以幻变成就的三昧为基。
若不修炼胜义梦境，
心性很难彻底清净。

以不了义的梦境喻为道，
目标是通达胜义光明。

"有人梦见自己死亡，
尸体已被鸟兽吞食。
明明未死却生迷乱，
智慧眼却被白内障覆隐。

"无论白日夜梦皆如此类，
用大梦境法来如理抉择，
明悉梦境便不会迷乱于梦境，
明悉真如便不会认假为真。
当然也不会执着生死，
于是远离了一切戏论。

"若白天成就了幻身瑜伽，
梦境迷乱就自然清净。
梦境修法是中阴有法的前行，
本质是意识与能量的显现。
心未外出也未入真实外境，
梦境便跟那幻身相同。
梦境内因是藏识上的习气，
以虚妄分别遂生能取之心。
诸法似梦了知世俗假有，
修炼增添法熟练中有。

"诸法如梦不可执着，
业因遂生发烦恼业种，

安住清净心但不生执着，
驾驭心性而双运果成。

"你要牢记梦观的教诫，
醒时梦时都不丢正念。
昼里夜里须不断祈请，
精进修持证无上菩提。"

奶格玛再教以梦观瑜伽，
威德郎领受教法虔诚感恩。
他五体投地地礼拜师尊后，
回到关房开始他新的征程。

他恐怖的噩梦本是习气，
他杀业太重造成鬼影重重。
无数的冤魂厉鬼
汇聚一齐向他索命，
威德郎按教法一一给予了对治。
初时他能明白梦境虚幻，
那索命的厉鬼亦如幻影。
他自心安住于真如的观照，
如同手电筒照亮墙上的暗影。
真相一现那恐惧也顿消，
他就能在梦中如如不动。

后来那鬼怪越来越多，
它们密密麻麻铺天盖地，
像极了秋天紧实的麦田。

但那场面凄惨难睹，
如金刚地狱般使人骨寒毛竖。
威德郎猛一见吓乱了分寸。
心神一动摇便幻象四生，
那些恶鬼立刻呼啸而来，
它们喊着杀呀冲呀的口号。
威德郎下意识拼命奔逃，
他的脑海中一片空白，
梦观法的教诫已远到九霄云外，
只有双腿想木然地移动，
可它们却如灌铅一样沉重，
仿佛坠着铁球踩在泥中。
身后的恶鬼紧追不舍，
它们像暴雨一样向他泼来，
巨大的恐惧让他双眼一黑，
一声大叫将他从梦中惊醒。

威德郎回忆刚才的梦境，
大乱方寸让他懊恼不已。
但那恐惧排山倒海，
而他智慧的程序又来不及启用，
猝不及防，他才惊恐万状手足无措。
于是他反复打磨变化之法。

此外，他还深行忏悔。
他在心中一遍遍向它们致歉——
它们是死在他手下的敌人，
是战争中死去的一切有情。

过去因贪嗔造下的恶果，
如今悔悟，他将功德回向给它们。
他祈请师尊大放光明，
将那复仇之魂度往净境。
自己也常念诵百字明，
用法界的甘露净化自身。

威德郎日复一日如此观修，
梦中的鬼怪也逐渐减少。
初时他仍因恐惧容易迷失，
他一次次一日日精进不懈，
渐渐做到了认知幻境。
这进步带给他由衷的喜悦，
那种成就感让他志得意满，
他修习幻变和增添也愈加努力。
他能把地狱用狂风吹去，
也能幻变身形为山河云雨。
他能由一变为千千万万各色化身，
他想成为什么就能成为什么，
他想去哪里就能到哪里。
他天上地下地变，随心所欲地变，
他沉迷于那千奇百怪的幻变之中，
不断拓展着新奇的变化场景。
他在梦里做了世界霸主，
他还拥有无数美女和权势财富。
他像个迷恋游戏的孩子，
觉得无碍的变化好个有趣。
他已忘记了梦修本来的意义，

在快乐里沉醉而不知归路。

奶格玛观因缘连连摇头，
这威德郎如同踩雷的犀牛，
几乎把所有错误犯过一遍，
才能蹚出习气的泥潭。
对噩梦能勤修对治，
遇美景佳梦却沉迷不醒。

人生的故事莫不如此。
人们在逆境中容易生起道心。
太大的福报反成为黄金打造的镣铐，
令人愉悦地囚禁了人们的身心，
很多人在幸福美满中越陷越深，
心甘情愿地将一生空耗。
甩脱痛苦的事物轻而易举，
割舍人生至爱却难如登天。
痛苦也好，欢乐也罢，
皆如风中的落叶转瞬即逝。
待到无常现前再想修行，
却发现已经错过了因缘。

修行的路上有重重考验，
行者在烦恼中生起向往，
又在禅乐与喜悦里止步。
那身心的迷醉能障碍道心，
需要正念的警觉时时对治。

威德郎陷入迷醉而不自知，
奶格玛观因缘予以调教。
她先是收回了传承加持，
让他失去改变梦境的大能。
威德郎对此事并不知情，
一入夜仍期待梦中神功。
这一日又早早调心入眠，
却见无数的恶鬼面目狰狞，
它们向他张开血口，
欲食其肉喝其血吞其筋骨。
威德郎哼哼一笑以为小菜一碟，
他用心力生起烈火焚烧。
这方法他已练得炉火纯青，
只等火苗腾起将它们焚烧成灰。
却不想，他在这里使劲用功，
而那些异类却更加嚣张。
他再启动意念刮起大风，
想用那飓风吹走魔境，
可梦中依旧是晴阳朗照，
鬼怪们凌空扑来猛如下山之虎。

威德郎惊恐无比，
他不知为何会功力顿失，
再看那恶鬼们已张开獠牙，
他下意识又想逃之夭夭。
可他的身躯凝重如岳，
如同中邪又像注满胶水。
而那些恶鬼已近在眼前，

他明显感受到了它们带来的惊悚气息，
那是比妖还阴、比魔还恶的能量，
它们的出现罩住了他的世界。
只听威德郎一声大叫，
凄厉的声音将夜幕一撕成两半。

这一次他学会了反省，
发现那幻变也会不灵。
刚才的噩梦虽然恐怖，
本质上却不能伤害自身，
而他却依旧慌乱无主。
他想，刚才的一幕若是
发生在生死无常之际，
恐怕他早已堕入三恶道中。

他继续深入地反思自己，
那份慌乱让他看不起自己。
虽然他知道恐怖或喜悦都如梦幻，
那魔王吃掉自己也无非游戏，
但他还是因为定力不足
而乱了阵脚失了定。

于是他放弃了改变和增添，
开始专修殊胜的梦境光明。
他白日夜间均抉择梦境，
遇丑不惊遇美也不恋，
只管守住了梦幻的觉悟，
任由它去化现天堂地狱，

亦不去用大水大火对治，
也不用幻变法改变梦境。

显现天堂我便在天堂里受用，
显现地狱我便在地狱里受苦。
诸美色美景不生贪恋，
诸恶刑加身坦然受之。
他明明知道那都是梦境，
但也不愿从梦中醒来。
万法都是调心的道具，
他日复一日巩固着觉悟。

奶格玛看到威德郎的变化，
她轻笑一声说倒也不错，
他终于学会了自我成长。
于是她恢复了威德郎的法力，
还施以更有力的授权加持。
威德郎的证境突飞猛进，
很快便进入梦境三昧。

幻化郎看到他的进步，
说但愿这次能顺利前行。
奶格玛摇摇头扑哧一笑：
"我打赌他还会遇到困境。
威德郎内心的习气极重，
虽然短时间能灵光一现，
但修行是长期打磨的过程，
从来不会一蹴而就。

威德郎只是暂时清净，
他并未脱离原来的环境，
王宫里的关房只是摆设，
国中的事务还牵扯不清。
目前风平浪静当然不要紧，
若是王权出现了危机，
难保他不会重蹈覆辙。
真正的出离必须放下所有执着，
如同那行者前往尸林。
我这就去做个测试，
看他是否能真的放下。"

说话之间，奶格玛现身于威德宫，
威德郎见到师尊好个欣喜。
他虔诚顶礼并行大供养，
又汇报了自己的修行进程。

奶格玛微笑说："很好很好，
我的儿啊你果然是上等根器。
如今你的修为已突飞猛进，
可想再得到更深的教法？"
威德郎闻言眼睛一亮，
大喜说感念师尊垂青。
言毕在地上连连磕头，
那声音仿佛战鼓擂动。

奶格玛笑着扶起他说：
"自古修行要忍人所不能，

大舍之后才能有大得。
你目前的修行已有小成，
再深一步便要远离王宫。"

威德郎没经过任何思考，
就下意识地回复师尊，
说："我在宫中也同样闭关，
并不曾受到俗事打扰。"

奶格玛闻言收起笑容，
显出愤怒相呵斥一声，
说："你何必假惺惺装模作样，
在这王宫里自欺欺人？"

威德郎见师尊发怒呵斥，
心中悚然一惊生起警觉。
他已成就了梦观生出智慧，
看透了王权富贵的虚幻。
但假如真要让他放弃王位，
他又有点不太甘愿。
不过既然师尊要自己彻底出离，
就算不情愿也还是要执行。
要知道修行必须达到净信，
他咬咬牙说："弟子愿远离王宫修行。"

奶格玛呵呵冷笑投来白眼，
说："你不要自我感觉良好。
出不出离本身并不重要，

要紧的是有出离之心。
虽然你成就了梦观之法，
但内心的执着并未洗净，
它根本禁不起当下的检验。
你要时时观照切勿懈怠。"

威德郎闻言汗流浃背，
自己那看似普通的反应，
也能折射出内心深处的习气。
他确实因为境界的进步，
有一点趾高气扬沾沾自喜。
原以为看破虚幻再无迷惑，
然而第一反应却依旧贪着。
他天性自信也容易自负，
很难养成自省自察的习惯。
威德郎想明白了这番道理，
说："弟子愿追随师尊出离红尘。
那王权富贵皆如梦幻泡影，
唯有清净涅槃是我向往之城。
望师尊不要嫌弃弟子愚鲁，
多多点化弟子清净身心。"

奶格玛说："我虽然能加持你，
但最根本的是自我成长。
要知道加持只是一种外力，
根本的升华必须来自内心。
你刚才已学会了观察习气，
保持这敏锐的警觉就是修行。

无论是在深宫还是尸林，
都是通过警觉清理污垢。
问题遇到外境才会显现，
因此你还要在事上历练。
如同这一次习气的暴露，
能对治黑暗才能安住光明。
显现的当下立刻清晰察觉，
久久行之便会圆融无碍，
那时才有本质的升华。
你还是先在这王宫里历练，
等待那心性之光彻底通达。"